KB052604

메리
크리스하우스

Merry Chrishouse **메리** 김효인 장편소설
크리스하우스

차례

일러두기

* 제주를 배경으로 한 이야기의 특성상 제주어를 다수 살렸고, 독자의 이해를 돕기 위해 괄호 안에 표준어를 표시했습니다. (예: 독(닭), 사름(사람), 기(그래) 등) 제주어는 사단법인 제주어연구소의 감수를 받았습니다.

* 이야기와 인물을 최대한 생생하게 표현하기 위해 사투리, 비속어, 입말 등을 허용한 부분이 일부 존재합니다.

1부
크리스하우스
금기는 깨졌다

1

"혹시 서울에서 사고 치고 제주로 도망 오신 건 아니죠?"

삼복더위에 빳빳한 검정 양복 세트를 갖춰 입은 남자의 이력서를 보며 지선이 고개를 들었다. 마흔 언저리. 동그란 얼굴에 쌍꺼풀 없는 작은 눈. 언뜻 보면 귀여운 외모일지 몰라도 치켜뜬 눈이 날카로웠다.

국내에서 손에 꼽히는 특급 호텔 호텔리어 출신. 빵빵한 스펙에 훤칠한 외모까지 갖춘 사람이 뭐가 아쉬워서 이런 시골 마을 게스트하우스에 지원했을까. 못 먹는 감 찔러나 보자는 심정으로 면접을 보고 싶다 연락한 지 사흘 만이었다. 증명사진 속 남자가 비행기를 타고 날아와 고가민박 소파에 앉아 있었다.

"범죄를 저지르셨다든지……."

"범법을 한 적은 없습니다."

남자는 당황하는 기색 없이 대답했다.

"그럼 누구 잡으러 올 사람이라도…… 아니면 빚을 크게 졌다거나."

"학자금 대출이 좀 남아 있기는 하지만, 그렇다고 잡으러 오진 않을 겁니다."

의심을 거두지 않는 지선의 곁으로 남편 준연이 다가와 다소곳이 앉았다.

"여보. 그런 질문은 실례일 수 있어요."

푸근한 인상에 갈옷을 입은 준연이 얼음을 동동 띄운 수제 청귤차를 아내에게 건넸다.

"아……. 무례했다면 사과할게요. 제가 사람 의심하는 습관이 좀 있어서."

지선이 촉수 같은 눈빛을 거두며 사과했다.

"아닙니다, 사장님. 처음 보는 사람을 믿고 쓰셔야 하는데 충분히 이해됩니다."

"아. 사장은 남편이에요."

지선이 옆자리 남편을 존중하듯 손바닥을 펴서 가리켰다. 앞선 냉철한 표정과는 달리 남편을 바라보는 얼굴에 부드러운 미소가 가득했다.

남자가 준연에게 묵례하자 준연 역시 고개를 숙였다.

"아내가 경영을 도와주고 있지만 본업이 있어서요. 제주에서 다시 일을 시작하게 됐어요."

준연이 쟁반 위 청귤차를 남자에게 건넸다.

"감사합니다."

남자는 얼굴에 박제된 듯한 미소를 띄우며 대답했다.

❀❀❀

3년 전, 지선은 직장을 그만두고 제주로 내려왔다. 뜬금없이 고향으로 돌아가고 싶다는 준연 때문이었다.

"이제 그만 집에 가고 싶어."

"안방에 드러누워서 무슨 소리야?"

"아니. 제주도 말이야. 고모한테서 연락이 왔어. 민박을 운영해 보지 않겠냐고."

정말이었다. 지선은 결혼식에서 딱 한 번 본 시고모였다. 그녀는 멀쩡한 자식들을 다 놔두고 굳이 조카에게 자신의 민박을 물려주고 싶어 했다. 무슨 생각인지 준연은 그걸 덥석 받고 싶다고 했고.

아주 느닷없는 행보였지만 그럼에도 지선은 준연의 뜻을 기꺼이 따랐다. 결혼 후에 뭐 하나 제 의견을 내지 않던 남편이었다. 그런 사람이 이렇게까지 말을 한다는 건 그 전에 분명 백번은 더 고민했다는 뜻이었다.

물론 지선은 삼해리를 몰랐다. 시부모를 만나러 간간이 제주에 내려온 적은 있었지만 시집은 제주 시내에 있었고 준연이 말하는 고향 삼해리는 말로만 전해 들었을 뿐이다.

"엄청 시골이라 심심할 수도 있어."

"그럼 바다에서 수영이나 하지 뭐."

"어떡하지. 우리 고향에는 바다가 없는데."

준연이 웃으며 이야기했다. 제주에 바다가 없는 마을도 있나. 지선은 막연히 생각했다.

그러나 진짜 있었다. 도대체 이런 동네에 민박을 왜 차리신 거야, 라는 말이 절로 나오는, 섬 전체가 관광지인 제주에서 휴양지가 아닌 마을이.

한라산 기슭에 자리 잡은 삼해리는 관광객은 둘째 치고 사람 자체가 없었다. 그곳에서 오래된 민박을 운영한다는 건 그냥 멍하니 앉아 한라산의 화려한 패션쇼를 구경하는 거나 다름없었다.

그렇게 3년, 부부는 제주 시내로 이사 가기로 결정했다. 준연이 어느 정도 필요로 했던 고향의 힘을 충전한 듯 보였고 무엇보다 지선이 한계에 이르렀다. 송충이는 솔잎을 먹고 살아야 하듯이 박지선도 하던 일을 하고 살아야 한다는 걸 느끼기 시작할 무렵이었다. 마침 계시처럼 제주에 있던 선배가 지선에게 스카우트 제의를 했다.

좀처럼 오지 않는 제안이었고 복귀를 하기에 완벽한 타이밍이었다.

문제는 이 오래된 민박이었다. 고모의 부탁을 이렇게 저버릴 수는 없었다. 부부는 고민 끝에 이 골동품 같은 민박을 대세에 따라 게스트하우스로 리모델링하기로 결정했다. 이사와 공사를 동시에 일사천리로 준비했고 이제 가장 중요한 관문이 남아 있었다. 부부 대신 이곳을 지켜 줄 사람. 가을이 오기 전에 그 직원을 서둘러 채용해야 했다.

❋❋❋

지선은 혹시 뭐라도 나올까 싶어 이미 검토해 둔 그의 이력서를 한 번 더 들여다보고 있었다.

"이런, 외국어도 두 개나 할 줄 아시고……."

여긴 외국인은커녕 외지인도 보기 힘들 텐데요, 라는 말이 뒤이어 튀어나올까 다문 입에 힘을 주었다.

"정말 여기서 일하고 싶으세요?"

"꼭 일하고 싶습니다."

흠. 지선이 남자의 눈을 차분히 바라보았다. 지선은 눈빛과 웃는 모습만 봐도 대충 어떤 사람이다 하는 느낌이 왔다. 남자의 눈은 진실하다 못해 간절했다.

"왜죠? 여기 아는 사람도 없을 테고, 뭐 저희가 도와드리기는 하겠지만 동료도 없이 혼자서 일하셔야 하는데요. 이제껏 하신 일들을 봤을 때 이력에도 도움이 안 될 것 같고……. 그리고 저희는 되도록 오래 일해 주실 분을 찾고 있거든요."

"네. 그 모든 조건이 좋았습니다. 바로 제가 찾고 있던 직장입니다."

모든 조건이 괜찮았다가 아니라 좋았다는 말에 지선의 눈썹이 들썩였다.

"당신도 질문 좀 하세요."

좀 더 생각이 필요한 지선이 남편을 쿡 찔렀다.

"내…… 내가? 음……. 그럼 그…… 말해 보세요."

나무늘보 같은 얼굴로 평온하게 앉아 있던 준연이 허둥거리며 말을 건넸다. 남자는 천천히 준연의 말을 기다렸다. 구인자보다 구직자가 더 여유 있는 보기 드문 면접장이었다.

"그…… 본인이 생각하는 자신의 장점이 뭐죠?"

준연이 물었다. 급하게 튀어나온 진부한 질문이었다.

남자는 5초 정도 뜸을 들였다. 생각을 하는 것 같지는 않았고 질문한 사람에 대한 예의인 듯했다.

"제 장점은 사람의 말을 잘 기억한다는 겁니다. 전에 일을 할 때에도 손님들의 요청이나 행동을 잘 기억해 두는 편이었습니다. 물론 호텔에서는 모든 손님께 하나하나 맞춰 드리기가 다소 어려웠습니다만 이런 프라이빗한 숙소에서는 조금 더 개개인에 맞는 서비스를 제공할 수 있을 것 같습니다."

"프라이빗한 숙소라……. 우리 민박을 그렇게 봐 주니 좋네요. 음……. 하나 더 물어볼게요."

준연이 고민 중인 아내를 힐끗 보고 시간을 더 끌기 위해 추가로 질문했다.

"일을 할 때 어떤 걸 가장 중요하게 생각하나요? 역시 서비스일까요?"

이번 질문에는 남자의 대답이 조금 더 늦어졌다. 생각에 잠긴 듯 보이더니 이내 답을 찾아 고개를 들었다.

"손님이 안전하고 편안하게 숙박하시도록 돕는 것이죠. 제가 만약 이곳에서 일하게 된다면 어떤 사건도 사고도 일어나지 않게 하겠습니다."

"사건 사고요?"

"네."

사건 사고라면 아주 사소한 일들도 포함될 수 있는 단어지만 어쩐지 그의 입에서 나온 말은 뉘앙스가 달랐다. 마치 이곳에서 큰일이라도 일어날 수도 있다는 어조였다.

"이곳에선 사건 사고가 있을 수가 없어요. 아주 평화로운 곳이거든요. 눈이 많이 오면 마을이 잠시 고립된다는 정도?"

준연이 남자를 안심시키듯 다정하게 웃었다.

그사이 지선은 분석을 마치고 있었다.

아무리 봐도 남자는 남에게 해를 끼칠 만한 타입이 아니었다.

군더더기 없는 대답들에 눈빛도 전혀 흔들리지 않았다. 무엇보다 사기를 친다고 하기엔 영 융통성이 없어 보였다.

오히려 그게 걱정이 되었지만 그래도 괜찮은, 분에 넘치는 인재였다. 무엇보다 다른 건 몰라도 이곳에 지원한 사람들 중 가장 멀쩡한 구직자라는 것은 부정할 수 없는 사실이었다.

이전 구직자들과의 만남은 정말이지 대환장파티였다. 방학 때만 일할 수 있냐는 대학생부터 일주일에 며칠은 제주도 관광을 할 수 있냐는 퇴사 예정자까지 며칠 사이의 악몽 같은 기억이 지선의 머릿속을 스치고 지나갔다.

"뭐. 더 생각할 필요 없네요. 저희랑 일하시죠."

청귤차를 한 모금 꿀떡 삼키고는 지선이 시원하게 말했다.

그 순간 남자의 얼굴에서 처음으로 미소가 사라졌다. 몇 가지 질문 이후 곧바로 채용이 진행되자 남자 역시 살짝 당황하는 기색이었다.

"육지로 돌아가시면 재직증명서랑 몇 가지 서류만 보내 주세요. 확인하는 대로 채용하겠습니다."

지선의 말에 잠시 멍하니 앉아 있던 남자는 이제껏 보인 자본주의 미소 대신에 정말 환한 얼굴로 웃어 보였다.

"정말 감사합니다. 앞으로 열심히 하겠습니다."

준연이 미소로 끄덕였다.

그렇게 구이준은 고가민박, 아니 삼해리 유일의 게스트하우스 크리스하우스의 호스트가 되었다.

2

아침 6시 30분. 띠띠띠띠, 익숙한 알람 소리에 이준이 눈을 떴다.

해가 없는 아침은 일어나기가 더 힘들다. 거센 겨울바람이 밤새 창을 치는 탓에 요즘에는 도통 깊이 잠들기가 어려웠다. 아침마다 멀리서 들리던 닭 우는 소리마저 바람 소리에 묻혀 들리지 않았다.

겨울 제주는 그냥 미친 사람 같아요. 말투가 과격해서 그렇지 지선은 틀린 말을 하는 법이 없었다. 제주의 겨울 날씨는 밤낮으로 변덕을 부렸다. 심할 때는 한 시간 단위로 햇빛을 비추다 비를 쏟아 내다 눈을 던지다 자기 마음대로였다.

여기는 제주다. 이준은 지금 제주에 살고 있다. 내려온 지 세 달이 다 되어 가지만 여전히 그 사실이 낯설었다. 대학교

4년 중 실습 1년, 취준생 1년을 거쳐 그토록 원하던 특급 호텔 호텔리어가 되었을 때만 해도 정말이지 꿈에도 몰랐다. 스물아홉 살의 겨울, 이렇게 제주도 게스트하우스에서 눈을 뜨게 될 줄은.

이준은 잡념을 떨치고 일어났다. 창문을 살짝 열자 좁은 틈 사이로 겨울바람이 훅 들어왔다. 밖은 여전히 깜깜했다. 가을만 해도 일어나면 바로 보이던 한라산 봉우리가 보이지 않았다. 앞마당 구상나무에 걸어 둔 조명이 예쁘게 반짝이고 있었다.

그 모습을 보며 기지개를 켰다. 또 하루를 시작해야지. 오늘은 크리스마스이브다.

이준이 거울에 비친 모습을 몇 번이고 점검하며 니트 안에 받쳐 입은 셔츠의 각을 잡았다. 품에 딱 맞아떨어지는, 무늬가 없고 짙은 회색의 빳빳한 니트는 제주 시내에서 몇 시간을 고심하여 고른 것이었다. 먼지가 잘 붙지도 않고 날리지도 않는 아크릴과 울이 적절히 섞인 재질이 마음에 들었다. 마지막으로 힘없이 처진 머리카락을 왁스로 바짝 넘겨 올렸다. 방 입구에 놓인 향수를 뿌리고 목을 가다듬으면 모든 출근 준비가 끝난다.

2층 방문을 열고 나온 이준이 1층으로 걸어 내려갔다. 크리스하우스 1층에는 총 여섯 개의 객실과 로비가 있다. 말이

로비지 그냥 주방 겸 라운지에 작은 안내 데스크를 마련한 정도였다.

제주 관광청에서 나눠 준 지도 팸플릿이 종류별로 꽂혀 있는 데스크 앞에 이준이 섰다. 제일 먼저 아래 서랍에 둔 예약 문의를 위한 업무용 휴대폰과 다이어리를 꺼냈다. 휴대폰을 확인했지만 특별한 연락은 남아 있지 않았다. 이번엔 다이어리를 펼쳤다. 이준에게는 노트북과 휴대폰을 두고 굳이 종이 다이어리를 쓰는 고지식한 면이 있었다. 그 성격을 드러내듯 첫 장에는 이준이 만든 크리스하우스 운영 강령이 빳빳하게 코팅된 채 붙어 있었다.

제1항 크리스하우스는 호텔식 운영 시스템을
지향하는 게스트하우스다.

제2항 크리스하우스는 손님의 안전하고
쾌적한 숙박을 제1 목적으로 한다.

제3항 의복과 서비스 청결은 늘 기준에 적합하게 유지한다.

제4항 크리스하우스의 1층은 근무 공간이다.
근무 공간에서는 제3항을 필히 지킨다.

제5항 손님이 요청하기 전까지는 최소한의 접촉만 유지하며
절대 사적으로 얽히지 않는다.

·
·

이 규칙을 보고 준연은 걱정했다.

"그렇게 규칙이 많으면 힘들 텐데. 편하게 일해도 괜찮지 않을까요?"

"혼자 일을 하다 보면 흐트러질 것 같아서요."

줄곧 매뉴얼대로 일을 하던 이준이었다. 확실한 규칙이 있는 편이 마음이 더 편했다. "일하는 자의 서비스가 그곳의 가치를 정한다"라는 유명 호텔리어 자서전 속 한 구절은 이전에 호텔에서 일을 할 때부터 이준이 줄곧 지켜 온 모토였다.

호텔리어 구이준은 꼼꼼하고 섬세한 성격 덕에 직원들 사이에서 디테일 구로 통했다. 업무에 관해서는 융통성이 없는 편이었지만 사람을 대할 때만큼은 달랐다.

이준은 다른 사람이 도움을 요청하면 거절하는 법이 없었다. 약간 오지랖이 섞인 성격 때문에 초중고등학교 내내 반장을 도맡아 했고 대학을 다니면서도 무슨 직책이든 마다하지 않고 맡았다. 나서기 좋아한다기보다는 그냥 천성이었다. 신발 끈이 풀린 같은 반 아이를 보면 이야기를 해 주는 성격. 그래서 호텔 내에서도 '도와줘요, 디테일 구'라는 말이 유행처럼 나돌았다. 절대 거절하지 않는 후배, 선배의 이미지였다. 물론 그 사건 이후로 그런 구이준은 사라지고 말았지만.

이준이 다이어리를 넘겨 오늘의 고객 명단을 확인했다. 지난밤에 묵은 손님은 2호실, 3호실, 6호실 총 세 팀이었다. 2호실과 3호실은 각각 혼자 여행을 온 여성 손님과 남성 손님이었고 6호실은 여행용 가방이 많은 커플이었다. 아마도 셀프 웨딩 촬영을 위해 제주를 찾은 듯했는데 어젯밤 늦게 판다 같은 눈을 하고 나타났다. 그 모습에 이준은 원래 주려던 4호실이 아닌 6호실에 방을 배정해 주었다. 창문이 서향으로 나 있어 아침에 빛이 덜 들어오는 방이었다. 다행히 배려가 효과가 있었는지 6호실 앞은 쥐 죽은 듯 조용했다.

띠띠띠띠. 그사이 알람이 울렸다. 아침 8시 30분. 크리스하우스의 통창이 밝아 오면서 한라산 봉우리가 보이기 시작했다. 잔잔한 음악이 흘러나오고 이준이 조식 준비를 하러 주방으로 향하는 찰나였다.

후. 돌담 위로 삐죽 올라와 있는 캠핑카의 머리를 발견한 이준은 한숨을 내쉬며 밖으로 향했다.

똑똑. 캠핑카의 문을 두드리자 아무런 기척이 없었다. 이준이 하는 수 없이 탁탁 세게 문을 두드렸다. 잠시 후 눈도 제대로 뜨지 못하는 편의점 사장이 문을 빼꼼 열자 텁텁한 공기 사이로 술 냄새가 확 전해졌다.

"안녕하세요. 사장님."

구겨지는 인상을 겨우 부드럽게 바꾸며 이준이 인사했다.

"음……. 뭐야. 아침부터. 뭐 살 거 있어?"

"저희 손님들이 곧 퇴실하셔야 해서요. 죄송하지만 차를 좀 옮겨 주실 수 있을까요."

도박을 하다 집을 날렸다는 소문이 사실인지 편의점 사장은 매일 밤 이 조악한 개조 캠핑카에서 자는 듯했다. 편의점 앞 주차 공간이 있었지만 바람이 심하게 부는 날이면 크리스하우스로 들어오는 유일한 길인 이 돌담길에 차를 세웠다. 차한 대 겨우 지나다니는 이 길에.

"아……. 이따 우리 가게 문 열 때 빼면 안 되는 거지?"

편의점 사장이 귀찮다는 듯 눈을 찡그리며 걸어 나왔다. 24시간 편의점이라는 이름이 무색하게도 그의 편의점은 오후가 돼야 겨우 문을 열었기 때문에 가게 문 여는 시간을 기다리는 건 무리였다.

"죄송하지만 저희 게스트하우스 퇴실 시간이 11시……."

아아. 알았다고. 편의점 사장이 담배를 하나 꺼내 물더니 이준의 말을 끊으며 운전석으로 향했다.

"내가 저 안쪽에다가 대 준다고."

그냥 가면 될 것을 편의점 사장이 창문을 내려 입김인지 담배 연기인지 모를 흰 김을 뿜었다. 이준에게 감사 인사를 받고 싶은 모양이었다. 네. 감사합니다. 이준은 얼른 먹고 떨어지라는 마음으로 빠르게 고개 숙여 인사했다.

"근데 크 사장 말이야."

편의점 사장은 할 말이 더 남았는지 이준을 불러 세웠다.

"혹시 여자 생겼어?"

"네? 갑자기 무슨."

"아니. 어제오늘 못 보던 여자가 편의점에 와서 라면을 잔뜩 사더니 크리스하우스로 가던데."

편의점 사장이 기분 나쁜 미소를 띠며 턱으로 크리스하우스 쪽을 삐죽 가리켰다.

"아. 아마도 저희 손님이시겠죠."

"그래? 관광객 같지는 않았는데……."

시답잖은 농담에 이준이 불편한 기색을 비치자 편의점 사장은 여운이 남는 표정으로 차를 출발시켰다.

이준이 마을 아래를 내려다보았다. 어쩐지 벌써부터 귀찮은 소문이 들려오는 것 같았다. 이준은 찝찝했지만 이내 돌아섰다.

오전 11시. 퇴실이 끝나자 이준은 사용된 방의 침구와 베개 시트를 모두 벗기고 청소를 시작했다. 쓰레기통을 들고 한 번, 침구용 청소기를 들고 한 번, 진공청소기를 들고 한 번, 물걸레를 들고 한 번. 한 방을 총 다섯 번 왔다 갔다 하면 객실 청소는 끝난다. 같은 방법으로 라운지를 정리하고 나서 비품 관리를 시작한다. 1층과 2층 창고를 오가며 비품 목록을 꼼꼼히 체크했다. 오늘은 세탁된 침구 세트가 넉넉해서 시내 세탁소에 다녀오지 않아도 됐다.

정오가 되기도 전에 오전 업무가 끝난 것은 흔치 않은 일이었다. 보통은 오후 1시 언저리에 마무리가 되는데 오늘은 입실할 방에 세팅을 하지 않아 시간이 많이 줄었다. 혹시 몰라 업무용 휴대폰을 꺼내 한 번 더 예약을 확인했지만 그대로였다. 크리스마스부터 올해가 끝나는 말일까지 더 이상 입실 손님은 없다.

'연말에 눈이 내리면 마을에 고립될 수 있으니 예약 시 유의해 주시기 바랍니다.' 경고에 가까운 공지의 여파였다. 하지만 이번 크리스마스 기간 동안 제주도 산간 지방에 폭설이 예보된 것은 사실이었다. 삼해리는 눈이 내리면 영락없이 고립되는 마을이다. 가파른 내리막길에 자리 잡은 마을이었기에 눈이 내리면 아랫마을 초입부터 도로가 통제되었다. 크리스하우스의 운영 강령 제2항, 손님의 안전하고 쾌적한 숙박을 제1 목적으로 한다. 투명하고 정확한 정보를 미리 전달하는 것이 당연하다고 판단했다.

교통이 통제되어 봤자 반나절이라며 마을 이장님은 괜히 장사 초 치지 말라고 말렸지만 이준은 기어코 공지를 올렸다.

물론 이준도 썩 마음이 편하진 않았다. "이참에 좀 쉬세요. 그동안 휴일이 없었잖아요. 개인 시간도 좀 보내고 마을 사람들이랑 친해져도 좋고요." 준연은 다정히 말했지만 월급 받는 입장에서 마음이 무거웠다.

그나마 위로가 되는 건 2호실 손님이었다. 어제 입실한 2호실 손님은 새해 첫날까지 묵기로 되어 있었다. 크리스하우스

개점 이래 첫 장기 투숙객이었다.

흠. 이준이 잠시 2호실 문을 바라봤다.

어제는 미루고 미루던 전입신고를 위해 제주 시내에 다녀왔다. 그래서 자리를 비운 이준 대신 준연이 손님들의 픽업과 입실을 도왔다.

"짐이 아주 많았어요. 크리스마스를 꼭 이 마을에서 보내고 싶었다고 하더라고요. 차가 없으시던데 교통도 불편한 이 동네에서 어떻게 여행을 하실지 모르겠네요."

2호실 손님에 대해 준연이 걱정을 한가득 담아 말했다. 픽업이 필요하면 연락 달라 전했다는 말에 기다려 봤지만 밤 10시, 소등 시간까지도 2호실 손님은 돌아오지도 연락을 하지도 않았다.

똑똑. 이준이 2호실 문을 두드렸다. 아무 기척이 들리지 않자 문고리에 새 수건이 담긴 바구니를 걸어 두었다.

3

목장 울타리 안으로 꽤 많은 말들이 나와 풀을 뜯고 있었다. 온종일 우중충한 겨울 제주에 오랜만에 찾아온 화창한 날씨였다. 이준이 울타리 가까이로 다가가 편안한 표정으로 말들을 바라봤다.

말은 이준이 제주에 와서 가장 먼저 마음을 준 존재였다. 지켜 주고 싶은 작은 동물들과는 다르게 인간보다 훨씬 커다란 동물은 어딘가 의지가 되는 느낌이었다.

처음 이사를 와서 산책 겸 한두 번 목장에 놀러 왔다가 그 매력에 빠진 이후부터 거의 매일 목장을 찾았다. 겁이 많은 말들도 처음에는 이준을 보면 자리를 뜨거나 뒷모습을 보였지만 이제는 익숙하다는 듯 대충 쓱 보고 제 할 일을 하거나 오히려 달려와 눈을 마주치기도 했다.

말에 대해 알아보는 일은 생각보다 재밌었다. 인터넷만 봐도 제법 전문적인 내용을 공부할 수 있었다. 틈틈이 보다 보니 이제는 말들의 종도 그럭저럭 구별되었다.

"한라마. 토종마. 이건…… 무늬가 있으니까 핀토."

알고 나니 보이는 것이었지만 이 목장에는 정말 온갖 종이 모여 있었다. 똑같아 보이던 말들이 사실은 오합지졸이었다. 목장 사장이 여기저기서 모아 온 말들이 대부분이었고 몇몇은 돈을 주고 주인이 맡긴 말들이라고 했다. 늙고 다친 말들도 종종 있었다. 이준은 이상하게도 그런 말들에게 시선이 더 갔다. 차 타고 몇 분이면 기세만으로도 위엄이 느껴지는 기품 있는 경주마들을 볼 수 있었지만 이곳의 말을 구경하는 편이 더 좋았다. 훈련받는 모습보다는 그냥 방목되어 각자 자신의 시간을 보내는 말들이 재미있었다. 잘은 몰라도 각자의 사연만큼이나 그 성격이 전부 다른 말들이었다.

오늘은 유독 다리를 절뚝이는 덩치 큰 흰색 말이 눈에 띄었다. 아까부터 이준을 따라오는 느낌이었다. 이준이 처음 보는 털이 많고 뼈대가 두꺼운 말이었다. 예민하고 낯을 많이 가리는 말이 이렇게 이준에게 먼저 다가오는 일이 흔하진 않았다. 이준이 말을 주시하며 마사(馬舍) 쪽으로 걷자 신기하게도 말이 이준을 따라 움직였다.

때마침 마사 뒤쪽에서 걸어 나오던 목장 사장이 이준을 발견하고 멈칫했다.

"누…… 누구요?"

"안녕하세요. 사장님."

이준이 목장 구경을 오는 것이 한두 번도 아닌데 뭔가 많이 당황한 기색이었다.

"아……. 그래. 언제 왔어? 크 사장."

"방금 막 왔어요. 무슨 일 있으세요?"

"일은 무슨."

목장 사장은 방금 왔다는 이준의 말에 한층 표정이 누그러지더니 담배를 꺼내 물고 이준의 곁으로 다가왔다. 목장 사장은 매일같이 말을 보러 오는 이준에게 크게 관심을 두지도 그렇다고 싫어하지도 않았다. 어딘가 무미건조한 사람이라 이준은 오히려 편했다.

"사장님. 저기 저 말 종이 뭐예요?"

"아, 쟤. 쟤는. 그 유럽 말인데. 뭐더라. 그 마차 끄는 말이야. 덩치 봐."

목장 사장은 말을 용도로 구분했다.

"다리를 저네요?"

"어디 관광지에 있던 말이라는데 다쳐서 이제 일도 못해. 헐값에 속아서 샀겠지. 바보같이. 말은 다리 다치면 끝이야. 얼마 못 갈 거야."

아. 이준이 대답했다. 사람 말을 알아들으면 어쩌지. 이준은 괜히 신경 쓰여 흰말의 얼굴을 들여다봤다.

"안 그래도 내일 데려간대. 잘됐지 뭐."

목장 사장이 수레에서 당근을 꺼내 자신의 말들만 골라 건넸다.

"그래도 우리 목장에 있는 녀석들이 자세히 보면 다 대단한 말들이야. 허투루 데리고 온 말이 없어요. 저기, 쟤는 사극에도 나왔던 말이라니까. 하긴 뭐 사람이 와야지. 로터리 휴게소 옆에 그 목장은 우리보다 훨씬 좁고 말들도 적은데 사람이 끊이지를 않아요. 거기가 〈애마부인〉 촬영지였다고. 아니 20년 전에 찍은 게 아직도 먹힌다니, 진짜 알 수가 없다니까."

이때다 싶은지 목장 사장이 하소연을 쏟아 냈다. 이준은 그 말들을 한 귀로 흘려보내며 몰래 당근을 꺼내 흰말에게 건넸다. 말은 온순히 다가와 당근을 물었다.

"그렇게 좋으면 이렇게 구경만 하지 말고 승마라도 한번 배워 보면 어때? 내가 싸게 가르쳐 줄게."

갑자기 목장 사장이 돌아서자 놀란 이준이 엉겁결에 당근을 먹고 있는 흰말을 등 뒤로 숨겼다.

"승마요?"

"그래. 지금은 추우니까 봄. 봄부터 하나씩 배워 보자고."

"글쎄요. 승마는……."

이준이 어색하게 웃으며 고개를 갸웃했다.

그때였다. 멀리서 볼멘소리가 들려왔다.

"어허이! 배우긴 뭘 배워!"

아침부터 잔뜩 심통이 난 표정으로 삼해리 이장 부유장이 걸어 올라오고 있었다.

"아, 아니. 형님은 또 왜 여기까지 올라와요. 우리 말들 놀라니까 큰소리치지 마요."

목장 사장이 손을 저으며 아래로 내려갔다.

"내일 저녁 마을 회의 참석하라고."

"그럼 그냥 방송을 할 것이지, 뭘 일일이 돌아다녀요."

"내가 이 마을 사람들을 몰라? 못 들었다고 하고 잡아뗄 텐데 이렇게 돌아다니면서 얼굴 보고 제대로 말을 해야지. 딴소리 못 하게."

이준이 그를 처음 본 것은 제주에 온 첫날이었다. 준연은 온 마을을 돌아다니며 이준을 소개해 주었다. 굳이 그럴 필요까지 있을까 생각했던 것도 잠시, 얼마 지나지 않아 고 사장의 큰 배려였음을 이준은 깨달았다.

좁은 제주도, 심지어 외지인이 많지 않은 산골 마을에서 사람들과 교류 없이 지내기란 어려운 일이었다. 뭐든 같이 하는 것이 문화인 마을 사람들은 서로 모르는 일이 없었다.

물어보는 말에 뭐 하나 속 시원하게 대답하지 않는 이준을 마을 사람들이 서울에서 온 육지 깍쟁이로 보는 건 어쩌면 당연했다. 준연의 당부에도 부 이장이 이준을 구박하는 가장 큰 이유였다.

"아. 크 사장은 왜 이렇게 전화를 안 받아!"

"이장님. 전화하셨어요? 제가 청소하느라 못 받았나 봐요. 죄송해요."

업무용 휴대폰 번호를 알려 준 것이 들킬까 봐 이준은 얼른 휴대폰을 뒷주머니에 꽂았다. 부 이장이 마음에 안 든다는 듯 이준을 이리저리 봤다.

"이따 회관에 가서 크리스마스 옷이나 받아 가라고."

"크리스마스 옷이요?"

"그래! 오늘은 몇 팀이야?"

"오늘…… 오늘은 예약 손님이 없습니다."

"거봐! 내가 그거 올리지 말라고 했지. 그딴 소리 듣고 누가 예약을 하냔 말이야. 내일부터 말일까지 빨간 날이 주구리 장장인데 이런 대목을 놓치면. 뭐 손가락 빨고 살 거야?"

새로운 건수를 잡은 부 이장이 또다시 이준을 구박하기 시작했다.

"뭐든 간에 아주 말에 올라타는 꼴만 보여 봐. 그런 헛짓할 시간 있으면 나 도와서 마을에 힘을 좀 보태 주라고."

애초에 부 이장은 이준이 하는 일을 다 못마땅해했다.

"어제 전입 신고하러 시내 갔다더니. 신고는 했어?"

"네. 하고 왔습니다."

"그럼 이제 빼도 박도 못하는 이 마을 사람인데 언제까지 그렇게 빼쪽하게 굴 거야."

"네. 열심히 하겠습니다."

더한 잔소리가 나오기 전에 이준이 사람 좋게 웃으며 대답했다. 이준의 표정이 먹혀들었는지 부 이장은 남은 잔소리를 조용히 구시렁거렸다.

"그럼 지금 요 아래 약국 가면 동네 아줌마들 죄다 앉아 있을 테니까 내일 마을 회의 한다는 얘기 좀 하라고."

"제가요?"

"그래."

"그냥 돈 김에 다 하지. 왜 젊은 사람을 괴롭혀요."

이준이 안타까웠는지 목장 사장이 끼어들었다.

"연습이지. 자꾸 마을 사람들이랑 말을 섞어야 친해질 거 아니야."

"무슨. 그 아줌마들이랑 말싸움해서 이길 재간이 없으니까 그러는 거 아니유. 애초에 무슨 크리스마스에 마을 회의를 하겠다고."

"내가 괜히 하자고 해? 마을에 문제가 많다 하루가 멀다 하고 건의가 올라오는데 회의보다 중요한 게 뭐가 있냐. 내가 일을 잘하는 거지."

그래요. 그래. 잘났수다. 말이 끝날 것 같지 않자 목장 사장이 무기력하게 마사 쪽으로 걸어갔다. 가만히 눈치를 보던 이준도 그 화살이 자신에게 올까 서둘러 약국으로 향했다.

큰 도로로 나와 송당당근 지대에 다다르자 이준의 걸음이 빨라졌다. 송당당근은 삼해리의 유일한 카페였다. 물론 이 작은 마을에서는 웬만하면 '유일한'이라는 수식어를 붙일 수 있다. 유일한 슈퍼, 유일한 약국, 유일한 게스트하우스. 어쨌거나 이 유일한 카페를 이준은 아직 한 번도 들어가 본 적이 없었다. 마을 사람들이 모이는 곳은 웬만하면 피했다. 그리고 무엇보다 이곳 사장 때문이었다.

이준이 슬쩍 카페 쪽을 바라보니 역시나 송당당근 사장 임영덕이 이준을 노려보고 있었다.

아무리 봐도 송당당근이라는 귀여운 이름이 결코 어울리지 않는 사람이라고 이준은 생각했다. 커다란 덩치에 산적같이 기른 수염 탓에 인상이 험상궂었다. 어디서 구해 오는지 늘 딱 붙는 호피 무늬 의상을 입고 있어 위협감이 더했다.

그는 말도 한번 제대로 나눠 본 적 없는 이준을 언제나 매섭게 봤다. 이준은 그 이유가 궁금했지만 먼저 물어볼 의향은 전혀 없었다.

무사히 송당당근 지대를 벗어나 큰 도로로 나왔다. 바람도 세고 차들도 씽씽 다녀서 잘 걸어 다니지 않는 길이었다. 마을의 위아래를 잇는 길인데 도대체 왜 인도를 만들지 않을까.

삼해리는 한라산에서 내려오는 큰길을 따라 양옆으로 이루어진 마을이다. 티본스테이크를 뒤집어 놓은 것같이 큰 뼈대를 중심으로 위아래가 나뉜 모양이었다. 크리스하우스가 위치한 마을 위쪽에는 가게라고 해 봤자 송당당근과 편의점이 다였고 나머지는 목장과 골프장, 그리고 무밭이었다.

대부분의 사람들은 바람이 덜 불고 시내에 조금 더 가까운 마을 아래쪽에 모여 살았다. 마을회관이나 가게들도 마찬가지였다.

무밭을 가로질러 빠르게 불어오는 찬바람이 이준의 코트 속으로 파고들었다. 내리막길 아래로 마을 전경이 눈에 들어왔다.

이 마을에서 가장 번화한 사거리에는 마을회관이 있다. 그리고 그 맞은편에는 아주머니들의 아지트인 약국이 자리하고 있다. 사거리에 다다른 이준이 약국 안을 슬쩍 들여다보았다. 부 이장이 말한 대로 마을 아주머니들은 오늘도 약국에 모여 있었다.

삼해리 아주머니들은 약국에 모이는 타지파와 마을 아래 닭 거리에서 식당을 하는 토박이파, 둘로 나뉜다. 약국에는 주로 육지나 다른 제주 지역에서 삼해로 이주해 온 아주머니들이 모인다. 하지만 이준에게는 어느 파든 간에 불편하기는 매한가지였다.

"안녕하세요. 다들 여기 계셨네요."

"크 사장!"

슈퍼댁이 약사보다도 먼저 이준을 보고 반갑게 인사했다.

어유. 크 사장은 오늘도 예쁘네. 육지 사람 같아. 아주머니들이 연이어 이준에게 아는 척을 해 왔다.

"어제 전입 신고하러 내려갔다더니 그건 잘했고?"

네. 이준이 웃으면서 대답했다.

"뭐 필요해서 왔어?"

약사가 박카스를 하나 열어 건넸다. 약국이 마을 사람들 아지트가 됐는데도 약사는 별 불만이 없어 보였다. 비타민 같은 영양제가 약국의 주 수입이라는 얘기를 들은 적이 있는데 아마 장사가 좀 되는 듯싶었다. 무엇보다 약국파 수장인 슈퍼댁과 베스트 프렌드가 되어 나쁠 것은 없었다. 마을 사람들 대부분이 삼해슈퍼를 이용하기 때문에 슈퍼댁의 권력은 생각보다 컸다.

"다른 게 아니고 이장님이 내일 저녁에 특별 회의 하시겠고고 전달 부탁하셔서요."

이준의 말에 아주머니들은 바로 못마땅하다는 뜻 혀를 끌끌 찼다.

"하여튼. 만날천날 쓸데없이 마을 회의만 하면 뭐 해. 마을 사람들 다 떠나는데."

슈퍼댁이 구시렁거렸다.

"그러니까. 이제 이 마을 사람보다 귀신이 더 많을걸……. 엄마야!"

맞장구치던 옆자리 아주머니가 창가를 보고 갑자기 소리를 질렀다.

한겨울에 화려한 꽃무늬 원피스를 입은 도리 여사가 이준을 발견하고는 "크 사장!" 하며 반가운 얼굴로 손짓했다. 이준은 반갑게 인사하고 이 틈에 서둘러 약국을 빠져나갔다. 이곳에 계속 머물다가는 재미있는 이야기 하나 해 줄까로 시작되는 끝나지 않는 온 마을 이야기에 붙들려 있어야 할 것이다.

마을회관 옆자리에 위치한 도리가든은 한산했다. 반질하게 코팅된 원목 테이블 여덟 개가 모두 비어 있었다. 이준이 앉은 가장 안쪽 테이블 위로 원산지 뒷마당의 토종닭 칼국수가 올라왔다. 뽀얀 국물을 국자로 휘저으니 커다란 다리가 올라왔다. 도리 여사가 하나를 들어 이준의 그릇에 담아 건넸다.

"잘 먹겠습니다. 어머님."

이준이 감사히 인사하자 도리 여사는 미소 짓더니 주방으로 들어갔다. 이유는 알 수 없지만 도리 여사는 이 마을에서 이준에게 가장 호의적인 사람이었다. 그녀의 남편인 부 이장을 포함해 이준에 대한 작은 소문 하나라도 알아내려는 마을 사람들과는 달랐다. 별다른 이야기를 하지도 질문을 하지도 않았다. 그저 지나다가 보이면 이렇게 가게로 데려와서 닭을 먹일 뿐이었다. 그런 면에서 참 닮은 구석이 없는 부부였다.

마침 도리가든 입구 쪽에서 따가운 시선이 느껴졌다. 부 이장이 이준을 매서운 눈빛으로 보며 가게로 들어섰다.

"얘기는 똑똑히 전해 줬고?"

부 이장이 이준의 근처로 슬렁슬렁 걸어왔다.

"네. 근데 몇 분 안 계셨어요. 참석하시겠다고 확실히 말씀하신 것도……."

괜한 덤터기를 쓸까 봐 이준이 조심스레 말을 꺼내는데 부 이장의 시선이 뜬금없이 이준의 칼국수로 향했다.

"백숙은 한 마리, 삼계탕은 반 마리, 칼국수는 사분의 한 마리."

"네?"

"다리가 여덟 달린 독(鷄)은 없는데 이 칼국수에는 다리가 두 개."

부 이장이 이준 앞에 놓인 그릇을 곁눈으로 내려다봤다. 이준은 가시방석에 앉아 있는 기분이었다.

"요즘 우리 마을에 문제가 많은 건 잘 알고 있지?"

"글쎄요. 문제가 많은가요?"

이준이 모른 체하며 바보 같은 표정을 지었다.

"내가 아무리 젊어도 육십 줄인데 이걸 다 해결하기가 쉽지 않아. 어디서 젊고 빠릿빠릿한 사름(사람)이 하나 도와주면 모를까."

부 이장의 압박에 이준은 입이 바짝 말랐다. 다른 건 몰라도 남 일도 내 일이고 내 일도 남 일인 이 마을 일을 맡아서 하는 것만은 피해야 했다.

후우. 이준의 한숨에 하얀 입김이 섞여 뿜어져 나왔다. 부이장의 성화를 겨우 피해 크리스하우스로 돌아가는 중이었다. 회관에서 무슨 옷을 받아 가라던 이장의 말도 까먹은 채 발걸음을 서둘렀다. 역시나 이준은 휑한 윗마을이 좋았다. 인구밀도가 낮고 소문의 속도가 느린.

"깜짝이야!"

순간. 이준의 앞에 검정 해녀 슈트를 입은 경하난 할망이 무심한 표정으로 서 있었다.

"아…… . 안녕하세요. 할머니."

놀라 벌어진 입을 얼른 다물며 이준이 인사했다.

윤기인지 물기인지 반질반질한 얼굴이 이준에게 더 가까이 다가왔다. 할망이 이준을 알아본 것도 알아보지 못한 것도 같았다.

"저 크리스하우스 직원입니다. 저기 고가민박이요."

이준이 크리스하우스 방향을 가리켰다.

할망은 여전히 말이 없었다. 해녀복 위로 얇은 호피 무늬 패딩 조끼만 달랑 걸친 차림이었다.

"춥지 않으세요?"

할망은 크리스하우스에서 그나마 가장 가까운 곳에 사는 몇 안 되는 윗마을 주민이었는데 아주 미스터리한 인물이었다.

게다가 이준과는 말도 통하지 않았다. 말 그대로 소통이 불가능했다.

"뭐 잘못헌 거라도 잇어? 춤막(깜짝) 놀레게."

"네? 뭐라고 하셨어요?"

할망의 말을 못 들은 게 아니라 못 알아들은 것인데도 이준은 귀를 가까이 가져갔다.

경하난 할망의 사투리는 이준에게 거의 외국어나 다름없었다. 할망은 완벽한 네이티브 스피커였다. 마을 사람들이 할머니를 부르는 경하난도 '그러니까'의 제주도 사투리라는데 아마도 할머니의 말버릇 때문인 듯했다. 게다가 경하난 할망 특유의 중얼거리는 목소리는 제주도산 바람을 뚫고 이준에게까지 잘 전해지지도 않았다.

삼해리의 제주 사람들은 대부분 사투리 억양이 조금 남아 있는 수준이었다. 몇몇 토박이는 두 가지 언어를 사용하는 국가의 사람들처럼 자유자재로 말을 섞어 쓰기도 했다. 어쨌든 이준이 서울에서 왔다는 걸 뻔히 다 아는 마을 사람들은 고맙게도 대체로 알아들을 수 있는 말로 배려를 해 주었다.

할망은 이준에게 말을 잘 걸지 않았다. 다만 이준의 회색 스타렉스를 택시처럼 잡아타곤 했다. 이준에게 물려주기 전 준연이 종종 지나가던 마을 사람들을 태워 다녔기 때문이었다. 처음엔 이준도 당황했지만 할망 외에도 몇몇 마을 사람을 태우고 나서는 금세 상황을 파악했다.

마을 사람들과 사이가 나빠져서 좋을 게 없었다. 무엇보다 모르면 몰랐지 알게 된 얼굴들을 못 본 척 지나치는 게 마음이 편치만은 않았다. 그래서 사람들이 불편해 어려워하면서도 시내를 오갈 때 은근히 길을 두르며 다니기도 했다.

이 마을에서 할망을 보기는 쉬웠다. 어느 날은 무밭에서 일했고 어느 날은 귤 컨테이너 박스를 오토바이에 달고 달렸다. 이렇게 한겨울에 해녀복을 입고 나타나기도 했으며 가끔 골프장에 내려 공을 줍는 아르바이트를 소일거리로 했다. 정확한 직업이 무엇인지는 아직 파악하지 못했으나 확실한 것은 언제나 그녀의 손에 제주 산물이 들려 있다는 점이었다.

할망은 대답 없이 오토바이 손잡이에 걸린 테왁을 빼서 이준에게 건넸다. 테왁 그물에는 불과 몇 시간 전까지 김녕 앞바다에 있었을 뿔소라가 여기저기 튀어나와 있었다.

"저 주시는 거예요?"

"저번에 태와다 준 깝(값)이여."

"아. 안 주셔도 괜찮은데. 감사합니다."

"자꾸 안 보여난 것덜이 봐져게."

할망이 뭔가 떠올리듯 무밭을 향해 눈을 찌푸리며 알 수 없는 말을 중얼거렸다. 도로 반대편으로 할망의 드넓은 무밭이 보였다. 한겨울에도 푸르게 올라온 무청이 사사사삭 흔들렸다. 최근 들어 마을 사람들이 자꾸 무밭에서 귀신을 본다던데 그 얘기를 하시는 건가.

오랜 시간 해풍을 맞으며 처진 눈꺼풀 아래로 살짝 보이는 게 다였지만 경하난 할망의 눈동자는 그녀의 정신력만큼이나 또렷했다.

이준이 궁금한 표정을 지었지만 할망은 더 이상 별다른 말 없이 이준의 손에 뿔소라를 남겨 두고 홀연히 사라졌다.

4

뽈소라를 든 이준이 종종걸음으로 크리스하우스 입구에 들어섰다. 안에서 어딘가 익숙한 노랫소리가 들려왔다.

뭐지, 2호실 손님인가. 스피커를 어떻게 알고 마음대로 노래를 틀었지. 잠깐. 근데 이 노래를 어디서 들어 봤더라. 이준이 기억을 되짚으며 안으로 들어갔다.

로비에 들어선 이준은 굳은 얼굴로 멈춰 섰다. 크리스하우스 카페 한쪽 벽난로 앞에 괴물이 앉아 있었다. 놀란 이준이 고개를 흔들어 다시 보니 괴물은 아니었고 얼핏 보면 트리 같기도 한 것이 풀이 잔뜩 달린 옷을 입은 듯해 보였다.

정신 차려. 침착해. 손님에게 실례하면 안 돼. 이준이 본분을 잊지 않고 일단 인사를 건넸다.

"저, 안녕하세요. 저는 크리스하우스 호스트, 크리스라고 합니다."

이준의 목소리에 벽난로 앞 존재가 천천히 고개를 돌렸다. 다행히도 일단 사람은 맞았다. 귤이 달린 트리, 아니 길리 슈트를 입고 있었다.

"자네…… 혹시 구이준이?"

2호실 손님은 이준의 본명을 알고 있었다. 뭐야. 아는 사람인가. 이준이 낯선 얼굴을 확인했다.

"누나가…… 왜 여기서 나와?"

알아보자마자 이 말부터 튀어나왔다.

"너야말로. 네가 왜 여길 들어와?"

어안이 벙벙한 건 상대방도 마찬가지였다.

"나 여기 호스튼데?"

"호스트? 그럼 구이준이가 크……리스?"

여자는 잠시 상황을 파악하는 듯 갸웃거리더니 이내 인디언 보조개가 보이게 환히 웃었다. 그 어렴풋하지만 익숙한 미소가 이준은 아주 불길했다. 역시. 크리스마스에는 결코 좋은 일이 일어나지 않는다. 이준은 또다시 다가온 징크스의 기운을 느꼈다.

이준의 누나 구이현의 오랜 친구. 그리고 구이준의 흑역사 상자 깊은 곳에 꾹꾹 숨겨 놓았던 그녀. 이제인이었다.

"누나 도대체 여기서 뭐 해."

이준이 이해할 수 없는 제인의 행색을 훑으며 물었다.

"잠복근무 중이우다."

제인이 어설픈 제주 사투리를 구사하며 웃었다.

"잠복근무? 누나가 잠복근무할 일이 뭐 있어. 방송 일 하는 거 아니었어?"

"그만뒀지. 너야말로 여기서 뭐 해. 이현이는 너 호텔 다닌다고 했는데?"

이준이 정신을 똑바로 차리려 고개를 흔들었다. 꿈이라면 깨고 싶은 마음이었지만 불행히도 꿈이 아니었다.

"자…… 잠깐. 일단 우리 누나한테 나 여기서 봤다고 절대 얘기하지 마. 아니, 그냥 내 얘기를 하지 마."

이준이 정색하며 상황을 정리했다. 이준이 중문에 있는 호텔에 잠시 파견 간 줄로만 아는 엄마와 누나에게 이 사실이 전해져서는 절대 안 됐다.

제인이 흥미가 생긴다는 듯 다가왔다.

"왜? 왜 숨기는데?"

"내 걱정 할까 봐 얘기 안 했으니까. 절대 하지 마."

"그래? 음……. 그래. 일단 알겠어. 근데 너 손에 든 그 망태기는 뭐야?"

제인이 입맛을 다셨다.

"머…… 먹을래?"

로비 정중앙에 자리 잡은 시계가 11을 향하고 있었다. 평소 같으면 이미 소등하고 올라갔을 시간이었지만 이준은 주방에서 소라를 삶고 있었다. 옷을 갈아입고 나와 테이블에 앉아 있는 반갑지 않은 2호실 손님 때문이었다.

도대체 왜 하필 여기야. 진짜. 작은 목소리가 탄식처럼 새어 나왔다. 뭐든 다 이상한 상황이었지만 괜한 사실을 더 알고 싶지 않아 이준은 입을 꼭 다물고 소라만 뒤적였다.

"이야. 맨날 라면 먹다가……. 여기가 제주는 제주구나?"

제인이 킁킁 소라 냄새를 맡고 흥얼거렸다. 여전했다. 예전에도 제인은 이준을 마치 친동생처럼 부렸다. 누나 이현의 만화 심부름 안에는 언제나 제인의 것이 포함되어 있었다. 추리만화를 좋아했던 그녀는 안경을 쓴 이준을 늘 구난이라고 불렀다. 그러고 보니 크리스하우스에서 울려 퍼지던 노래는 제인이 이준의 집 거실에서 지겹도록 보던 추리만화의 주제곡이었다.

"구난. 우리 한 10년 만인가? 이현이가 가끔 네 얘기 했는데. 너 집에도 잘 안 온다면서. 알고 보니 이런 데 숨어 있느라 안 온 거구나?"

냄비를 들고 이준이 테이블로 향했다.

"잠깐. 근데 예약자 이름은 누나 이름이 아니었는데……? 뭐였더라. 장…… 장경……."

"장경자. 우리 엄마 이름. 이건 비밀인데…… 누나가 사실 지금 비밀 수사 중이거든."

제인은 들을 사람도 하나 없는데 입을 손으로 가리고 속삭였다.

"그래. 그게 뭐든 일단 계속 비밀로 해. 나는 알고 싶지 않으니까."

이준이 한 걸음 떨어지며 단호히 이야기했다.

"너 좀 변했다. 내가 널 이렇게 키우지 않았는데."

"맞아. 나 완전 변했어. 부디 조용히 잘 지내다 가."

이준이 서둘러 의자에서 일어났다.

"어디 가. 손님한테 막 이래도 돼?"

제인이 항의하듯 손을 들어 올렸다.

"미안하지만 손님 일에는 절대 얽히지 않는다. 그게 크리스하우스 규칙이야."

이준이 단호히 대답했다.

"누가 정한 건데."

"내가 정한 거지."

"아. 크리스하우스, 크리스 사장님이?"

제인이 말장난하며 흐흐흐 웃었다.

"나 근무 중이거든. 내일부터는 사적인 이야기로 나한테 말 걸지 마."

"그럼 나 뭐 해."

"일단 이거 먹어."

"그래!"

제인이 얄미운 표정으로 테이블에 앉아 소라에 젓가락을 넣어 돌렸다. 과연…… 네가 그럴 수 있는지 보자. 이런 표정이었다.

"알아서 치우고 들어가."

이준이 뾰로통한 얼굴로 일어나 방으로 향했다.

"야. 구이준이! 벌써 들어가게? 에이. 오랜만에 봤는데 회포를 풀어야지."

이준은 제인의 말이 들리지 않는다는 듯 모른 척 2층 계단으로 향했다. 우선 이 정신없는 위기에서 벗어나야 한다는 판단이었다.

"구난!"

이준은 더 빨리 계단을 올라갔다.

"크리스 사장님! 2호실 손님 장경잡니다."

그 말에 어쩔 수 없이 멈춰 섰다. 제인은 금세 이준의 약점을 제대로 파악했다.

"왜요."

"이 동네 말이야. 너 이 동네 사니까 잘 알지?"

"아니요. 잘 모릅니다."

"여기 어떤 동네야? 특별한 거 없어?"

삼해리. 갑자기 이 시골 동네에 왜 관심을 갖는 거야. 이준이 인상을 쓰며 떠올려 봤지만 삼해리에 특별한 게 있을 리 만무했다.

"없어. 엄청나게 평범한 동네. 아무 일도 일어나지 않는 곳. 그럼 잘 자. 반가웠어. 안녕."

쾅! 제인의 말이 이어지기 전에 이준은 얼른 방으로 들어가 버렸다.

"야~ 크리스!"

닫힌 방문 너머로 계속해서 제인의 웃음소리가 들려왔다.

급한 대로 침대에 들어가 이불을 뒤집어써 봤지만 그래도 소리가 이준의 귀를 파고들었다. 생각하지 말자. 떠올리지 말자. 그게 언젠데. 다 옛날 일이야. 이준의 자기최면에도 결국 잊고 있었던 흑역사가 머릿속에서 재생되기 시작했다.

"아오!"

이준이 이불을 걷어차며 벌건 얼굴로 일어나 앉았다.

이불 킥 100번 후에 찾아온 크리스마스 아침. 평정심을 되찾은 이준은 거울을 보며 옷매무시를 한 번 더 신경 썼다.

곰곰이 생각해 보니 지난밤에 너무했나 하는 생각이 들었다. 그래도 오랜만에 만났는데 오늘은 어른스럽게 밥이라도 한 끼 하자고 해야겠다. 이준이 차분히 목소리를 가다듬었다. 이제 나는 더 이상 장난에 휘둘리던 동생이 아니다. 그때의 내가 아니야. 그렇게 스스로 다짐했다.

로비로 내려오는데 통창에 반사된 제인의 모습이 보였다. 벌써 일어났나. 바깥을 보고 서 있던 제인은 통화를 하고 있었다. 이 아침에 누구랑 통화하는 거지.

"정말 죽었어요? 정말요?"

제인의 목소리가 심각했다. 심상치 않은 대화에 이준이 놀라 멈춰 섰다.

"뭐야. 왜 그래. 무슨 일 있어?"

전화를 끊은 제인이 뒤돌아 이준을 봤다.

"구난."

"뭐야. 뭔데."

불안한 이준이 재촉했다.

"산타야. 진짜 산타가 나타났어."

"뭐? 무슨 소리야."

제인이 노트북을 꺼내 와 대뜸 한 시사 탐사 프로그램 영상을 틀었다.

전국의 미스터리한 일을 찾아다니는 〈미스터 미스터리〉의 리포터 미스터리입니다. 오늘은 제주도의 한 목장을 찾았는데요. 지난 3년간 제주도 산간에 위치한 이 목장에서 크리스마스마다 말이 죽었습니다.

2018년엔 은퇴한 경주마가 제초제 묻은 풀을 먹고 죽었고, 2019년엔 목장 밖으로 나온 말이 뺑소니 사고를 당해 죽었고, 지난 2020년엔 꽃마차를 끌던 말이 그 주인과 함께 칼에 찔려 죽었습니다. 어쩌면 아무 관련 없어 보이는 이 죽음들에 의문을 품은 소문이 돌기 시작한 건 바로 '산타'의 존재가 드러나면서부터입니다.

사건이 있던 날이면 이 목장 주변에서 빨간색 옷을 입은 사람의 모습이 이렇게 발견됩니다.

마을 곳곳에서 희미하게 보이는 붉은 옷을 입은 누군가의 사진이 화면 속에 나열됐다. 몇몇 사진은 심령사진에 가까워 보였다.

그런데 말입니다. 더욱 놀라운 사실은 마지막 꽃마차를 몰던 말이 죽은 사건, 그 말과 함께 죽은 채 발견된 주인이 산타 옷을 입고 있었다는 것입니다.

그때 '제주 목장에서 산타 복장의 남성 시체 발견'이라는 자막이 리포터의 손짓에 따라 화면에 쾅쾅 박혔다.

단순 자살 사건으로 마무리된 남자.

정말 그는 매년 크리스마스마다 죽어 온 말들의 죽음과 연관이 있는 것일까요? 소문대로 그는 크리스마스마다 말을 죽여 온 산타, 연쇄 살마마인 걸까요? 미스터리한 이야기를 찾아 떠나는 〈미스터 미스터리〉, 오늘의 주제는 '제주도 목장에서 일어난 연쇄 살마마 사건 산타를 찾아서'입니다.

영상이 꺼지는 동시에 제인이 노트북 화면을 접자 영상을 보고 있던 이준의 심드렁한 얼굴이 드러났다.

"이거 뭐. 이거 그냥 이상한 TV 프로에서 짜깁기한 거 아니야?"

"무슨 소리야. 이거 이상한 프로 아니야."

제인이 단호하게 고개를 저었다.

"누나가 어떻게 알아. 딱 봐도 완전히 허접한데."

"내가 알지, 그럼. 누가 알아. 내가 그 이상한 프로 작가였으니까."

제인이 가슴을 탕탕 치며 말했다.

"아……. 그래? 그렇다면 미안."

이준은 의외의 정보에 놀라 급하게 사과했다.

"자, 봐. 여기 산타, 여기도, 이때도, 봐. 작년에도."

제인은 이준의 말에 아랑곳하지 않고 사진 여러 장을 이준 앞에 펼쳐 놓았다. 매년 크리스마스, 삼해목장에서 말이 죽던 날의 어느 장면이었다. 그 사진 속에는 모두 빨간 옷을 입은 사람들의 모습이 어설프게 찍혀 있었다.

"누군가 매년 사고를 가장해서 말을 죽이고 있어. 그리고 바로 어제!"

제인이 침을 꼴깍 삼켰다.

"저 목장에서 또 말이 죽었다."

죽었다는 말에 이준이 움찔했다.

"작년에 범인이 죽었다며?"

"오. 너 관심 없는 척하더니 엄청 재미있게 봤구나?"

"그거야. 내가 이 동네에서 일을 하니까……."

이준은 자신도 모르게 변명을 했지만 제인은 들을 마음이 없었다.

"내 촉으로는 아니야. 작년에 죽은 그 사람은 범인이 아니야. 범인은 따로 있어."

두 사람 사이에 잠시 정적이 흘렀다. 이준이 뭔가 불안함을 감지했다.

"그래서?"

"이 사건을 너와 내가 해결하자. 그리고 난 그걸 소설로 써서 대박 나는 거지."

"뭔. 너와 나야. 그리고 갑자기 소설이라니……. 뭐야? 누나, 소설 써?"

이준이 본능적으로 뒷걸음치며 말했다.

"나 이제 무직이야. 그리고 소설가 지망생이지."

"일을 그만뒀다고?"

"평생 품고 산 꿈이었다. 이 순간만을 기다려 왔어. 내 손에 펜을 쥐어 줄 운명적인 사건을 만나기를. 근데 만난 거야. 어쩌겠니. 받아들여야지. 시원하게 사표를 던졌다. 내가 소설로 대박 나는 걸 너도 보고 싶지 않니? 그렇지? 그렇다면 이 누나를 도와. 더도 말고 딱 일주일만."

"뭘 도와. 몰라. 누나 혼자 해. 난 일해야 해."

"다 알아. 너 놀잖아. 여기 나무늘보 같은 사장님이 나 말고 손님 없을 거라고 그랬는데?"

친절한 준연이 굳이 하지 않아도 될 말을 전한 듯했다.

"그래도 안 놀아. 할 일 다 있어. 마을 일도 있고."

이준이 당황하지 않고 침착하게 넘어갔다.

"아닌데. 정류장에서 만난 성난 너구리 같은 아저씨가 여기 게스트하우스 사장 할 일 없는데 마을 일 안 돕는다고 욕하는 거 다 들었어. 그거 너 아니야?"

이준을 욕한 성난 너구리는 부 이장이었다.

"아이! 그래도 싫어."

위기에 몰린 이준이 세차게 고개를 저었다.

"너 먼 친척보다 가까운 이웃이 훨씬 소중한 사람이라는 말도 모르니?"

"알지. 근데 나한테 누나는 먼 이웃이야."

"그래. 내 가까운 이웃은 네가 아니라 네 누나와 엄마지. 내 소중한 이웃에게 당장 너의 소식을 알리겠어."

"……안 돼."

"그래. 그렇다면 이제 넌 내 수사 보조야."

그다음부터 이준이 어떤 이야기를 해도 제인은 듣지 않고 휴대폰을 들고 괜히 이현에게 메시지를 보내며 의미심장한 눈빛을 보냈다.

"진짜 딱 일주일 만이야."

이준은 어쩔 수 없이 들릴락 말락 하는 목소리로 대답하고 말았다.

그렇게 '절대 사적으로 얽히지 않는다'라는 크리스하우스의 철칙이자 호스트인 크리스의 금기는 깨졌고 아직 2021년의 하이라이트는 끝나지 않았다.

목격마의 진술

이 목장에는 경주마가 살지 않는다. 뭐 한때나마 경주마였던, 아니면 경주를 위해 태어났지만 그렇게 살지 못했던 말들이 종종 들어오기는 한다. 이 목장에는 다른 목장에서 쓸모가 사라져 사장이 헐값에 들여온 말이나 승마를 즐기는 육지 사람들이 잠시 맡겨 둔 변두리 말들이 산다. 목장 사장은 그걸 '싼'이라고 표현한다.

나는 이 목장 사장이 처음 목장을 만들 때 아는 형님에게서 데려온 말이다. 내가 살던 오름을 끼고 있는 방목지에 골프장이 들어서면서 생긴 일이었다. 그때만 해도 산을 내달리며 살았다. 이래 보여도 나는 야생마나 다름없다. 승마용 말처럼 예쁨받고 자라지도 않았고 경주마처럼 관리를 받은 적도 없다. 물 건너 들어오는 말과도 달랐다. 나는 이 한라산의 정기를 받은 제주 토종마다.

그리고 이 목장에 가장 오래 머무른 터줏대감이다. 여기 온 후로 마사의 가장 바깥쪽 자리는 줄곧 내 자리였다. 여기서 는 목장의 전경을 한눈에 볼 수 있다. 수많은 말이 이 목장을 드나든 역사에 대해서도 나는 다 알고 있다.

이 글을 읽고 있는 거기. 지금 이 말의 뜻이 뭔지 아는가?

나는 이제껏 크리스마스마다 이 목장에서 일어난 죽음을 모두 목격한 유일한 존재다.

사람들은 이제 산타가 없다고 말하지만 틀렸다.

이번 겨울에도 역시, 산타가 목장을 다녀갔고, 루돌프가 죽었다.

2부
살인마는 죽고
살마마는 살았다

1

"말은요?"

"무슨 말?"

"어젯밤 죽은 말이요."

목장 사장과 제인은 처음 보는 사이 같지 않았다. 제인은 그렇다 치고 목장 사장이 의외였다. 반기지는 않았지만 마사 안까지 터벅터벅 들어오는 제인을 말리지도 않았다.

목장 사장은 마사에 대해서만은 예민한 사람이라 이준은 언제나 방목지에서 울타리 너머로 말을 구경하는 게 다였다. 이준이 숱하게 이 목장에 놀러 왔어도 단 한 번도 마사 안을 들어가 본 적이 없었다.

"이렇게 들어와도 괜찮아요?"

이준이 제인을 따라 조심스레 마사에 들어서며 목장 사장에게 물었다.

"저 아가씨. 원래 아는 사람이야?"

목장 사장은 이준의 질문은 들은 척도 않고 물었다.

"아. 네. 뭐……."

이준은 어디서부터 설명해야 할지 애매해 얼버무렸다.

"혹시. 그거 크 사장이 알려 준 건 아니지?"

"뭘요?"

"아. 아니야. 됐어. 내 인생이 그렇지 뭐. 이 시부럴."

목장 사장이 다 포기한 듯 한숨을 푹 내쉬더니 다시 말 사료 봉지 쪽으로 향했다.

앞서 걸어가는 이준의 옆으로 말들의 코에서 하얀 김이 훅훅 뿜어져 나왔다. 몇몇은 눈에 익은 말이었다.

"말이 죽은 곳이 어디예요?"

마사를 마음대로 휘젓고 다니던 제인이 목장 사장에게 물었다.

"저기. 맨 끄트머리."

목장 사장이 대충 고개로 가리켰다.

"저 갈색 말 자리요?"

"아니, 그 앞에. 빈 데."

제인이 휴대폰을 꺼내 마사 안을 꼼꼼히 찍어 대자 목장 사장이 당황하며 제인에게 달려갔다.

"어, 어, 아가씨! 사진은 왜 찍어. 그런 말은 없었잖아."

"말은 왜 없어요?"

"뭐? 뭔 말. 뭐 죽은 말? 벌써 데려갔지. 그 사진 봐 봐. 우리 목장인 줄 알겠어? 그럼 지워."

목장 사장이 전전긍긍하며 제인을 쫓았다. 왜 저렇게 쩔쩔매는 거지. 이준은 이해할 수 없는 모습이었다. 제인의 당당한 태도 역시 마찬가지였다.

"주인이 있는 말이었어요?"

제인이 아랑곳 않고 질문을 이어 나갔다.

"그래. 새벽에 일 나고 연락했더니 바로 와서 데리고 갔어."

"어디로요?"

"무슨 서귀포에 동물 화장터가 있다고 그리로 간다던데. 하긴 그 큰 걸 어디 묻기도 뭐하고."

"주인이 누구예요?"

"나도 몰라. 기용이가 데려왔어."

"기용이요?"

아는 이름이 나오자 이준이 반응했다.

"기용이? 기용이가 누구야?"

제인이 이준의 반응을 보고 물었다.

김기용. 삼해리가 속한 한라읍 담당 해충방역업체 직원이었다. 벌레를 무서워하는 이준이 몇 번 도움을 요청하면서 그나마 가까이 지내는 제주 사람이었다.

"주인은 아니고. 누구한테 부탁받았다고 지난가을에 데리고 왔어. 무슨 크루즈에 탄다고 잠깐 맡았다던데."

자신도 잘 모르는지 목장 사장이 갸웃거렸다.

"크루즈요? 흠……."

제인이 수첩에 뭔가를 적으며 잘 움직여지지 않는 눈썹을 꿈틀댔다.

"어떤 말이었는데요?"

"페르슈롱. 어제 그 말."

목장 사장이 이준에게 말했다.

어제 그 말이라면. 잠시 생각하던 이준이 놀라 마사 안을 둘러보았다. 어제 이준을 따라 걷던 흰말이 보이지 않았다.

"그 다리 절던 말이요?"

"그래. 그 다리가 문제지. 문제. 왜 하필 또 여기서 죽어. 원래 아픈 말이었다고. 우리 목장 문제가 아니고. 오늘 데려간다고 준비 다 해 놨는데……."

목장 사장이 한숨을 푹 쉬었다.

이준은 머릿속이 잠시 멍해졌다. 마치 어제 알게 된 사람이 갑작스럽게 죽은 느낌이었다. 어쩐지 이준을 따르던 모습이 계속해서 떠올랐다.

그런 이준 옆을 지나쳐 제인이 목장 사장에게 다가갔다.

"다른 특이 사항 같은 건 없습니까? 예를 들면 사라진 물건이라거나. 뭔가 바뀌었다거나."

"아니……. 그게 사라진 건가? 아니, 그 말이랑 같이 운송

될 짐이 좀 흐트러지긴 했더라고. 자세히는 나도 몰라.”

그 말에 제인의 눈이 반짝였다.

“무슨 짐이죠?”

“별건 아니고 그냥 배에 타서 먹을 약이랑 간식이랑 뭐. 그런 것들이었지.”

“약을 먹었어요?”

“뭐. 애초에 몸이 다 망가진 말이었으니까.”

“어디서 난 약이요?”

“의사 선생이 지어 준 약이지.”

목장 사장이 별일 아니라는 듯 이야기했다.

“흠……. 이름이 뭐예요? 그 말.”

제인이 빠르게 적으며 물었다.

“아가씨. 이제 우리 목장 좀 안 오면 안 돼?”

목장 사장이 읍소하듯 말했다. 모르는 사이에 목장 사장을 꽤 괴롭혔던 모양이다.

“이름이 뭐예요. 알려 주세요.”

“아. 루돌프!”

“루돌프라……. 크리스마스에 루돌프가 죽다니……. 그것 참. 더더욱 수상하군.”

제인이 이준을 보며 고개를 끄덕였다. 물론 이준은 모른 척했지만 제인은 탐정 사무소 상황극을 이어 나갔다.

“분명…… 산타가 다녀갔다.”

2

"저도 모르는 사람이에요."

기용이 산타 모자를 벗어 크리스하우스 주방의 기다란 테이블 위에 올려놓으며 앉았다.

"몰라?"

"네. 회사 선배가 맡아만 주면 500만 원 준다고 해서 그냥 한 거예요."

기용이 쌍꺼풀 짙은 커다란 눈을 굴리며 고개를 끄덕였다. 산타 옷을 벗자 안에 근무용 조끼가 나왔다. 아마 이 조끼가 아니었다면 처음 소독을 하러 온 그에게 문을 열어 주지 않았을지도 몰랐다.

기용의 첫인상은 청년이라 하기엔 아직 어색한 감이 있는 스물네 살 남자아이에 가까웠다. 둥글둥글하게 귀여운 얼굴에 아이돌 가수처럼 탈색한 분홍색 머리를 하고 그 머리만큼이나 요란한 운동화를 신고 있었다. 그래서 이준은 기용이 자신과는 가장 거리가 먼 종류의 사람이리라 속단했다.

하지만 기용은 겉모습과 달리 정말 열심히 일했다. 가정집이든 영업집이든 해충방역 시스템이 필수인 제주에는 해충방역업체가 셀 수 없이 많다.

그래서 영업 직원들의 영업 능력이 곧 경쟁력이었다. 그런 면에서 기용은 나이는 어리지만 타고난 능력이 있었다. 손도 빠르고 변죽도 좋아 정기 소독일이 아니어도 종종 마을을 찾아 이런저런 일들을 도왔다.

"그런데 저 누나는 누구예요?"

아까부터 멀리서 기용을 의심의 눈초리로 바라보던 제인을 힐끗 보며 기용이 물었다.

"손님이야. 손님. 아침 식사 하세요. 장경자 님."

이준이 제인을 비아냥대듯 부르자 제인은 기용에게서 시선을 떼지 않고 걸어와 맞은편에 앉았다.

"아는 누나예요. 쟤."

제인이 이준을 턱 끝으로 가리켰다.

"그런데 내가 누나인지는…… 어떻게 알았어요?"

제인이 취조하듯 기용에게 물었다.

"네? 딱 봐도……."

"자. 밥 먹자."

거침없이 솔직한 기용의 말이 튀어나올 때쯤 이준이 테이블 위로 접시를 올렸다. 커피와 빵, 샐러드, 달걀프라이로 구성된 가벼운 아침상이었다.

"벌레 죽이는 일을 한다고요?"

"벌레 잡는 일이라고 해 주실래요?"

제인이 샐러드에 소스를 뿌리며 묻자 커피를 마시던 기용이 불쾌하다는 듯 답했다. 제인은 그게 그거라는 듯 어깨를 들어 올렸다.

"그 산타 옷은 왜 입은 거예요?"

"이장님한테 받았는데요."

"이장님?"

"네. 회관에서 못 보셨어요? 겨울에 장사 안 된다고 다들 말이 많으니까 매년 산타 옷을 마을마다 빌려 줬어요."

"그게 의미가 있나?"

"무슨 의미가 있어요. 그냥 연말이니까 세금 쓰는 거죠 뭐."

"그걸 다들 입는다고?"

"마을 부흥에 도움 된다고 이장님이 신신당부하셨어요. 저도 받았는데 형은 못 받았어요?"

기용이 자신의 옷을 가리켜 보이며 물었다.

"글쎄. 나는 못 받았는데?"

"안 받은 집은 집집마다 가서 주셨다고 했는데?"

"그래? 아. 맞다."

어제 목장에서 부 이장이 받아 가라던 크리스마스 옷이 기억났다. 챙겨 줘도 못 받아 간다는 구박이 벌써부터 들리는 듯했다.

"매년 크리스마스에 마을 사람들이 산타복을 입는다……. 수사가 더 어려워지겠군."

"수사라뇨? 누나 경찰이에요?"

제인의 말에 기용이 반응했다.

"비슷한데. 공직은 아니고 취미?"

"그럼……."

기용이 제인의 말을 이해하려는 듯 잠시 멈췄다.

"그냥 아무것도 아니네요."

기용은 이내 흥미를 잃었다는 듯 다시 식사를 이어 나갔다. 이번엔 제인이 기용을 노려봤다.

"마을은 다 돌고 온 거야?"

이준이 화제를 돌렸다.

"거의요."

"크리스마스이브라 당연히 밤새 놀았을 줄 알았는데."

"에이. 남들 놀 때 같이 놀면 돈 못 벌어요. 이래 보여도 영업직이라고요."

한껏 으스대는 기용을 보고 이준이 귀엽다는 듯 고개를 끄덕였다.

"다들 별일 없으시고? 새벽에 조금 시끄러운 것 같던데."

"그래요? 그래 봤자 뭐 또 술 먹고 미쳐서 돌아다니는 렌터카 아니에요?"

기용이 빵을 우물우물 씹으며 별일 아니라는 듯 대답했다.

"그런가?"

"뭐 궁금하면 영덕이 형한테 물어보세요. 여기 오기 전에 카페 들렀거든요. 그 형 어제 새벽까지 가게에 있었다고 하는 것 같던데요. 4신가……? 5신가?"

넉살 좋은 기용은 얼핏 삼촌뻘로 보이는 영덕을 아무렇지 않게 형이라 불렀다.

"왜 그 늦은 시간까지?"

말을 꺼낸 건 제인이었다.

"여기 목장 앞에 숭구리당당 말하는 거죠?"

"송당당근이요. 누나."

"거기 털보 사장님 웃지도 않고 무섭던데."

"사람을 겉모습으로 파악하는 걸로 봐서 누나는 그다지 좋은 사람이 아니네요."

기용이 남은 달걀프라이를 입에다 털어 넣으며 일어났다.

"그래도 이준 형이랑 친한 누나면 저도 친하게 지내요."

기용이 제인에게 악수를 청하자 제인은 피식 웃더니 고개를 끄덕이며 기용의 손을 잡았다.

"전 가 볼게요. 형, 혹시 또 지네 나오면 전화하세요. 바로 잡으러 올 테니까."

"응. 그래. 잘 가요. 기용이."

제인이 인자한 미소를 띠며 손을 흔들었다. 기용이 제인과 이준에게 꾸벅 인사를 하고 밖으로 향했다. 기용의 흰색 경차가 경박한 소리를 내며 날쌔게 크리스하우스를 벗어났다.

"언제 봤다고 기용이야?"

접시를 정리하며 이준이 어이없다는 듯 물었다.

"촉새 같은 놈이야. 친하게 지내면 고생 안 하고 정보를 얻을 수 있겠어."

인테리어용으로 달아 놓은 흰색 커튼 뒤로 몸을 감추고 창밖을 내다보던 제인이 만족스러운 듯 킬킬댔다.

"왜 하필 이 사건인데?"

설거지를 하며 이준이 물었다.

"응?"

테이블에 앉아 노트북을 열심히 두들기고 있던 제인이 그 질문에 고개를 들었다.

"기다리던 운명적 사건이라며. 일까지 그만두고 이 사건에 이렇게 매달리는 이유가 뭐냐고."

음. 그건. 제인이 잠시 쉬었다가 말을 이어 나갔다.

"내가 방송 하면서 진짜 온갖 사건을 다뤄 봤거든? 그래서 보면 딱 각이 나와. 누가 범인이고 뭐가 문제고 어떤 게 거짓말인지. 근데 그냥 모르는 척하는 거지. 일부러 더 수상한 척 만들고. 방송이 원래 그래."

제인이 피곤하다는 듯 손사래 쳤다.

"근데. 이 사건은⋯⋯."

사뭇 진지해진 목소리에 이준이 고개를 틀어 제인을 봤다.
제인이 고심하는 표정으로 노트북 화면을 툭툭 쳤다.

"일단 알아보면 알아볼수록 앞뒤가 안 맞아. 다 말이 안
돼. 뭔가 다 수상하단 말이지."

"그래서?"

"진실을 밝혀야지."

"그걸 왜 경찰도 아니고 누나가 밝혀."

"경찰이 할 일이 얼마나 많은데 이 사건을 밝히니. 이건 딱
소설가가 하는 게 맞아."

"소설가라는 직업을 잘못 알고 있는 거 아니야?"

"피해자가 아니라 피해마잖아. 말은 말을 못해. 그렇다는
건 이 사건을 풀 수 있는 건. 오로지. 나의 이 타고난 상상력뿐
이라는 거지."

제인의 목소리에는 자신감에 확신까지 담겨 있었다.

"무고히 죽어 온 말들을 위해 내가 모든 사건의 범인을 찾
아낼 거야."

"무슨 수로."

"너 내 촉 기억하지? 내가 공부도 못하고 노래도 못하지만
정말. 이 촉 하나만은 타고났거든."

이준이 불안한 눈으로 제인을 봤다. 그 말만큼은 반박할 수가 없었다. 사실이었으니까. 예전부터 그랬다. 제인은 남들보다 더 많은 세상을 보는 사람처럼 구는 구석이 있었다. 더 넓은 후각, 청각, 시각은 물론이고 무엇보다 촉. 그 촉이 좋았다.

"이제 와서 뭘 어떻게 찾겠다는 거야. 3년 전 일을."

"못 찾아. 하지만 모든 사건이 그렇듯. 그 앞에 연쇄라는 단어가 붙으면 말이 달라지지."

제인의 눈빛이 반짝반짝 빛났다. 먹이를 찾아 산기슭을 찾아 헤매는 어쩌고저쩌고에 아주 적합한 모습이었다.

"첫 피해자는 아니, 피해마는 3년 전에 죽었지만. 그를 죽인 범인은 어제. 이 마을을 다녀갔으니까."

제인이 창밖을 가리키며 말했다.

"나가자. 구난."

열의가 끓어오르는 제인이 결심한 듯 무릎을 탁 치고 일어났다.

"어딜."

물론 이준은 아니었다.

"일단 수상한 사람부터 하나하나 확인하는 거야. 얼른 일어나!"

임영덕이 준비해 둔 에스프레소 위에 따뜻하게 데운 우유를 올렸다. 그가 눈썹 위 상처가 도드라지도록 인상을 써 대며 카페라테 위에 당근을 그리는 장면을 이준은 힐끔힐끔 쳐다봤다. 이 동네에 살면서 언제고 한 번은 이 카페에 오리라 생각은 했지만 이렇게 제인과 함께 올 줄은 몰랐다.

"나 저 무늬 옷 입은 할머니를 이 동네에서 봤는데. 같은 조직인가."

제인이 영덕의 호피 무늬 티셔츠를 흘끔거리며 이준에게 속삭였다.

"조직이 아니고 혈육이지."

"피로 맺은?"

"가족이야. 아들과 어머니."

제인이 새로운 소식에 오호, 작은 소리를 냈다.

그렇다. 털보 영덕은 경하난 할망의 삼 남매 중 막내아들이었다. 그리 놀라운 일도 아니었다. '물과 독과 사름이 어울려 사는 마을 삼해리.' 말과 닭과 사람이 어울려 사는 마을 삼해리에서 그 사람의 5할이 고 씨였다. 다시 말해 집성촌이었다.

이쯤에서 예를 들어 보자면 도리 여사는 부 이장의 아내이자 경하난 할망의 사촌 동생이며 크리스하우스 사장 준연의 당고모 되시겠다.

"커피는 셀프입니다. 가져가세요."

진동 벨 대신 동굴 같은 목소리가 카페 안에 울렸다. 그 소리에 이준이 얼른 일어나 영덕이 내놓은 커피를 가지러 갔다. 쟁반을 들어 올리는 이준을 영덕이 매서운 눈으로 쳐다봤다.

그의 뜨거운 시선에 이준은 눈을 마주치지 않으려 노력했다. 사람을 뚫어질 듯이 빤히 보는 걸로 보아 확실히 경하난 할망의 아들이었다.

"기용이가 새벽까지 일했다고 하더니. 진짜 눈이 벌겋네."

테이블에 앉아 있던 제인이 영덕의 뜨거운 눈빛을 보며 이준에게 말했다.

"오늘 처음 봐 놓고 기용이가 아주 입에 붙었네."

이준이 괜히 툴툴댔다.

"야. 저기 저 사람은 알아?"

제인이 창가 쪽에 앉은 말 선생을 가리키며 물었다.

"아까 들어올 때 인사했잖아. 모르는 사람한테 왜 인사를 했겠어."

"그러니까 누구냐고."

"여기 말 병원 수의사야."

말 선생, 간간이 삼해목장을 찾는 수의사를 동네 사람은 말 선생이라고 불렀다. 그는 송당당근 창가에 앉아 급하게 끼니를 때우는 듯 보였다. 제주 햇볕에 탄 구릿빛 피부 때문인지 별칭 때문인지, 쓸데없이 큰 키에 구부정하게 앉은 모습이 정말 말을 닮아 보였다.

"저 사람 여기서 일한 지 얼마나 됐대? 너 여기 처음 왔을 때도 있다?"

"몇 년 됐다고 그러는 거 같던데?"

"수상한 점은?"

"그런 거 없어. 무슨, 사람한테서 수상한 점부터 찾아."

혹시나 들릴까 이준이 커피를 마시며 조용히 대답했다.

***

"카이스트 나왔대요."

얼마 전, 기용이 크리스하우스 창고 틈에 머리를 박은 채 말했었다.

"카이스트에 수의과가 있어?"

"아니요. 카이스트 다니다가 말이 너무 좋아서 일본으로 유학을 다녀왔나 봐요."

"수의학을 일본까지 가서 배워야 돼?"

"거기가 유명한가 보죠 뭐."

그래? 이준이 무덤덤하게 말했다. 그때는 그게 중요한 상황이 아니었다.

"상도 많이 받았다고 하던데요. 여기저기서 오라는 데가 넘치는데 제주로 와서 마사회에서도 엄청 유명했대요. 근데 작년에 탐라말병원으로 옮겼어요."

탐라말병원은 제주 중산간에 위치한 자그마한 사립 병원이었다.

"그래서 사람들이 이상하다고 생각하는 거예요. 잘났다는데 점점 구린 데로 가잖아요. 어? 잡았다."

기용이 장갑 낀 손으로 지네를 들어 올렸다.

"으악. 보여 주지 마. 그냥 밖에다 던져 버려."

"뭘 던져요. 또 오라고."

기용이 봉지 안에 지네를 넣고 살충제를 뿌렸다. 이준이 온 얼굴을 구기며 인상을 썼다.

"그 수의사요. 들리는 소문에는 월급도 엄청 조금 받는대요. 마사회에서도 쉬쉬하기는 하는데 뭘 잘못했나 봐요."

"그래?"

지네의 여파로 이준은 말 선생의 이야기가 귀에 잘 들어오지 않았다. 몸서리치는 이준을 보고 기용이 웃더니 테이블로 가서 앉았다.

"여기는 약 쳐도 계속 나올 거예요. 저 항상 이 근방에 있으니까 점검일 기다리지 말고 전화하세요. 미안하면 아침밥 주세요. 형."

"그래. 고마워. 돈은 네가 더 많이 받아야겠다."

생각해 보니 기용은 그동안 이준에게 꽤 많은 정보를 물어다 줬다. 이 집 저 집을 돌아다니는 기용이 좋은 정보원이 될 거라는 제인의 직감은 사실이었다.

✻✻✻

"구난. 불러 봐."

제인이 말 선생에게서 시선을 떼지 않은 채 이준의 팔을 툭 쳤다.

"저 사람? 왜. 싫어."

이준이 고개를 절레절레 흔들었다.

"뭘 왜야. 내가 여기 왜 들어왔겠어. 너 케이크 사 주려고 왔겠어?"

"무슨 소리야. 내가 샀잖아."

이준의 말이 끝나기도 전에 제인이 일어나 말 선생에게 향했다.

잠시 후. 뭐라고 말을 했는지 이준이 있던 테이블로 제인과 말 선생이 함께 돌아왔다.

"서로 아시는 사이라고."

제인이 선하게 웃으며 말 선생과 이준을 번갈아 봤다.

"네. 크 사장님이야 삼해에서 유명 인사죠."

"하하하. 제가…… 유명 인사인가요……?"

어색한 인사가 이어졌다.

"그럼요. 삼해의 유일한 젊은 피라고 이장님이 칭찬 많이 하세요."

"설마……요."

이준이 멋쩍게 웃었다.

"그런데 궁금하신 게 있다고."

"제가요?"

"아뇨. 제가요."

제인이 손을 들었다. 말 선생이 고개를 끄덕였다.

"어제 여기 목장에서 말이 죽었다고 들어서요. 정확한 사인이 뭔가요?"

제인의 표정이 사뭇 진지했다.

"루돌프요? 루돌프는 아파서 죽었어요. 오래전부터 제3지골이 안 좋았거든요."

제인의 물음에 말 선생이 대답했다.

"제3지골이면…… 그게 어디예요?"

"다리요. 말은 다리가 상하면 치명적이거든요. 그나마 그 종은 다리가 짧고 두꺼운 편인데 루돌프는 워낙 고생을 많이 해서 다 망가져 있었어요. 아마 쇼에 쓰이던 말이었을 거예요. 쇼에 쓰이는 말들이 혹사되는 거야 뭐 다반사죠."

"아……. 그럼 크리스마스에 갑자기 죽은 건 아니란 말씀인 거죠?"

"네. 혹시……."

"네?"

"크리스마스마다 여기 목장의 말이 죽는 것 때문에 그러세요? 제주 연쇄 살마마 사건."

"그 방송 보셨어요?"

제인이 기대하는 목소리로 물었다.

"네. 그 내용에 몇 가지 오류가 있거든요. 사실 처음부터 말이 안 돼요."

"오류요? 어떤 오류요?"

오류라는 말에 제인이 반응했다.

"첫 번째 말 썼더요. 그 말이 목장 사장님이 뿌린 제초제가 묻은 풀을 먹고 죽었다고 하는데. 사실 그 제초제가 묻은 풀을 먹어도 말은 죽지 않아요. 그 제품은 선택적 제초제라 동물이 먹고 죽을 만큼의 독성이 없거든요."

"그럼 그 말은 왜 죽은 건가요?"

"더 독한 걸 먹은 거죠. 누군가 먹이거나."

그 말을 꺼낸 순간이었다. 이준의 눈에 말 선생의 표정이 어딘가 달라 보였다.

"그런데 그게 왜 궁금하세요?"

"아뇨. 그냥 말에 관심이 많아지다 보니까 궁금한 게 많았네요."

"아. 동물 관찰 에세이 쓰신다고 하셨죠. 그럼요. 말에 대한 이야기라면 언제든지."

말 선생이 제인에게 명함을 건넸다.

집으로 돌아온 이준은 제인을 사기꾼 보듯 했다.

"동물 관찰 에세이?"

"아, 그거? 내가 제주도 동물들의 겨울나기에 관련된 책을 쓰고 있다고 했거든."

"그걸 믿어?"

"야. 믿다뿐이냐? 갑자기 막 말이 빨라지면서 '동물 에세이요? 관심이 가네요. 혹시 말똥으로 멸종 위기에 처한 쇠똥구리를 살릴 수 있다는 사실, 알고 계시나요?' 이러던데?"

"뭔 소리야."

"그래서 내가, 어머 진짜요? 정말 흥미롭네요. 저도 동물이 너무 좋아서 따뜻한 동물 에세이를 쓰기로 마음먹었거든요. 그중에서도 저는 말이 정말……."

제인이 혼자 연극하듯 돌아다니며 말했다.

"작가도 아니고 작가 지망생이. 그거 사칭이야. 게다가 따뜻한 동물 에세이가 아니라 누나는 동물 다 죽여 버리는 연쇄 살마마를 쓴다며."

"귀에 걸면 귀걸이고 에세이에 걸면 에세이지."

"그럼 그냥 싹 다 물어보지 왜 하다 말아. 삼해목장 말 수의사인데 다 알고 있겠네."

"아까 들어 보니까 여기 온 지 3년 됐다던데. 3년 전이면 최초로 말이 죽었을 때잖아. 그럼 그 사람이 이 목장에 올 때부터 계속 사건이 일어났다는 건데……."

"아니, 계속은 아니지. 어제 죽은 말은 진짜 아파서 죽은 거잖아."

제인이 눈을 가늘게 뜨며 이준에게 다가왔다.

"저 사람이 진짜 범인이면 내가 죽었다고 하겠니? 아파서 죽었다고 하겠지. 어차피 저 목장에서 죽은 말들 사망 선고는 저 사람 말하기 나름 아니야. 오, 그렇게 생각하니 일이 빨리 풀릴 수도 있겠어."

"내가 보기엔. 그 사람은 아니야."

커피를 한 모금 마시고 이준이 말했다. 이준이 처음 내놓은 의견에 제인이 활짝 웃으며 팔을 벌렸다.

"드디어. 참전하는 건가, 구난. 환영하네. 어쨌든 이유는?"

"그 사람은 말을 좋아해. 그것도 너무 좋아해. 사람이면 몰라도 말을 죽였을 리는 없어."

이준이 확신하듯 고개를 끄덕였다.

"근데 그 사람 말대로라면 목장 사장님이 거짓말을 한 거야. 제초제를 먹고 죽었다고 이야기한 건 목장 사장님이니까. 하긴 그게 처음부터 좀 이상하긴 했지."

제인이 하고 싶은 말이 잔뜩 있다는 얼굴로 눈동자를 굴렸다. 이준은 반응해 주고 싶지 않았지만 은근히 궁금해서 물어보았다.

"뭐가?"

"3년 전, 은퇴한 경주마가 목장에서 벗어난 풀숲에서 제초제가 묻은 풀을 먹고 죽은 채로 발견된 게 시작이야. 그때 제주에 소나무재선충이 유행하면서 어디에나 제초제가 뿌려져 있었거든. 그 때문에 각 목장에서는 방목을 엄격히 금하고 말에게는 사료를 충분히 줬어. 그런데 그 말은 목장 안도 아니고 바깥 숲까지 가서 풀을 뜯은 거야. 그 새벽에."

"그게 어떻게 사건이야. 사고지."

"그치. 그래서 별다른 조사도 없이 그렇게 사고로 지나갔어. 그 말은 목장에 온 지 3개월밖에 안 된 말이었는데 한때 엄청 잘나가는 경주마였대. 경기 도중에 이상행동으로 은퇴를 했다고 하더라고. 그래서 사람들은 그 말이 어딘가 이상해졌거나 미쳐서 벌어진 사고라고 생각한 거지. 그런데 말이 아무리 정신이 이상해도 그 독한 냄새를 맡고 그걸 먹었을까?"

'말의 감각은 초능력에 가깝습니다. 1킬로미터 떨어진 곳의 소리를 듣고 어두운 곳에서도 색을 구분해요. 특히 후각. 말은 정말 미세한 냄새까지 다 맡을 수 있죠.'

이준이 바로 전날 봤던 말 다큐멘터리의 내레이션 구절이 떠올랐다. 본능적인 감각이 퇴화가 되지 않은 이상, 충분히 일리 있는 의문이다.

"그날 그 근처 도로 CCTV에서 누군가 목장 쪽으로 걸어가는 뒷모습이 찍혔어. 불빛이 없어서 잘 보이지는 않지만 확실히 붉은 옷을 입고 있었어. 근데 이 사람 손에, 보여? 뭔가 들려 있잖아. 난 이 사람이 썬더에게 제초제를 먹였다고 생각한다."

제인이 이준을 향해 노트북 화면을 돌렸다. CCTV에 찍힌

도로를 걷는 붉은 옷의 뒷모습 사진과 썬더라는 말의 사진을 보여 줬다.

경주마로 주로 쓰이는 더러브렛이라는 종이었다. 딱 보기에도 값이 꽤 나가 보이는 말인데 무슨 이유로 어린 나이에 은퇴한 거지. 이준은 슬슬 사건이 궁금해지기 시작했다. 하지만 역시 티를 내지 않으려 노력했다.

그때였다. 쾅! 쾅! 쾅! 누군가 크리스하우스의 문을 격하게 두드렸다.

"크 사장! 크 사장! 안에 있지!"

3

아침과는 달리 하늘에 해가 떠 있었다. 바람이 잦아들어 그나마 밖에 서 있기 괜찮은 날씨였다. 그 날씨를 '꽁'으로 날려 버릴 수 없는 이장이 기어코 마을 사람들을 공터로 모았다. 꽤 많은 사람들이 모여 눈 쌓인 공터 여기저기 앉아서 일을 하고 있었다.

"여기서 뭐 하는 건데."

제인이 이준에게 가까이 붙으며 말했다.

"쓰레기 주워."

이준은 최대한 무미건조하게 답했다.

"왜?"

"쓰레기가 많아서."

"왜?"

"겨울이라서 바람에 날아오거든."

"왜?"

"아랫마을이 사라지면서 쓰레기가 많아졌어."

"왜?"

"카지노 단지가……. 아. 그만 물어봐. 왜 따라와 가지고. 쓰레기라도 줍든지."

이장이 쥐여 준 쓰레기봉투를 제인에게 넘기자 제인이 뒷짐을 지며 고개를 저었다.

"쓰레기를 줍는 건 착한 일이지만 나는 내가 할 일이 있어. 구난."

티격태격하는 두 사람을 보며 멀리서 마을의 여사들이 수군댔다. 일손을 보태려 모인 닭 거리 여사들이었다. 그녀들은 마을 회의에는 잘 참석하지 않지만 일손이 필요할 때는 항상 나타나 노동을 자처했다.

옛부터 제주 여자들은 타고난 노동꾼 기질이 있었다. 물론 이주민이 늘어나고 세대가 교체되면서 점차 문화가 바뀌기는 했지만 어쩐지 닭 거리 여사들은 무리를 지어 다니며 동네의 노동을 도맡아 해 왔다.

그리고 무리 안에서는 언제나 말이 많은 법이다. 어느 집 누구의 사연이 그녀들에게는 매일 아침 보는 일일드라마 뺨치게 중요한 사안이다. 새로운 인물의 등장에 무리의 우두머리 격인 계림 여사가 제인과 이준을 향해 다가왔다.

"크 사장 애이인?"

계림 여사가 끝을 늘이는 제주 특유의 억양으로 제인에게 말을 걸었다.

"네? 아. 으음. 자기야."

제인이 잠시 고민하더니 이준의 옷깃을 잡으며 수줍게 웃었다.

"뭐라는……."

이준이 제인의 행동에 화들짝 놀라 쳐다봤다. 미처 뭔가 변명을 하기도 전에 곧바로 다른 공격이 들어왔다.

"결혼할 사이라던데."

산들가든 여사가 하늘도 놀라고 땅도 놀랄 유언비어를 던졌다.

"네? 누가…… 그런 말을……."

이준이 당황하며 여사들에게 물었다.

"김 사장이 경 글안게(그러던데). 아니가?"

범인은 편의점 사장이었다. 그는 손님도 없는 가게에 제주 시내 대학생을 아르바이트로 데려다 쓰며 자신은 수시로 들판에 풀어 놓은 개처럼 마을을 쏘다녔다. 그러고는 이준을 포함한 마을 사람들에 대한 이야기를 흘렸는데 한 번도 사실이었던 적은 없었다. 기용의 소식에 의하면 그 감각으로 경마에서 집을 다 날렸다고 했다. 어쨌거나 편의점 사장은 사람들의 관심을 받기 위해 사는 사람 같았다.

그의 주 타깃은 리액션이 좋은 닭 거리 여사들이었고 여사들은 그가 떠벌리고 다니는 가십거리에 관심이 많았다. 그 가십은 언제나 결국 이준의 귀로 들어왔는데 그 유통 과정은 편의점 사장이 만들어서 닭 거리 여사들이 키우면 기용이 전해주는 방식이었다. 며칠 사이 제인에 대해 말들이 많았던 모양이다.

"여보."

제인이 애칭을 바꿔 다시 이준을 보고 웃었다.

"벌써 식 올린 거 아니야?"

어느새 다가온 편의점 사장이 신나서 물었다.

"장난을 잘 치는 그냥 누나입니다."

이준이 웃음기를 지우고 편의점 사장과 아주머니들에게 단호히 말했다.

"네. 그냥 누납니다. 제가 업어 키웠죠."

제인이 이준의 어깨를 치며 호탕하게 웃었다.

"저디! 남자덜 이레 와."

모여 있는 사람들을 본 이장이 일부러 일을 찾아 남자들을 불렀다. 이준과 편의점 사장이 이장의 부름으로 끌려가고 흥미로운 이야기가 끝나자 여사들은 본격적으로 자리를 잡고 앉아 일하기 시작했다. 제인은 자연스럽게 그 사이에 앉아 아주머니들이 나누는 마을 이야기를 가만히 들으며 따라서 손을 놀렸다.

"부 이장은 또 부녀회장님은 놔뒁(두고) 온 거지?"

"무을(마을) 일을 열심히 허기는 허는디…… 영……."

"솔직히 부 이장이 이장 자리 차앚인 후제(꿰찬 후에) 무을이 숭숭허기는 허지."

"요즘 무을이 너미 시끄러와. 밧디선(밭에선) 구신이 나곡. 낭(나무)은 다 썩곡. 사름은 다 떠나부는 판에. 오죽허믄 무을 돌아뎅이단 개덜도 안 보염신게."

"에이……. 그건 사해리가 사라지멍 경헌 거주(사라지면서 그런 거지). 부 이장 잘못은 아니주."

"경헐 땔수록 이장의 일이 중요헌 거 아니냐게?"

맞수다. 여사들이 부 이장을 탐탁지 않게 보며 쑥덕였다. 부 이장이 취임한 시점부터 평온하던 마을에 문제가 생기기 시작한 건 맞는 말이었다. 아랫마을이 카지노 단지 공사로 사라지면서 삼해리는 외딴 마을이 되어 버렸는데 그 와중에 농사는 농사대로, 장사는 장사대로 잘 안 됐다. 카지노 공사를 탓하기도 뭐한 것이, 수십 년간 풍년이었던 무 농사도 1~2년 전부터는 문제가 많았다.

이후 외지 사람이 들어앉으니 마을의 기운이 달라졌다는 이웃 마을 무당의 말이 더해지면서 마을 사람들이 점점 불안해하기 시작했다. 여사들이 닭 거리로 서둘러 가게를 옮긴 것도 그런 이유였다.

이준과 편의점 사장은 부 이장의 지시로 커다란 쓰레기 포대를 옮기느라 맥없이 낑낑대고 있었다. 편의점 사장은 겨우 두어 개 옮기고 슬금슬금 몸이 느려지더니 투덜거리기 시작했다. 혼잣말인 양 했지만 부 이장을 향한 말이었다.

"이렇게 치워 봤자 치우면 또 쌓이고 치우면 또 쌓이는걸. 매번 마을 사람들 고생만 시키고……."

한쪽에서 바삐 손을 움직이던 부 이장이 못 들은 체를 하지 못하고 성을 냈다.

"그럼 마을을 썩게 두냐. 너 같은 육지 것들은 대충 팔아넘기고 가면 그만이겠지만 여기 살 붙이고 산 사람들은 네 땅이고 내 땅이고 일단은 다 내 몫이라고."

"나 참. 모르는 사람이 들으면 이 마을에서 나고 자란 양반인 줄 알겠네."

"내가 여기로 장가와서 40년이다. 나랑 살 부비고 사는 마누라고 그 형제고 사촌이고 전부 이 마을 귀신들인데."

"그래. 그런 이 마을 귀신인 형수는 어디 갔수. 마을 일마다 모른 척하고."

"그러는 네 잘난 형은 어디 갔냐. 마을에 민원은 제일 많이 넣으면서 왜 마을에 도움은 하나도 안 주냔 말이야. 그 넓은 숲 다 밀어내고 골프장을 차렸으면 마을에 도움을 줘야 할 것 아니야!"

편의점 사장은 크리스하우스 뒤편 골프장 사장과 호형호

제하는 사이였다. 골프장 사장은 삼해에 살지는 않았고 가끔 제주에 내려오기만 해서 아직 이준도 본 적 없는 인물이었다. 기용에게 전해 들은 바에 의하면 부모에게 물려받은 제주 땅이 개발허가가 나면서 골프장을 짓고 팔자를 제대로 고친 사람이었다.

"아니. 해외 나간 양반이 어떻게 와요. 어딜 가 봤어야 알지. 그리고 엄연히 허가받은 자기 땅인데 그 위에 나무를 베든 콩을 심든 귤을 심든 땅 주인 마음이지. 무슨 상관이요? 우리가 민원을 넣으면 뭐 해. 뭐 하나 제대로 해결해 주는 것도 없으면서……."

편의점 사장은 골프장 일이라면 제 일처럼 나섰다. 골프장 앞 나무가 이유 없이 상하거나 동네 유기견들이 자꾸 잔디를 망가뜨리면 마을에 민원을 넣고 나서서 해결했다.

"시끄러. 너는 네 형 몫까지 두 배로 일해라."

"형님이나 형수 몫까지, 아니지. 형수에 그 형제에 사촌 몫까지 하슈."

"근데 이놈이……."

두 사람이 유치한 말싸움을 벌이는 사이, 이준은 남은 포대를 혼자 옮기느라 이마에 땀이 송골송골 맺혔다.

"이 안에 든 게 다 뭐야?"

어느새 다가온 제인이 이준이 옮겨 놓은 포대 안을 들여다봤다.

"일 안 할 거면 집에 가는 건 어떨까?"

"아니. 지금 이곳에서 아주 많은 정보를 얻고 있어. 매우 소중한 시간이야."

제인이 빼곡히 적은 수첩을 보여 주며 웃었다.

"그럼 일이라도 좀 돕는 건 어떨까?"

"이 안에 든 게 다 뭐냐니까?"

제인이 포대 안에 한가득 들어 있는 병을 가리키며 이준을 재촉했다. 커다란 요구르트병 같기도 한 그 병들은 전부 상표가 뜯긴 채 버려져 있었다.

"그 병은 왜? 뭐가 그렇게 궁금하신가."

편의점 사장이 요사스러운 눈빛을 흘리며 똥개처럼 다가왔다.

"아. 사장님. 이건 뭐예요?"

그런 편의점 사장이 부담스럽지도 않은지 제인이 살갑게 물었다.

"이게 '단칼에'라고 제초제인데 우리 동네 것은 아니고 어디 저 다른 동네서 가져다 버린 것이지."

"그걸 어떻게 아세요?"

"우리 동네는 3년 전부터 이걸 아예 못 쓰게 했어. 쪼기 저 양반이 이장 자리 꿰차자마자 그것부터 했지."

제인의 태도에 신이 난 편의점 사장이 이장을 눈으로 흘기며 말했다.

"근데 다른 마을 사람들이 이걸 여기다 왜 버려요?"

"이 마을이 워낙 후미지고. 이런 주인이 누군지도 모르는 땅이 워낙 넘쳐 나니까 그렇지. 무시당한 거지. 무시."

"여기가 마을 땅이 아니에요?"

"무슨. 주인 있는 땅이지."

"근데 왜 마을 사람들이 다 같이 치워요?"

"주인이 누군지 오지도 않고, 땅도 관리를 안 해서 자꾸 이딴 것들이 쌓이니까 마을 사람들이 모여서 한 번씩 치워 주는 거지 뭐……."

대단한 정보인 양 편의점 사장이 중얼거리자 제인이 맞춰 주며 반응했다.

"오. 진짜요?"

"왜 이걸 해 주냔 말이야. 염병. 굳이 뭐 하러. 에라이. 퉤."

편의점 사장이 센 척하며 으쓱거리는데 그러든지 말든지 제인은 버려진 병들만 유심히 들여다보았다.

"야. 구난. 이제 가자."

탐정 놀이를 끝마쳤는지 제인이 이준에게 손짓했다.

"어디다 내려 줘?"

운전을 하던 이준이 제인에게 물었다.

"너 어디 가는데?"

"난 장 보러 가는데. 어디 갈 데 있어서 탄 거 아니야?"

"아니. 난 그냥 너 따라 탄 건데? 넌 내 수사 보조잖아."

"수사관이 수사 보조를 따라다녀? 바뀐 거 같은데……."

"그런 게 중요해? 같이 다니는 게 중요한 거지. 그나저나 너 아줌마들 앞에서 목소리 잘 깔더라. 아닙니다. 그냥…… 그냥 누나……."

마을 사람들 앞에서 전혀 다른 모습을 보이던 이준이 재밌었는지 제인이 목소리를 우스꽝스럽게 낮추며 따라 했다.

"하지 마."

"그래도. 역시 널 따라다니니까 정보의 퀄리티가 달라지는 구나. 아주 고급 정보를 얻었어. 넌 최고의 파트너야. 구난."

제인이 이준을 뿌듯하게 바라봤다.

"파트너는 무슨. 고급 정보는 무슨."

이준이 중얼거렸다.

"구난, 아주 결정적 증거를 찾았는데 궁금하니?"

"아니."

"'단칼에'야."

"'단칼에'?"

"그래. 아까 그 쌓여 있던 제초제 병 있잖아. 3년 전 썬더가 먹은 제초제. 아까 그 수의사가 말한 제초제 말이야. 산타의 손에 들려 있던 희미한 흰 물체. 그게 모두 '단칼에'라고."

"알고 있었는데 아까는 왜 편의점 사장님한테 모른 척 물어봤어?"

"잠복 수사의 필수 요건이 모른 척인 거 몰라?"

"몰라."

"뭔가 단서가 될 만한 점을 또 하나 찾아냈어."

"단서?"

"일단 '단칼에'를 파는 곳으로 가야 돼. 마을 이장들만 갈 수 있는 곳에서 판다고 하던데……. 우린 못 가겠지?"

"그거야 당연히……."

그때 누군가 이준의 차를 보고 손을 흔들었다. 도리가든 앞에 나와 앉아 있던 도리 여사가 이준의 차를 발견한 것이다. 이준이 여사의 앞에 차를 대고 창문을 내렸다.

"어디 태워 드릴까요?"

"아니. 나는 장사해야지."

"추운데 왜 나와 계세요?"

"돌고래가 안 보여서."

"돌고래요? 아직도 안 보여요? 어디 간 거지?"

"그러니까 말이야……."

서운한 눈으로 주변을 한 번 삥 둘러본 도리 여사의 시선이 조수석에 앉은 제인에게서 멈췄다. 기다렸다는 듯 제인이 꾸벅 인사를 했다.

"안녕하세요. 그냥 누나입니다."

"아는 누나예요."

어. 도리 여사가 고개를 끄덕이고 인사했다.

"밥은? 밥은 먹었어?"

"네. 먹었어요."

"그래. 운전 조심해서 다녀와."

"네. 다녀오겠습니다."

이준이 다정하게 웃고 차를 출발시켰다. 제인도 미소로 인사했다.

"저 아주머니 말이야. 괜찮으신 거야? 이런 산동네에서 돌고래가 웬 말이야."

"아니야. 돌고래는 여사님이 돌봐 주시던 유기견 이름이야."

"무슨 강아지 이름이 돌고래야?"

"털이⋯⋯."

"잠깐. 말하지 마. 내가 맞춰 볼게!"

흠. 제인이 흥미롭다는 듯 잠시 숨을 고르고 대답했다.

"털이 돌고래처럼 회색이야?"

맞아. 이준의 감흥 없는 끄덕임에도 제인은 뿌듯해했다.

"근데 저분, 아까 그 아주머니 무리하고 사이 안 좋지?"

"왜?"

"아니. 여기 와서 처음에 요 아래 사우나에서 잠복을 좀 했는데."

"사우나에서 무슨 잠복을 해."

"너 진짜 하수구나. 선배가 하나 알려 줄게. 원래 그 동네가 어떻게 굴러가는지 알아보려면 사우나만 한 데가 없어. 어떻게 실습도 해 볼 겸 남자 사우나 정보도 좀 물어다 주겠니?"

"거절."

"안 넘어오네. 아무튼 다들 앉아서 귀가 아플 때까지 마을 얘기를 하다가 저 아주머니가 들어오니까 갑자기 다들 조용해지던데?"

그러고 보니 도리 여사님은 닭 거리 여사들 무리에도 약국 아주머니들 무리에도 끼는 모습을 본 적이 없었다. 그저 언제나 동물들과 함께 있는 모습이었다. 닭이나 개나 새 같은, 말을 못하는 것들.

"사람들이 무슨 얘기를 했는데?"

은근슬쩍 궁금해진 이준이 제인에게 물었다.

"별 얘기 아니었어. 그냥 너도 나도 다 아는 얘기. 이 마을 개들이 다 없어지는데 누가 잡아먹는다더라. 김 사장이……. 편의점 사장이 김 사장이지? 그 사람이 유명한 개장수를 불러다가 다 팔아넘긴다더라. 제초제를 갖다 버리는 게 서귀포 무슨 마을 사람들 짓이라더라. 뭐 그런 얘기들."

"난 모르는 얘긴데. 누난 도대체 어떻게 다 알아?"

"알려면 다 알지."

"누나 지금 이 마을 요주의 인물이야. 뭘 하든 좀 조심해서 해. 마을 일에 괜히 끼지 마. 피해 보지도 말고."

"구난. 누난 널 이렇게 겁쟁이로 키운 적 없다."

"겁 좀 내. 겁내고 피할 수 있는 건 다 피해. 그게 맞아."

이준의 말투가 단호했다.

'제스트코'. 두 사람이 도착한 곳은 제주 시내에서도 외곽에 위치한 커다란 마트였다. 거대한 창고에 가까운 외형에 제인의 눈이 휘둥그레졌다.

이준이 자연스레 카트를 빼내 입구로 들어갔다. 이준이 도민증을 보여 주자 입구에 앉아 있던 마트 직원이 삼해리에 체크를 하고는 두 사람을 안으로 들여보내 줬다.

"오, 와우……. 뭐야. 너 아주 대단한 아이구나."

특별한 경험이라도 한 아이처럼 제인이 해사하게 웃어 보였다. 이준은 그 모습에 자신도 모르게 입꼬리가 올라가려다 서둘러 다시 정색했다.

"그냥 장 보러 오는 김에, 이장님이 시킨 것도 있고. 분명 약속했다. 그냥 구경만 하다 가는 거야. 구경만."

이준은 소용없는 걸 알면서도 제인에게 당부했다. 하지만 제인은 벌써 마트 안을 이리저리 휘저으며 돌아다니고 있었다.

제스트코는 주로 식료품이나 농어촌에서 필요한 생필품들을 파는 대형 할인 마트다. 각각의 지역에 필요한 비료부터 어망, 가축 사료도 판매하는데 마을 이장들과 그들이 지정한 대리인, 지역단체 가입자 등 자질구레한 권력을 가진 사람들만 이곳에 입장할 수 있었다. 부 이장의 심부름꾼인 이준은 삼해리 이장 대리인 자격으로 마을 비품을 구매하러 몇 번 왔는데

냉동 식자재 값이 아주 저렴해서 이장 몰래 종종 이곳에서 장을 보기도 했다.

"구난! 이리 와 봐."

미로 같은 마트 안에서 제인이 이준을 불렀다. 이준은 카트를 이리저리 끌고 돌아다니다 제인을 겨우 찾아냈다.

"그렇게 부르면 어떻게 찾아. 왜."

제인이 말없이 자신이 발견한 박스를 가리켰다. '단칼에'가 박스째로 놓여 있었다.

"이거 봐. 뚜껑이 노란색이지?"

"노란색?"

"아까 공터에서 본 통은 죄다 뚜껑이 빨간색이었는데 이건 왜 뚜껑이 노란색일까."

제인이 통을 이리저리 돌려 보는데 마침 마트 직원이 이준과 제인 앞으로 지나갔다.

"저기요. 이거 혹시 빨간 뚜껑도 팔아요?"

"아뇨. 우리는 노랑 뚜껑밖에 없는데."

"그럼 빨간 거는 어디서 팔아요?"

"글쎄요. 나는 모르겠는데. 여기 밖에 물건 대는 아저씨 있으니까 그 아저씨한테 물어보든가 하세요."

"밖에 어디요?"

"주차장에 흰색 트럭 아저씨요. 아까 보니까 카센터 사장이랑 신나게 떠들고 있던데. 아마 아직 있을걸요."

그 말을 듣자마자 말릴 새도 없이 제인이 밖으로 향했다. 이준은 애써 모른 척 장을 보려고 했으나 역시나 신경이 쓰여 제인을 따라 나섰다.

"아니야. 그놈은 아니라니까. 다리 힘 풀려서 지난번에 꼬다리로 들어왔잖아."

이준과 제인은 흰색 트럭 뒤에 숨어 두 사람의 대화를 엿듣고 있었다. 삼다물산 조끼를 입고 트럭 운적석에 걸터앉은 쪽이 트럭 기사일 테니 다른 사람은 카센터 사장일 것이다.

"저 사람들 이야기를 왜 엿듣고 있는데."

이준이 제인에게 속삭였다.

"쉿. 모든 얘기는 일단 다 훔쳐 들을 가치가 있는 거야."

어이없어하는 이준을 뒤로 보내며 제인이 귀를 기울였다.

"아이. 게임 한두 번 해 봐? 당연히 장난친 거지. 저번에 보니까 눈도 벌겋고 그놈이 맞다니까. 조교사도 했던 양반이. 감다 떨어졌네."

카센터 사장이 중얼거렸다.

"내가 현역 때는 진짜 잘나갔지. 그놈이 죽지만 않았어도."

"누구요. 그 말 타고 다니던 양반?"

"그래. 그놈한테 약을 처음 떼다가 경마판을 바꾼 사람이 나야. 나 알지? 내가 주무른 판은 진짜 실수가 없었다니까?"

조교사네 기수네 말하는 걸 보니 아마도 경마 쪽에서 일했던 것 같은데 별로 질이 좋은 사람들처럼 보이지는 않았다.

대충 이야기가 마무리 지어지자 제인이 슬쩍 트럭 기사에게 다가갔다. 말총머리를 한 기사가 뜬금없이 나타난 제인의 기척에 놀라 눈을 크게 떴다.

"안녕하세요. 기사님. 뭐 좀 여쭤보려고 하는데요."

"누구신데?"

"아. 저희는 이번에 제주에 내려온 신혼부부인데요."

이준은 이제 놀랍지도 않다는 듯 가만히 뒤에 있었다. 제인의 입에서 거짓말이 술술 나오기 시작했다.

"과수원을 해 보려고 하는데 제초제가 필요해서요. 마을 분들한테 추천받아서 '단칼에'를 써 보려고 하는데 어디서 구하는지 좀 여쭤보려고요."

"그래서? 매장 안에 있어요. 그냥 사 가면 되는데."

"아. 저희가 추천받은 건 뚜껑이 빨간데 안에는 노란 것만 있더라고요. 같은 건가요? "

제인의 말에 트럭 기사의 눈빛이 묘하게 변하는 듯했다. 그러더니 슬쩍 웃으면서 말했다.

"뭐야. 과수원 한다더니. 뭐. 우리가 신고라고 할까 봐?"

"네?"

옆에서 담배를 태우며 듣던 카센터 사장이 웃으며 트럭 기사에게 눈짓했다.

"모른 척은. 새댁이 마을 사람들한테 마음 좀 얻었나 보네.

그거는 여기서 못 구하지. 그건 안 알려 줬어요?"

"그럼 어디서 구해요?"

"그건……."

"알음알음 육지서 구해야 하는데 그것까진 나도 잘 모르고……. 알려 준 사람한테 물어보든가 해요. 나는 피곤해서 한숨 자야겠네."

더 이상 말 섞고 싶지 않다는 듯 트럭 기사가 침대로 개조한 뒷좌석에 벌러덩 누워 눈을 감았다.

눈치 빠른 제인이 잠시 상황을 판단하더니 뜬금없이 말을 돌렸다.

"어우. 그런데 차가 정말 멋있네요. 이런 건 도대체 어디서 고치셨어요?"

"그거야 내 솜씨지."

카센터 사장이 으쓱대며 말했다.

"정말요? 숨은 고수가 여기 계셨네. 혹시 시간 되시면 저희 차 한번 봐 주실래요? 좀 오래됐거든요."

트럭 기사에게 더 이상 얻을 것이 없어 보이자 재빠르게 목표물을 바꾼 것이다.

"그래? 어디 있는데?"

카센터 사장이 불쌍하게도 순식간에 미끼를 물었다.

제인이 주차장 끝 쪽 이준의 차를 가리켰다. 이준이 제인에게 눈짓했으나 제인은 잠자코 있으라는 눈치였다. 렌터카 사장이 성한 데가 하나 없는 이준의 차를 둘러보았다.

"이건 뭐. 손볼 데가 한두 군데가 아닌데?"

"요즘에는 오래된 차도 새것처럼 싹 고칠 수 있다고 하더라고요."

"그럼. 새 차보다 낫지."

"근데 이렇게 막 다 고치는 거 불법은 아니에요?"

"나 참. 땅에 약 치려는 사람이 그게 무서워요? 그런 것도 도시에서나 걸리지 이런 섬에서는 아무도 몰라."

"그죠? 그럼 견적 한번 내 주세요."

카센터 사장이 침을 꼴깍 삼키더니 주머니에서 수첩과 계산기를 꺼내 두드렸다.

"여기 도색 좀 하고 요기 안쪽 자리는 어떻게?"

"저기 저 차처럼 침대도 좀 넣고 바퀴도 다 바꾸면요? 비주얼도 좀 바꾸고 싶은데. 완전 새~ 차처럼."

제인의 말에 카센터 사장이 눈을 번쩍였다. 두 사람은 한참 동안 조건을 맞추더니 얼추 경차 한 대 값 정도의 견적서를 완성했다.

제인이 견적서를 이준에게 들이밀더니 천연덕스럽게 속삭였다. 물론 카센터 사장 귀에 다 들릴 수준이었다.

"자기야. 우리 이번에 잘되면 그냥 차 한 대 뽑고 이거는 이렇게 싹 고쳐서 쓰면 어때? 캠핑 다니기도 좋고."

"그럼, 내가 특별히 서비스로 의자 밑에 비밀 금고 만들어

드릴게. 그게 진짜 우리 집밖에 없는 기술이야."

카센터 사장이 이준의 눈치를 살폈다. 이준이 받아치지 못해 난감해하자 제인이 바로 눈치를 보던 카센터 사장에게 살갑게 웃으며 말을 걸었다.

"감사합니다. 저희가 아직 자금 조달이 덜 돼서 이이가 조금 부담스러운가 봐요. 좀 더 얘기해 보고 올게요. 아, 맞다. 사장님도 제초제 파는 데 어딘지 모르신다고 했죠?"

4

"이거…… 사건이 점점 재미있어지고 있어."

삼해로 돌아가는 차 안. 제인의 손에는 카센터 사장이 알려 준 비공개 카페 사이트 주소가 들려 있었다.

"누나, 제발 관광이나 즐기다 가. 이러다가 진짜 무슨 일이라도 저지를까 슬슬 걱정된다."

이준이 이제는 정말 심란한 얼굴로 제인을 쳐다봤다.

"이미 수사는 시작됐어."

'단칼에 플러스' 구매 직거래가 오가는 창에 예전부터 달린 댓글들이 줄줄이 보였다.

"초록 줄 제거해 드립니다? 초록 줄이면…… 그린벨트……. 근데 왜 '단칼에'가 아니고 '단칼에 플러스'지? 뭐야. 이거 완전 다른 회사잖아."

"무슨 소리야?"

이준의 질문에 답하는 대신 제인은 상표를 보여 줬다. '단칼에' 옆으로 +가 붙어 있었다.

"짜가야. '단칼에'처럼 생겼지만. 패러콰이 다량으로 들어간, 판매 금지된 제초제야."

"패러콰?"

"한국에서 2012년부터 판매가 금지된 제초제 성분이야. 그래! 그럼 이제야 말이 되네. 그 말 선생 말대로 시판되는 '단칼에'가 뿌려진 풀을 먹고 말이 죽을 일은 없었겠지만 이 패러콰이 들어간 약을 땅에 뿌렸다면…… 말을 죽일 수 있어."

"이 마을은 죄다 목장이고 밭이야. 사람들이 그런 독한 약을 왜 땅에 뿌리겠어."

"그린벨트를 풀기 위해서 쓰는 술수야. 땅에 난 나무며 풀이며 다 죽이는 방법이지."

이 근방에서 그런 땅이라면……. 뭔가 생각난 듯 이준의 표정이 바뀌었다.

"있구나."

제인이 이준의 표정을 알아차리고 싱긋 웃었다.

크리스하우스에서 지나쳐 깊숙이 들어가면 나오는 골프장. 최근 들어 주변 나무가 자꾸 죽는다고 수시로 민원이 들어왔었다. 민원대로 골프장을 향해 심겨 있는 나무 수백 그루가 말라 죽어 가고 있었다. 제인이 고사한 나무 앞에 쪼그리고 앉아 살폈다.

"약을 썼으면 나무에 구멍이 나 있을 거야."

"딱히 그런 흔적은 없는데……."

이준이 주변 나무들을 살폈다.

"근데 땅이 다 젖었네. 아직 비가 오기 전인데……. 오늘 비 예보 있었지?"

제인이 흙을 보며 말했다.

응. 그렇긴 한데……. 이준이 하늘을 올려다보고 다시 땅을 보았다. 그리고 바로 무언가를 알아차렸다. 이준이 말했다.

"땅이 젖은 게 아니야. 땅속 흙이 나온 거지."

제주도 겨울이 아무리 습하다고 한들 올해는 유난히 비도 눈도 잘 내리지 않았다. 땅이 젖었다는 것은 누군가 흙을 파냈다는 뜻이었다.

"오늘은 예보대로라면 오전에 비가 왔어야 하잖아? 그러니까 비가 오기 전에 흙을 파내고 나무뿌리에 독성 제초제를 뿌린 거야. 땅속에서 나온 젖은 흙은 비가 내리면 티가 나지 않으니까."

제인이 흙을 만지려 하자 이준이 손을 잡아챘다.

"제초제가 묻어 있으면 어떡해. 만지지 마."

그 말에 제인이 일어서서 근처에 있던 나뭇가지로 흙을 파냈다. 역시나 뿌리에 구멍이 나 있었다. 제인이 휴대폰을 꺼내 사진을 찍었다.

"이제야 말이 되네. 이제 따지러 갈 수 있겠어."

"어딜."

"약점이 있는 사람. 거짓말을 한 사람. 무언가를 숨기고 있는 사람."

제인이 나무들을 사진으로 남기고 이준에게 손짓했다. 하지만 점점 더 이야기가 풀려 나갈수록 이준은 불안한 마음이 커져 갔다.

브로콜리에 물을 주던 목장 사장이 갑자기 들이닥친 제인을 보고 하얗게 질렸다.

"여길 들어오면 어떡해! 크 사장까지 데리고! 아는 걸 다 말해 주면 비밀로 해 준다고 했잖아."

무슨 상황인지 파악을 하지 못한 이준이 어리둥절한 표정으로 목장 사장의 브로콜리밭을 보고 있었다.

"누나. 무슨 상황인지 설명을…… 좀."

하지만 제인은 이준을 깡그리 무시하고 목장 사장을 추궁하기 시작했다.

"3년 전 죽은 말 말이에요. 그 경주마 썼더요. 아저씨가 이 근방에 둔 제초제를 먹고 죽었다고 하셨잖아요."

"그게…… 그게 뭐? 아이 진짜. 아가씨……. 도대체 알고 싶은 게 뭐야?"

"진실이요."

"무슨 진실!"

"그날 썬더 여기서 죽은 거 아니죠? 아저씨는 독한 제초제를 쓰지 않았어요. 브로콜리 농사지으려고 뿌린 거니까. 그렇게 독한 걸 썼을 리 없다고요. 그런데 그냥 제초제를 먹고는 말이 죽지 않는다고 하더라고요. 그런데 왜 자신이 뿌린 제초제에 말이 죽었다고 거짓말하셨어요. 왜 범인을 숨겨 주려고 하시는 거죠?"

"무슨 범인……. 난 몰라."

"그 말을 누가 죽였어요? 말 주인인데도 모른 척하신 이유는 뭐예요?"

정신없이 몰아붙여진 목장 사장이 말했다.

"아…… 진짜…… 이 아가씨가 생사람 잡네……. 그 말은 진짜 내 말이 아니라고. 부 형님 말이라고……!"

"부 형님이면 부 이장님이요?"

생각지도 못한 인물의 등장에 이준이 놀라서 목장 사장을 바라봤다.

"그래……. 부 형님이 자기 자식 죽인 말을 나한테 부탁해서 내가 데려왔다고……."

목장 사장이 커피를 타러 간 사이, 이준과 제인은 마사 앞에 쌓여 있는 브로콜리 상자들 근처 목욕탕 의자에 앉아 기다렸다.

부 이장의 자식이라니. 생각해 보니 한 번도 들어 본 적 없는 단어였다. 애초에 이준이 이 마을에 올 때부터 두 내외가 전부였고 두 사람이 자식 이야기를 나누는 것도 들어 보지 못했다. 그 때문에 이준은 자식이 있더라도 육지에 나가 살거나 애초에 자식이 없었을 수도 있지 생각하고 넘겼다.

"자."

지친 표정의 목장 사장이 종이컵에 든 커피를 건넸다. 감사합니다. 이준이 받아 들었다. 궁금한 것이 쌓여 있던 제인은 목장 사장이 앉기가 무섭게 말을 꺼냈다.

"이장님네 자녀분이 돌아가셨어요?"

"아들이 하나 있었지. 기수였는데 3년 전 경기 도중에 말에서 떨어져 죽었어."

"그 말이 썬더예요?"

"그래. 경주마인데도 기수를 잘 따르고 합이 좋아서 성적이 꽤 좋았는데……. 그날따라 갑자기 말이 흥분해서는……."

"그래서 복수심에 그 말을 죽이려고 하신 거예요?"

"무슨 소리야. 자기 자식이 지 살처럼 아끼던 말인데 애먼 데로 팔려 가게 생겼으니 형님이 나한테 대신 좀 사 달라고 한 거야. 형수가 아들 죽고 말이라면 학을 떼니까."

"그럼 그 말은 왜 죽은 거예요?"

"몰라. 그냥 지가 동네 어디서 죽어 있던 걸 지나가던 동네 사람이 주워다 줬어. 그게 다였다고."

"동네 사람 누구요."

"그 골프장 사람."

역시나…… 아마 골프장도 아까와 같은 제초제 수법으로 만들어졌으리라고 이준은 짐작했다.

"근데 말이 어떻게 목장도 아니고 밖에서 죽은 거예요?"

"그건 정말 몰라. 그땐…… 그 말이 죽은 건 신경도 못 썼지. 그 집에 난리가 나서 온 동네가 시끄러웠으니까. 내가 형님한테만 얘기해서 대충 묻고 끝냈어."

"마을이 시끄러워요?"

"형수가…… 죽으려고 했어."

"도리 여사님이요?"

잠자코 듣던 이준이 놀라 물었다.

"아가씨가 제일 처음에 들고 온 그 도로 CCTV에 찍힌 사람 말이야……."

목장 사장이 잠시 망설이더니 말했다.

"그게 형수라고. 아들 따라간다고 제초제를 먹었어. 자기 아들이 사 준 옷을 입고 제초제를 들고 목장에 들어간 모습까지는 봤는데……. 말한테도 형수가 멕인 건지. 형수는 목장 밖에서 먹고 발견이 돼서……. 형님이 빨리 발견하고 병원에 데려갔으니 망정이지 진짜 큰일 날 뻔했다고."

이준은 전혀 모르는 일이었다. 마냥 밝기만 한 도리 여사에게 그런 일이 있었다니.

"이 동네에서 나고 자라는 것들은 죄다 육지로 떠나는데 그놈은 어려서부터 워낙 말을 보고 자라서 그런지 말을 유난히 좋아했다고. 그래서 형수님이 자기가 일찍이 데리고 나가 살았으면 말도 안 좋아했을 거고. 그럼 안 죽지 않았겠냐고. 아무튼 그래서 그 이후로는 형수가 마을에도 애정이 없고 기운도 없고 그런 거지."

이준은 말 타고 다니는 꼴만 보이기만 해 봐 하며 으름장을 놓았던 이장의 모습이 떠올랐다.

"마을 사람들이 몰라요?"

"그 큰일을 어떻게 몰라. 동네 사람들 다 아는데 그냥 쉬쉬하는 거지. 어쨌든 내가 얘기했다는 말은 하지 말라고."

"네. 아저씨도 제가 아는 게 많다는 사실, 이야기하고 다니지 마세요."

제인이 목장 사장과 다시 연맹을 맺었다.

5

목장을 나오니 어느새 밖이 어둑어둑했다.

"목장 사장님이 마사 뒤에서 브로콜리 농사짓는 건 어떻게 알았어?"

"응? 아. 거기가 말이 풀을 뜯어 먹고 죽은 자리잖아. 처음에 방송 취재하러 왔을 때 가 보니까. 글쎄. 뜬금없이 건물 뒤에 브로콜리가 자라고 있더라고? 목장용지에 농작물 기르는 거 같아서 슬쩍 찔렀더니 바로 시인하시던데. 저 아저씨는 속이 너무 들여다보여. 덕분에 목장을 편하게 들락날락했지."

이준은 그동안 보여 준 목장 사장의 태도가 비로소 이해가 되었다.

"내가 보기엔 누나가 제일 나쁜 사람이야."

"무슨 소리! 범인을 잡기 위해서는 수단과 방법을 가리면 안 되는 거야."

"집 가서 발이나 닦고 주무시지."

크리스하우스 앞에 도착한 이준이 마을 아래를 향해 몸을
돌렸다.

"넌?"

"난 마을 회의 가야 해."

이준이 마을회관 쪽을 가리켰다.

"그럼 왜 여기까지 같이 걸어왔어?"

"왜긴 왜야. 어쨌든 누나. 손님이잖아."

날카로운 제인의 질문에 이준이 당황하며 얼른 들어가라
는 듯 어색하게 손짓했다.

"그럼 나도 가야지. 마을 회의."

"거길 누나가 왜 가."

"네가 내 일을 네 일처럼 함께하는데. 나도 네 일을 내 일처
럼 함께해야지."

제인이 이준을 따라 나섰다.

"잠깐. 그거 어떻게 할까?"

제인이 아직 흥미로운 일이 남았다는 듯 이준에게 물었다.

"어떤 거?"

"누가 불법으로 골프장 근처 나무를 고사시키고 있는 거
말이야. 아까 찾아보니까 그거 죄가 꽤 크던데. 누군지는 몰라
도 밝혀져야 하는 거 아니냐고. 너 땅 주인 몰라?"

"나야 모르지. 더는 관여하지 말자. 괜히 남의 일에 휘말릴 거 같아."

"그 약 독해서 주변에도 분명 피해가 갈 텐데?"

"그래도. 몰라도 되는 건 모르는 게 맞아."

이준은 고개를 저으며 회관 쪽으로 향했다.

"이건 또 왜 여기 있어."

이준이 그새 골목 한가운데를 떡하니 막아선 편의점 사장의 캠핑카를 노려봤다.

"캠핑카?"

제인이 차를 둘러보며 말했다.

"뭐야. 트럭에다가 그냥 컨테이너 얹은 거잖아. 이런 성의 없는 불법 개조 같으니라고……."

제인이 운전석 쪽 창문으로 들여다보니 잠금장치가 튀어 나와 있었다.

"차 문 열려 있어. 사람은 없는데?"

"여기 편의점 사장님 차야. 여기다가 대고 마을 회의 갔겠지 뭐."

이준은 짜증이 났지만 손님도 없는데 편의점 사장과 말씨름하고 싶지 않았다.

'12월 25일 금요 마을 회의'. 칠판에 적힌 글씨와 함께 부 이장이 마을회관에 덩그러니 앉아 있었다.

"아니, 저분은 또 왜. 저기 저렇게 청승맞게 앉아 있어. 마을 사람들은 다 어디 가고."

잘 알지도 못하는 사이인데 제인이 창으로 보이는 이장의 모습에 속상해했다.

"혼자 간다니까. 왜 따라와."

"구난. 넌 수사 보조고 난 수사관이야."

제인이 드라마를 따라 하며 먼저 문을 열고 들어갔다.

"안녕하세요. 이장님."

"어……. 크 사장 아는 누나가 여기는 어쩐 일로?"

"어쩐 일은요. 동생 일이 제 일이고 동생이 사는 이 마을 일도 또 다 제 일이죠."

"나 참……. 이 마을 사람들보다 낫네."

부 이장이 오늘따라 주눅 들어 말했다.

"안녕하세요. 이장님."

뒤이어 이준이 인사하며 들어왔다.

"기(그래). 크 사장. 오늘은 회의 없다. 이만 가 봐."

"회의 안 하세요? 다들 어디 갔어요?"

"오늘 성탄이라고 죄다 성당에 모였지."

"이장님도 그럼 오늘은 좀 쉬시고, 가서 마을 분들이랑 좀 어울리시죠."

"일도 못하는 이장이 뭐 하러. 아니. 마을에 안 좋은 일만 생기는 거.”

부 이장이 한숨을 쉬었다. 편의점 사장과 닭 거리 여사들이 수군대는 것을 은근히 신경 쓰고 있었던 모양이다. 부 이장은 마을회관 한쪽에 있던 폭죽 박스를 힘없이 정리했다.

“와! 폭죽이 뭐 이렇게 많아요?”

호기심이 발동한 제인이 물었다.

“이게 구조 요청할 때 요긴하다고 해서…….”

이장이 속상한 표정을 지었다.

눈이 오면 쉽게 고립되는 상황을 대비해 준비해 둔 것이었다. 올겨울 유난히 눈이 많이 내릴 것이라는 기상청의 예측에 큰마음 먹고 주문했다. 필요한 만큼 가져가라고 방송을 몇 번이나 했는데 박스가 그대로였다.

“아. 아니. 이렇게 좋은 기획을 아무도 몰라주시지! 완전 필요할 것 같은데. 저도 가져가도 돼요?”

그럼. 이장이 제인에게 폭죽을 양손 가득 챙겨 주었다.

“감사합니다. 그런데 이건 뭐예요?”

손이 없는 제인이 턱으로 가리킨 것은 이장이 야심 차게 준비한 스노모빌이었다. 강원도에서 스키장을 하는 아는 형님에게 중고로 2005년식을 구한 것이었다. 눈이 많이 내리는 마을에 필요한 일이 있을 것 같다고 판단했다. 하지만 이 역시 쓸데없는 낭비라고 마을 사람들의 원성을 샀다.

오지랖이 좀 넓긴 해도 나쁜 사람은 아니었다. 행동이 서

툴러서 그렇지 부 이장은 마을을 위한 일에 온 신경을 곤두세우고 있었다.

이준은 처음 보는 부 이장의 힘없는 뒷모습에 마음이 약해졌다.

"이장님. 저 드릴 말씀이 있습니다."

마을 사람들이 잔뜩 모여 있어 성당 안이 시끌벅적했다. 말이 성당이지 그냥 동네 잔칫집에 가까웠다. 앉아 있는 마을 사람들 사이로 양복 입은 남자들이 삼해리 개발 유치에 관한 광고지를 나눠 주고 있었다. 목적을 잃은 크리스마스 행사에 신부님은 한숨을 푹푹 쉬며 나 홀로 기도를 드렸다.

그때 벌컥! 문이 열리고 언제 갈아입었는지 산타 옷을 입은 부 이장이 단상 위로 올라섰다. 그리고 그 뒤를 비장한 표정의 제인이 따랐다. 그 모습을 보는 순간, 이준은 자신이 저지른 일을 후회하리라고 직감했다. 하지만 이미 일은 벌어졌고 지금은 쇼타임이었다.

갑작스러운 부 이장의 등장에 성당 안에 있던 마을 사람들이 술렁이기 시작했다.

"안녕하십니까. 삼해리 이장 부유장입니다. 다들 아시다시피…… 저는 신을 믿지 않습니다. 그래서 여기 성당에 다니지 않습니다. 그렇지만 오늘은 중요하게 발표할 이야기가 있어 이 자리에 섰습니다. 다들 마을 회의는 잘도 빠지면서 여기는 아주 다들 모여서 신이 나서는……!"

　이장이 주제를 벗어나자 앞에 서 있던 제인이 두 팔로 엑스를 그었다. 제인의 격렬한 신호에 부 이장이 진정하고 다시 제인이 써 준 대본을 읽기 시작했다.

　"흠흠……. 지금. 이 자리에. 범인이 있습니다."

　정말 제인다운 대사였다. 이장의 말에 영문을 모르는 사람들이 여기저기서 질문했다.

　"이장님 또 무슨 말을 하시는 거야."

　"범인? 무신 범인 말허는 거?"

　"아마 다들 아실 겁니다. 왜, 전부터 우리의 귀한 삼해리 자연이 훼손돼서 아주 골칫거리였잖아요. 카지노 단지에서 쓰레기도 날아오고. 농사도 잘 안 되고. 소나무가 말라죽고. 몇몇 사람들은 말이야. 그게 내가 이장이 된 이후로 그렇다고…… 이상한 소문을 냈던 새끼가…… 누구야!"

　이장이 다시 대본을 벗어나 버럭 화를 내자 제인이 다시 엑스 자를 그었다.

　"너. 너 이 새끼야. 너지? 내가 너 언젠가 하나 걸려라 했다."

　부 이장이 구석에 앉아 있던 편의점 사장에게 삿대질하며 소리쳤다.

　"아. 형님 뭔 소리 하는 게요. 약주 했수?"

　"저 싸가지 없는 새끼가 지 땅에 제초제를 쳐서 산을 썩히고 팔아먹으려다가 잡혔습니다. 아니, 잡힐 겁니다. 나랑 크 사장이랑 저…… 저……."

명. 탐. 정. 제인이 소리를 내지 않고 입 모양으로 알렸다.

"명탐정이랑 확인했습니다. 저 인간 캠핑카에 신 제초제영 저 골프장 앞의 낭뿌리(나무뿌리)에 고망(구멍) 난 거꺼장!"

흥분을 한 부 이장의 입에서 사투리가 마구 튀어나왔다.

"뭔 소리야. 소나무가 병에 걸린 걸 왜. 내 탓을 해!"

편의점 사장이 얕은 속내를 다 드러내며 발끈했다.

때마침 성당 밖으로 경찰차가 요란한 소리를 내며 나타났다. 부 이장이 경찰에게 문을 열어 주려 성당 대문으로 뛰어 갔다.

"뭐야. 뭐야!"

마을 사람들이 경적 소리에 놀라 일어났다.

정신없는 틈을 타 슬금슬금 도망가려던 편의점 사장 앞을 제인이 막아섰다.

"당신! 당신은 불법으로 만든 맹독성 제초제를 대량 구매 하여 자기 땅 나무를 고사시켜 왔죠?"

"당신 뭐야!"

"그린벨트로 묶여 있는 당신 땅의 개발허가를 받으려고 소 중한 삼해리 자연을 훼손했지! 진실은 이미! 다 밝혀졌다고!"

"아니야!"

편의점 사장이 일단 부정했다. 그러자 제인이 빨간 뚜껑을 단 제초제를 들어 올렸다.

"운전석 아래 비밀 금고! 거기서 증거를 찾았습니다."

사람들이 웅성거리기 시작했다.

제인이 마치 스포트라이트를 받은 듯 편의점 사장에게 소리쳤다.

"신났네. 아주."

멀찍이 서서 그 모습을 지켜보던 이준이 중얼거렸다.

"이제 잡아가도 됩니까?"

끼어들 타이밍을 찾지 못해 기다리고 있던 경찰이 편의점 사장에게 다가가 수갑을 채웠다.

"당신을 산림자원의 조성 및 관리에 관한 법률 위반으로 체포합니다."

"이런 씨발……. 그럼 나보고 어쩌라고! 마누라는 도망가고 돈은 다 날리고. 세상이 나한테만 운수가 더럽게 없는데 어쩌라고! 내 땅에 내가 뿌리겠다는데 다들 뭔 상관이야!"

편의점 사장이 본성을 드러냈다.

마치 드라마처럼 편의점 사장이 끌려 나가고 마을 사람들이 정신없이 웅성거렸다. 성당 안이 잔칫집에서 범인 검거 현장이 되자 신부님은 이마를 짚더니 기도를 하며 밖으로 나가 버렸다.

"자! 이제! 우리 마을에 문제를 일으키던 범죄자를 잡았습니다! 모두! 안심하세요!"

부 이장이 사이비 종교 교주처럼 사람들을 향해 팔을 뻗자 뭔가에 홀린 듯 마을 사람들이 박수를 치기 시작했다. 이장 취임 이래 처음 받아 보는 박수갈채였다. 부 이장이 환하게 웃어 보였다.

"짜릿해! 그래, 이 맛이야!"

제인이 신이 나서 이준에게 달려왔다.

"아까 진짜 무슨 코난급 아니었냐고."

"누나는 이제 이 동네에서 나 아는 척하지 마. 창피해."

"네가 다 알려 준 거잖아."

"그렇게 공연하듯이 할 줄 몰랐어. 알았으면 안 알려 줬을 거야."

"아깐 모른 척하자더니 왜 갑자기 마음을 바꾸셨을까? 마을 일은 관심 끄고 사시겠다던 양반이? 캠핑카 운전석 시트 안에 제초제가 있을 거라고 예측한 것도 너잖아."

"뭐. 철저히 비즈니스야. 이장님 마음에 들어서 나쁠 건 없으니까."

"진짜 그게 다야?"

"뭐. 그럼 또 뭐가 있어. 추워, 집에 가자."

괜히 툴툴대는 이준을 제인이 쿡쿡 찌르며 따라갔다. 그때 멀리서 부 이장이 이준을 불러 세웠다.

"어이. 크 사장! 크흠……. 고생 많이 했는데 술이나 한잔 하고 가지."

부 이장이 쭈뼛쭈뼛 말했다.

부 이장이 두 사람을 데리고 들어간 곳은 도리가든도 마을 회관도 아닌 부 이장의 집이었다. 부 이장이 이준을 직접 집으로 초대한 것은 이번이 처음이었다.

"크 사장, 우리 집은 처음인가."

이장이 어색하게 말하며 앞장서 들어갔다.

"네. 실례하겠습니다."

"실례, 실례합니다."

이준과 제인이 이장댁 마당으로 들어섰다. 돌담으로 둘러싼 제주도식 옛날 집이었다.

도리 여사가 밥상 앞으로 두 사람을 안내했다. 집 곳곳에 놓인 말린 꽃다발과 상패들이 눈에 들어왔다. 그 상패의 주인은 거실 한가운데 사진 속에 있었다. 기수 부강진은 늠름한 모습의 썬더와 함께하고 있었다. 사진을 잠시 보고 서 있는 사이. 부 이장이 먼저 자리를 잡고 앉았다.

"크흠. 앉아."

이준이 자리에 앉기가 무섭게 부 이장이 일단 막걸리 잔을 채웠다. 아닌 척하지만 잔뜩 올라간 광대가 부 이장이 지금 얼마나 신났는지 보여 주고 있었다. 그 모습에 이준 역시 편하게 웃어 보였다.

"야. 구난."

"왜."

"오늘 아주 수고했다. 메리 크리스마스."

제인이 이준의 막걸리 잔을 치며 싱긋 웃어 보였다. 열일곱 구이준을 당황시켰던 그 미소의 재등장에 이준이 막걸리를 벌컥벌컥 넘겼다.

목격마의 진술

경주마가 들어오고 나서 목장 안이 시끄러웠다. 경주 실력이 워낙 좋아서 썬더라는 이름이 붙은 말이었다.

"사람을 죽이고 들어왔다지?"

소문 빠른 말들이 수군거렸다. 그 소리가 다 들릴 텐데도 썬더는 눈을 감고 가만히 앉아 있었다. 변죽 좋은 말들이 은근슬쩍 다가가 말을 걸어도 봤지만 바득바득 이 갈리는 소리만 들렸다. 경마장 다크호스가 이런 목장에 갇힌 게 분한가 보다 하며 재수 없다 여겼다.

내가 보기에는 그런 게 아니었다. 제주 말 짬밥 5년 차면 충분히 느낄 수 있다. 내 눈엔 그 녀석이 뭔가를 애써 힘주어 참고 있는 것처럼 보였다. 월등히 잘 정리된 털이며 반질한 말굽이며 딱 봐도 기수의 사랑을 듬뿍 받은 말이었다. 자신이 기수를 죽였다는 마음의 상처가 꽤 커 보였다. 저런 말이 일부러 자신의 기수를 죽였을 리 없다. 다부진 몸체의, 꽤 경력도 있는 경주마가 그런 초보적인 실수를 했을 리 없다.

상황이 아주 재수 없었던 게 분명했다.

최근 경마장에 버릇이 안 좋은 조교사가 들어왔다는 소문이 돌았다. 말총 같은 머리를 달았다나. 어쨌든 그놈이 분명하다. 그놈이 기수 몰래 도프(경주마나 운동선수의 기록을 높이기 위해 쓰는 약물)로 장난을 친 듯 보였다.

잘 만난 경주마와 기수 사이에는 끈끈한 사랑이 존재한다. 암수 사이에, 또 가족 간의 사랑과는 또 다른, 서로를 위해 기꺼이 목숨을 걸고 함께하는 그런 투철한 믿음 말이다.

썬더가 죽던 날, 어느 늙은 여자가 녀석의 마사 문을 열고 안으로 들어가 말을 묶고 있던 줄을 풀었다. 그러고는 한참을 멍하니 바라보다가 이내 자리를 떠났다. 여자가 떠난 후 썬더는 열린 문으로 마사를 벗어나 풀숲 쪽으로 걸어갔다.

"이봐. 그쪽은 위험해."

내 말을 듣고도 그는 제 갈 길을 천천히 걸어갔다. 더는 말릴 수 없었다. 그 친구는 아무래도 누군가를 따라가려는 듯 보였다. 그래, 그뿐이다.

3부

늠삐 밭에 숨어라, 머리카락 보일라

1

2009년 12월 25일 경기도 남부. 왕왕만화방은 언제나 텁텁한 종이 냄새가 가득했다. 크리스마스였지만 그냥 빨간 날이나 다를 바 없이 베개에서 뗀 머리 모양 그대로 나온 단골들로 복작였다. 그들은 각자 만화책을 골라 겹겹이 자리 잡은 슬라이딩 책장에 이리저리 기대어 공짜로 책을 읽었다. 책장 곳곳에 '대여 후 소파에서 편하게 독서하세요'라는 사장의 간절한 청이 붙어 있었지만 소용없었다.

카운터에 앉아 있는 알바생, 열일곱 이준 또한 그들만큼이나 무심한 표정으로 만화책을 읽고 있었다. 하지만 표정만 그럴 뿐 어딘가 아주 신경을 쓰고 있었다. 마침 카운터 앞으로 머리가 쑥 올라왔다.

"자네. 본인의 누나가 연애를 시작했다는 소식을 들었나."

제인이었다. 이준은 움찔했지만 애써 별일 아니라는 듯 무표정을 가장했다.

"아니, 하지만 그것 참 끔찍한 소식이로군."

"이로써 우리는 크리스마스를 함께 보낼 친구와 누나를 잃었네."

"애초에 셋이 보낼 생각은 없었는데?"

"나도 없었어."

제인이 풀 죽은 얼굴로 답하고는 이준의 옆에 털썩 앉았다.

기다란 머리를 하나로 높게 묶은 제인이 뿔테 안경 안으로 눈을 비비며 하품했다. 검정 패딩 안으로 위아래 모두 학교 체육복 차림이었다.

"그럼 뭐가 문제야."

"오늘이 크리스마스인데 남친이 없다는 것이 문제지. 크리스마스 날 트리 앞에서 데이트하는 게 올해 소원이었는데."

"진심? 누나 고3인데?"

이준이 안경 안으로 눈을 동그랗게 떴다.

"고3이 뭐. 대학이야 어디든 가겠지. 하지만 남친은 아무나 생기는 게 아니라고. 이게 생길 게 안 생겼단 말이지."

제인이 턱을 문지르며 고심했다.

"안 생길 만해서 안 생긴 것 같은데."

체육복을 가리키며 이준이 말했다.

"사실 이현이랑 나랑 철학관에 갔거든?"

"철학관이 뭐야."

"사주팔자 보는데."

"무슨 고등학생이 타로도 아니고 사주팔자를 보러 가."

"나는 원래 서양보다는 동양 문화가 더 잘 맞아."

"뭐라는 거야."

이준은 말이 안 통한다는 듯 다시 만화를 집어 들었다.

"지금 와서 보니 다 맞혔어. 이현이는 올해 학업 운이 좋다고 했거든. 그래서 학교나 학원에서 남친이 생길 거라고."

"학업 운이 좋으면 공부를 잘해야지 왜 남친이 생겨."

이준이 궁금하지 않은 친누나의 연애사에 인상을 쓰며 말했다.

"딱 들어맞은 거야. 학원 자습실에서 만난 애랑 사귀거든."

"우리 엄마가 낸 학원비만 아깝네."

꿍얼대는 이준의 말을 듣는 둥 마는 둥 제인은 자신의 사주팔자를 풀어 나갔다.

"근데 나는 애초에 학업 운이 없대. 뭔가 영적인 기운을 타고나서. 자유로운 취미 취향을 가졌다는 거지."

"누나. 고3 수험생한테 그건…… 욕 아니야?"

"아니야. 분명 자주 가는 영적인 공간에서 나를 주시하는 남자가 있을 거야. 이를테면 같은 취미를 가진. 같은 취향의 남자. 동년배에, 키가 크고, 멋있는!"

제인이 확신에 찬 표정으로 만화방 곳곳에 지박령처럼 머무르는 거무죽죽한 소년들을 둘러보았다.

"뒤로 갈수록 그냥 누나가 덧붙인 말 아니야?"

이준이 의심하며 물었다.

"너도 도와. 내 수사 보조잖아."

"돕지도 않겠지만. 돕더라도 무리야. 남친을 크리스마스 당일에 여기서 이렇게 범인 찾듯이 찾는 건 좀 그렇지 않아?"

누가 남매 아니랄까 봐 이준은 이현과 똑같은 말을 했다.

❈❈❈

"장르를 좀 바꿔 봐. 남친을 범인 찾듯이 찾으니까 그렇지. 로맨스는 그런 게 아니라고."

찍찍이 롤에 앞머리를 말며 이현이 혀를 끌끌 찼다. 발색되는 챕스틱을 바른 입술이 발그레했다.

치마 안에 체육복 바지를 입고 말뚝박기 점프 차례를 기다리던 제인에게 이현이 챕스틱을 건넸다.

"사랑에 빠진다는 건. 생각보다 더 비현실적인 마법 같은 일이라고."

초등학생 때부터 줄곧 순정만화로 연애를 배워 온 이현이 아는 체를 했다.

"무슨 마법. 주문이라도 외웠냐."

제인이 챕스틱을 바르며 툴툴거렸다.

"장난해? 그런 게 아니라. 그 순간! 막 시간이 느리게 흐르고, 아무 소리도 안 들리고 안 보이고. 딱 이 세상에 우리 둘만 있는 그런 기분이라고. 네가 알 리가 없지."

이현이 히죽 웃으며 제인을 무시했다.

"거짓말."

"진짜야. 진짜라니까? 너 서둘러라. 크리스마스 전에 첫 키스 못 하면 결혼 못 한다는 우리 학교 전설 알지?"

일부러 저주를 만들어 퍼뜨리는 고약한 여고의 전설에 제인은 조급해졌다. 야, 빨리 뛰어! 엎드려 있던 친구가 외치자 제인이 모르겠다는 표정으로 달려갔다.

❉❉❉

"오늘이 마지막이야. 급해. 결혼을 하든 안 하든 일단 저주는 면해야지."

"누가 있기는 한 거야?"

이준이 슬쩍 고개를 돌려 물었다.

"분명해. 이 안에 있어. 딱 한 가지 조건만 갖추면 돼."

"뭔데."

"나를 좋아할 것."

제인의 말에 이준은 가망이 없다는 듯 다시 만화책을 들어 올렸다.

"아. 왜. 진짜야. 저기 '마' 칸 봐 봐. 저 앞머리가 눈을 다 덮은 소년 말이야. 며칠 전부터 자꾸 나를 힐끗힐끗 보던데? 그렇지?"

이준이 들고 있는 만화책을 손으로 내리며 제인이 멀찍이 〈넌더리 탐정〉을 든 소년을 턱 끝으로 가리켰다.

"앞머리가 눈을 다 덮었는데 어떻게 봐?"

제인이 팔을 흔들자 이준이 마지못해 제인이 말한 곳을 바라보았다. 정말 앞머리가 눈 위를 지붕처럼 덮은 소년이 건조하게 갈라진 머리카락 사이로 눈동자를 반짝이며 제인을 보고 있었다. 째려보는 것도 아니고 노려보는 것도 아니고 머뭇머뭇하는 것이 제법 로맨스의 기운이 흘렀다.

"진짜…… 보는데? 뭐야……."

이준의 말이 끝나기가 무섭게 앞머리 소년이 천천히 제인 쪽으로 다가왔다. 제인이 급한 대로 입술을 깨물어 생기를 만들었다. 설마. 이준의 입에서 낮은 혼잣말이 흘러나왔다.

"저…… 저기. 저기요."

소년이 제인에게 말을 걸었다. 네. 안녕하세요. 제인이 팬을 만난 유명 배우처럼 거들먹거리며 인사했다. 왜 저래. 이준이 앉아 있는 쪽에서 경멸의 시선이 느껴졌지만 스포트라이트 바깥쪽 일은 신경 쓰이지 않았다.

"저기……. 며칠 전부터 봐 왔는데요."

"네. 하실 말씀 하세요. 하하."

제인의 모습에 이준이 고개를 저었다.

"혹시……."

"혹시?"

"45권 계속 연체하시는 분 맞죠?"

"네?"

"아니. 분명 지난주에 44권 보시는 거 제가 봤거든요? 근데 지금 45권이 사흘째 안 들어오니까."

제인이 잠시 멍한 표정을 지었다. 키득키득 이준이 웃는 소리가 들려왔다.

"맞잖아요."

"아닌데요."

소년의 재촉에 제인이 퉁명스럽게 대답했다.

"아니에요? 맞는 것 같은데."

"아니라니까요."

"이 만화방에 44권이 들어오자마자 그쪽이 읽고 바로 제가 44권을 빌렸어요. 그럼 그사이 44권을 읽은 사람이 없는데 45권을 빌린 사람이라면."

앞머리 소년이 추리만화 속 인물처럼 말에 뜸을 들였다.

"그쪽밖에 없습니다."

"그건……."

제인이 반박하려 했지만, 앞머리 소년은 멈추지 않고 제인을 몰아붙였다.

"저는 45권의 행방을 찾던 중 당신이 여기 왕왕만화방 알바생과 유착 관계라는 사실을 알게 되었습니다. 바로 이 알바생 누나의 친구죠."

사람들이 하나둘 만화책을 내려놓고 관심을 보이기 시작했다. 시선을 의식했는지 어느 순간 앞머리 소년은 제인이 아닌 더 넓은 공간을 향해 이야기했다. 가만히 있다가 악당의 일당이 되어 버린 이준이 어이없다는 표정을 지었다.

"당신은 이 남성을 이용하여 신간이 들어오는 날과 시간을 몰래 알아냈고 언제나 그 누구보다 먼저 신간을 빌리는 비리를 저지르고 있었던 겁니다."

그 순간 소년이 앞머리를 넘겼고 사슴 같은 눈망울이 제인을 지목했다.

"아…… 아니. 그렇게 대단한 일을 발견한 것처럼 말씀하셔도…… 일단 저는 이 누나에게 그런 호의를 베푼 적이 절대로 없고요."

이준이 상황을 정리해야겠다는 책임감에 자리에서 벌떡 일어났다.

하지만 이번엔 구석에 서 있던 제인이 내 차례군 하는 표정으로 앞머리 소년을 저격하며 일어났다.

"탐정 오타쿠가 이렇게 시야가 좁아서야."

제인이 이준에게 다가와서 어깨에 손을 얹었다. 뭐야. 당황한 이준이 주춤거렸다.

"우선 이 알바생은 저의 소중한 사람이 맞습니다."

제인의 발언에 사람들은 더 흥미로운 얼굴로 상황을 주시했다.

"저의 둘도 없는 사랑스러운 심부름꾼 구난이죠."

그 말에 사람들이 일제히 시선을 이준에게 옮겼다.

"하지만 이곳에 있는 분들은 다 아실 겁니다. 이 아이는 융통성이 하나도 탑재되지 않은 아이입니다. 여기서 이 아이에게 밀린 연체비 안 내고 다음 만화를 빌려 보신 분?"

제인이 사람들을 향해 물으며 만화방 안을 두리번거렸다. 아무도 손을 들지 않았다.

"이 아이는 아는 사람이라고, 단골이라고 봐주고 그런 아이가 아닙니다."

이준에게 종종 거절을 당한 사람들이 곳곳에서 고개를 끄덕였다.

"제가 신간이 나오는 날을 잘 아는 이유는 바로. 저희 집이 바로 이 앞 빌라이기 때문이지요."

제인이 보이지도 않는 창밖을 가리켰다.

"신간을 가져다주시는 아저씨는 운전을 험하게 하고 목소리도 커서 제 방 창문으로 아저씨가 오시는 걸 알 수 있습니다. 그래서 신간을 가장 먼저 읽을 수 있는 겁니다. 제가 〈넌더리 탐정〉 45권이 나오자마자 대여를 했던 지난주 금요일은 구난이 알바를 하는 날도 아니었어요. 게다가 전 다음 날 바로 반납을 했습니다."

제인이 구구절절 사연을 늘어놓으며 이준을 향해 눈을 돌렸다. 이준은 카운터에 놓인 모니터를 돌려 제인의 회원 정보에 대여 중인 만화가 없음을 모두에게 확인시켜 줬다.

"〈넌더리 탐정〉 45권은 지금 대여 중이 아닙니다."

나이스 타이밍. 제인이 이준을 향해 엄지를 들어 올렸다. 추리에 실패한 앞머리 소년은 당황스러운 얼굴이었다.

"그럼 도대체 45권은 어디 있는 겁니까?"

제인이 훗 웃더니 날카로운 눈빛으로 사람들을 쭉 둘러봤다. 사람들은 괜히 제인의 시선에 움찔거렸다.

"범인은 바로 당신!"

제인이 가리킨 곳에는 등산복을 입은 아저씨가 긴장한 얼굴로 서 있었다.

"뭐…… 뭐야. 학생."

아저씨가 당황하든 말든 제인은 〈넌더리 탐정〉이 있던 '마' 책장으로 다가갔다.

"보시면 〈넌더리 탐정〉 44권 앞으로 열 권이 비어 있습니다. 〈넌더리 탐정〉 34권부터 43권까지, 혹시 현재 대여 중인가, 구난?"

이준이 확인을 해 보더니 고개를 저었다.

"역시나."

제인이 아저씨에게 다가가 뒤에 놓인 만화책 더미에서 사라진 〈넌더리 탐정〉 열 권을 사람들에게 증거처럼 보여 줬다. 만화방 곳곳에서 탄식이 들려왔다.

"어제 낮에 한 번, 그리고 밤에 한 번. 제가 이 만화방에 올 때마다 이 아저씨가 있었어요. 아마 크리스마스이브와 크리스마스를 이용해 이곳에서 〈넌더리 탐정〉을 공짜로 볼 셈이었겠죠. 흔한 일입니다."

제인이 고개를 끄덕였다. 만화방 안 사람들이 모두 홀린 듯 제인을 주목하고 있었다.

"아저씨는 대출 중인 44권을 기다리는 도중 자연스레 곧 이 소년이 44권을 반납함과 동시에 45권을 빌려 가리란 걸 알게 된 겁니다. 그럼 아저씨는 계획대로 이번 크리스마스 기간 안에 〈넌더리 탐정〉을 모두 읽을 수 없게 되죠. 그래서 45권을 미리 숨겨 두기로 한 겁니다."

"그럼 45권이 거기 있나요?"

앞머리 소년이 물었다. 제인이 고개를 저으며 또 다른 만화를 들어 올렸다.

"이 아저씨가 가지고 있는 책 속에는 〈넌더리 탐정〉과 똑같은 크기의 순정만화가 하나 섞여 있습니다. 왜일까요? 나머지 책들은 전부 탐정물인데 왜 이 책만 로맨스일까요?"

"보려고 가져온 겁니다."

아저씨가 당황하며 말했다.

"이렇게 중간 한 권만요? 사실 이건 오래전에 나온, 인기도 별로 없는 만화책인데 말이죠. 그렇다면 이 책이 있었던 자리로 가 볼까요?"

제인이 알록달록한 만화책들 사이를 걸어 그 자리를 찾았다. 구석에서도 가장 안쪽에 있는 슬라이딩 책장이었다. 제인이 슬라이딩 책장을 밀자 쪼르륵 놓인 순정만화 사이로 뒤집혀 있는 만화책 한 권이 보였다.

"이 책 보이시나요? 크기가 같아서 그냥 뒤집어 놓은 것으로 생각할 수 있었겠죠."

제인이 만화책을 뽑아 꺼내자 드러난 뒷면에 〈넌더리 탐정〉 45권 표지가 보였다. 오오! 하며 사람들이 대단한 것을 발견했다는 듯 손뼉을 쳤다.

"빼내어 봐도 어차피 이 만화를 찾는 사람이라면 흥미 없이 돌려놓으리라 생각했을 겁니다. 그래서 이 자리에 45권을 숨겨 둔 것이죠? 제 말이 틀렸나요?"

제인의 적나라한 추리가 막을 내리자 아저씨의 얼굴이 벌게졌다.

"이렇게 책 자리 옮기시면 안 돼요. 만화도 한두 권도 아니고 이렇게 다 서서 보시면 어떡해요."

이준의 말에 아저씨는 서둘러 등산 가방을 들고 만화방을 뛰쳐나갔다. 이준이 한숨을 쉬며 아저씨가 두고 간 책을 정리했다. 이준이 제자리로 돌려놓은 45권을 얼른 집어 든 앞머리 소년이 의기양양해하는 제인을 동경의 눈빛으로 바라보았다.

그 눈빛을 한껏 즐기던 제인은 홋 웃으며 퇴장했다. 남자 친구를 찾겠다던 본래의 목적은 잊은 지 오래였다.

해가 지자 크리스마스트리 점등식을 구경하기 위해 모인 커플들이 공원에 가득했다. 폴폴 내리던 눈이 금세 평평으로 바뀌었고 추워서인지 기뻐서인지 사람들 얼굴이 더 발개졌다. 그 앞을 제인이 우울한 표정으로 걷고 있었다.

"구이현이를 처단할 거야."

배신자 이현을 잡으러 가는 길이었다.

"야. 너 일부러 이 길로 가자고 했지. 나 놀리려고."

제인이 뒤쫓아 걷던 이준을 흘겨보았다.

"무슨, 이 길이 우리 동네로 가는 제일 빠른 길이거든."

어이없다는 듯이 툴툴거리는 제인을 보던 이준이 들고 있던 장우산을 펴 은근히 옆으로 걸었다.

커다란 공원을 가득 채우는 트리에 노란 불빛이 번쩍였다. 와. 사람들이 탄성을 지르며 여기저기서 셔터를 눌렀다. 몇몇 커플은 몰래몰래 입을 맞췄고 어린아이들은 아빠의 어깨에 올라타 전구 가까이로 손을 뻗었다.

"내 팔자는 틀려먹었어. 철학관에 가서 환불받아야겠어."

제인이 허망한 표정으로 반짝이는 트리를 올려다봤다.

"가만, 너도 〈넌더리 탐정〉 좋아하잖아."

제인이 걷다가 뒤돌아서며 말했다.

"뭐?"

"나이도 비슷하고."

이준이 어리둥절한 표정으로 제인을 봤다.

2~3년 전만 해도 제인과 어깨를 부딪치던 이준이 어느샌가 제인의 머리 위로 훌쩍 올라가 있었다.

"너 언제 이렇게 컸냐?"

제인이 손으로 이준과 자신의 이마를 오가며 키 재는 시늉을 했다.

"그러고 보니 딱이네. 만화를 좋아하는, 나이가 비슷한, 나보다 키가 큰 남자. 그리고 지금은 크리스마스. 그렇다는 건……."

설마. 제인이 과장되게 놀라는 척하며 두 손으로 입을 가렸다.

"뭐라는 거야."

"구난. 너였어."

그 순간 이준의 눈앞에 제인의 얼굴이 불쑥 다가왔다. 갑작스러운 제인의 행동에 이준은 아무 말 못 하고 굳어 있었다. 이준을 뚫어지게 응시하던 제인이 이내 씨익 웃어 보였다.

"설마. 너는 아니겠지."

제인이 고개를 저으며 한 걸음 뒤로 물러섰다.

"그래. 그래도 넌 좀 그렇다. 가자. 구이현이의 데이트에 훼방이나 놓으러."

제인이 다시 뒤돌아 걸어가는 동안 이준은 여전히 그 자리에 미동 없이 서 있었다.

그때였다. 앞서가던 제인의 어깨를 이준이 돌려세웠다.

"우왓! 깜짝이야. 야. 휴대폰 떨굴 뻔⋯⋯."

두 눈을 질끈 감은 이준이 제인의 말이 다 끝나기도 전에 입을 맞추었다. 정확히는 볼과 입 사이 애매한 어딘가였다. 순간 캐럴이 울려 퍼지며 공원에 암흑이 찾아왔고 정적이 흘렀다.

다시 불이 켜졌을 때 얼빠진 표정으로 두 사람은 마주 보고 서 있었다.

"뭐⋯⋯ 뭐 한 거야?"

그 침묵을 깬 건 제인이었다.

"저⋯⋯ 저주를 풀어 준 거지. 이렇게 이상한데 저주까지 걸리면 큰일이잖아."

이내 정신 차린 듯한 이준이 어색하게 말했다.

"아하. 구해 준 거야? 야. 그럼 입에 해야지. 이게 뭐야. 여기가 어딘지 모르겠네. 하하."

제인이 이준의 입술이 닿았던 입 주변을 만지며 말했다. 애써 능글맞게 말했지만 제인도 어딘가 고장이 난 듯했다.

"고맙다. 저주를 풀어 줘서. 난 또 네가 날 좋아하기라도 하는 줄 알았지 뭐야. 그럼 곤란한데 말이야. 나는 이제 20대고 넌 아직 10대잖아⋯⋯."

제인이 횡설수설하며 말을 이어 나갔다.

"그럼 2년."

"뭐?"

"2년 뒤에 이 공원에서 다시 봐. 그땐 나도 성인이니까."

진지한 이준의 말투에 제인이 잠시 머뭇거렸다.

"뭐…… 뭐래. 이 꼬맹이가. 뭐. 그날 보든지 말든지. 그럼
난 간다."

가소롭다는 듯 말하며 제인이 자신의 집 방향으로 빠르게
발걸음을 옮겼다.

"구이현이를 처단하러 간다며!"

"됐어!"

소리치는 이준을 뒤로한 채 제인은 보지도 않고 대답했다.

심장이 쿵쾅대고 어딘가 간지러운 기분이 들었다. 처음 느
끼는 낯선 감정을 애써 정의 내려 보려 해도 답을 찾기 어려
웠다.

"이건가? 구이현이 말한 게……."

2

이른 새벽 시퍼런 하늘 아래로 더 퍼런 무청이 스산하게 흔들리며 분위기를 잡았다. 밭 한가운데 듬성듬성 솟아 있는 무덤 위로 전날 내린 눈이 하얗게 덮여 있어 확실한 존재감을 드러냈다.

이준은 무밭과 무밭을 가르는 낮은 돌담 사이로 무언가를 애타게 찾으며 걷고 있었다. 날카로운 바람이 이준의 볼을 빠르게 스쳐 갔다. 전날 눈이 내릴 정도로 추워서인지 등골이 오싹했다.

한참을 걷던 이준이 멈춰 서더니 밭 가장자리에 쪼그리고 앉았다. 곧이어 이준이 뭔가 하얀 것을 들어 올렸다. 무였다. 상품 값어치가 떨어져 버려진 무. 흙을 털어 내려는 순간. 흔들리는 무밭 속에서 구부러진 등이 슬며시 올라왔다. 이준이 흠

칫 놀라 일어나 도둑질하다 걸린 아이처럼 주춤거렸다. 경하난 할망이 무심한 얼굴로 이준을 보더니 다시 앉았다.

"데껴부난(버렸으니) 이제 나 꺼 아니여."

할망은 멀쩡한 무가 자랄 자리를 만들어 주기 위해 작은 무를 솎아 내고 있었다. 자신이 버린 무를 이준이 줍든 말든 상관없다는 듯 추위로 발개진 주름진 손을 바삐 움직였다.

수확 전에 솎아 내거나 수확이 끝나고 나서 남겨진 무들은 밭에 그대로 버려진다. 무 썩는 냄새가 고약했기에 버려진 무를 주워 가는 것을 아무도 뭐라 하지 않았다. 부지런한 마을 사람들은 종종 버려진 무들을 주워서 깍두기를 담가 먹었다.

"좀 도와드릴까요?"

민망해진 이준이 할망에게 물었다.

"됏저. 물질 가사 헌다. 못생긴 놈삐(무)나 하영 줏엉 가라."

경하난 할망이 허리를 한 번 짚더니 무밭을 걸어 나와 대충 옷에 묻은 흙을 털고 집을 향해 걸었다. 할망의 뒷모습을 잠시 보다가 손이 시려 온 이준이 주운 무를 탁탁 털며 돌아섰을 때였다.

"아. 크 사장."

집으로 향하던 할망이 갑자기 멈추더니 이준을 불러 세웠다.

"네."

이준은 얼른 뒤돌아 대답했다.

"놈삐밧 흐꼼 조용허게 허라(무밭 좀 조용하게 해라). 시끄럽지

아녀게."

바람이 거세서 소리가 잘 들리지 않았다. 이준은 할망의 말을 제대로 듣기 위해 가까이 다가갔다.

"할머니. 뭐라고 하셨어요?"

할망이 좀처럼 잘 보여 주지 않는 미소를 띠었다.

"이 밧디 구신 흐꼼 심으라(이 밭에 귀신 좀 잡아). 경허믄 좋은 거 줄 거난."

"제가요?"

할망은 대답 없이 집으로 향했다. 뜬금없이 무밭의 귀신을 잡아 달라니, 주운 무 값을 치르라는 건가. 이준은 잠시 멍하니 서 있다 갑자기 추위를 느끼고 집을 향해 빠르게 뛰었다.

2호실 문이 열리고 귀신보다 더 사나운 몰골의 제인이 걸어 나왔다.

"으으으……. 물 줘……."

물귀신 같은 모습을 보고 주방에 서 있던 이준이 놀라 멈췄다. 저런 사람이 첫사랑이라니.

'2년 뒤에 이 공원에서 다시 봐. 그땐 나도 성인이니까.'

12년 전 크리스마스, 이준의 고백에 제인은 아무 말 없이 어색하게 집으로 돌아갔다. 그리고 제인은 아무런 인사 없이 대학 진학을 위해 서울로 올라갔다. 약속했던 2년 뒤 공원에서도, 물론 그 이후에도 이준은 제인을 볼 수 없었다. 간혹 이현에게서 제인이 대학을 졸업했다더라, 방송국에 작가로 취직했다더라 하는 이야기만 전해 들었을 뿐이다.

그래 놓고 대뜸 나타나서 수사 보조를 하라니. 이준이 제인을 어이없다는 듯 바라봤다. 그러거나 말거나 보글보글 끓는 찌개의 고소한 냄새에 제인은 침만 꼴깍꼴깍 삼켰다.

"이 누나를 위해 장이라도 봐 온 것이냐."

"뭐래. 그냥 밭에서 주웠다."

"설마⋯⋯. 너 서리했니?"

반듯하게 큰 줄 알았는데. 제인이 실망했다는 눈빛으로 이준을 놀리며 냉장고로 가서 물을 꺼내 마셨다.

"이 동네에선 밭에 버려진 무 몇 개 주워 오는 건 일도 아니거든?"

"집 앞 무밭? 너 거기 갔었어? 그 경하난 할머니 무밭?"

무밭이라는 말에 제인이 즉각 반응하며 이준의 옆으로 다가왔다.

"응. 왜. 누나 그 할머니도 알아?"

"그 무밭에서 너 뭐 들은 거 없어?"

"듣긴 뭘 들어."

"막 비명 소리라든가. 우는 소리라든가."

"뭐야. 누나도 들었어?"

"역시나⋯⋯ 너도 들었구나!"

제인은 소름 돋는다는 듯 양손으로 자신의 어깨를 비볐다.

"어울리지 않게 왜 이래. 누나 그런 거 무서워했어? 너무 안 어울리는데."

"나 귀신 무서워해. 너 〈미스터 미스터리〉에서 박수 소리 나는 폐병원 편 본 적 있니? 난 그거 조사하러 다니면서 확실히 알았다. 사실…… 귀신은 있어."

제인이 기괴하게 박수를 치면서 이준을 겁주려고 다가갔다. 하지만 이준은 끄떡도 하지 않았다.

"난 귀신 안 무서워."

"네가 뭔데 귀신이 안 무서워."

"들어는 봤나. 귀신 잡는 해병대라고."

제인이 재미없다는 듯 의자에 앉았다.

"귀신을 잡긴. 영혼을 어떻게 잡니. 잡히는 건 살아 있는 거야. 예를 들면…… 벌레 같은 거지. 여기!"

제인이 이준의 발 옆을 가리켰다.

"안 믿어."

그 말을 믿기엔 이준은 제인을 너무 잘 알았다.

"진짠데."

제인의 말이 끝나기가 무섭게 으아악! 이준이 소리를 지르며 다리를 올렸다. 이준의 발밑으로 정말 지네가 지나가고 있었다. 혼비백산한 이준이 주머니에서 휴대폰을 꺼내 기용의 번호를 찾았다.

"야, 야. 아서라."

제인이 이준을 말리며 고무장갑을 끼고 지네를 향해 손을 뻗었다. 제인의 손에 들린 지네가 더 빠르게 꿈틀거렸다. 으악. 이준의 비명에도 제인은 아무렇지도 않은 듯 걸어가서 창문을 열었다. 찬바람이 휭 집 안으로 들어왔다. 춥겠지만 미안. 주인이 쫄보가 아닌 다른 집을 알아봐. 제인은 지네를 위로하더니 밖으로 휙 던져 버렸다.

"어때. 누나 멋있지?"

제인이 의기양양해져서 돌아왔다.

"저게 또 어디로 들어온 거야."

이준이 정신없이 주변을 둘러보았다.

"저 길리 슈트 때문에 들어온 거 아니야?"

제인의 방 앞에 걸린 길리 슈트를 가리키며 이준이 말했다.

"저것 좀 치워!"

"안 돼. 아주 중요한 순간이 오면 입으려고 큰마음 먹고 산 거라고."

"저딴 걸 어디다 써!"

이준의 말에 제인이 길리 슈트를 주방으로 들고 왔다. 이준이 길리 슈트를 보고 불길하다는 듯 뒤로 한 발짝 물러섰다. 그러거나 말거나 제인은 뿌듯한 얼굴로 길리 슈트 앞쪽에 달려 있는지도 몰랐던 지퍼를 열었다.

"놀라지 마라. 자, 봐. 내 무기고야."

캥거루처럼 달린 주머니 안에 알 수 없는 잡다한 물건들이 잔뜩 들어 있었다. 개중에는 어제 이장에게 받은 폭죽도 있었다.

"이게 다 뭐야."

"가스총, 전기 충격기, 수갑, 그리고 비상식량 육포까지. 어때, 완벽하지."

"이게 왜 필요해."

"위기의 순간에 필요하지. 난 그래서 어떤 위험한 상황도 두렵지 않아."

제인이 소중히 지퍼를 잠근 뒤 다시 방문 앞에 길리 슈트를 걸었다.

"이 동네에서 무슨 위험한 상황이 있어. 없어. 그런 일."

"이 마을엔 분명 귀신이 살아."

"뭐. 그 비명 소리 말하는 거야? 그거 그냥 바람 소리 아니야? 여기 바람이 워낙 세서 종종 비명 소리처럼 들려."

"무슨 바람 소리가. 끼아악! 이렇게 들려. 그리고 누나도 들었냐는 건 너도 뭔가 안다는 거 아니야?"

"얼마 전부터 마을 사람들이 늦은 밤 그 근처에서 이상한 소리를 들었다고들 하더라."

"약국 아줌마들 말로는 무밭에 문제가 많다던데?"

"문제? 사고가 좀 잦긴 했어도 그건 그 앞 도로 때문이지 무밭 문제는 아닌 것 같은데……."

"사고? 교통사고?"

"응. 그 앞이 산에서 내려오는 일직선 도로잖아. 과속으로 사고가 자주 나. 마을 사람들이 간혹 다칠 뻔해서 말이 좀 나왔지."

"그래. 그래서 사고가 났다고."

제인이 어떤 사건을 구체적으로 회상하듯 말했다.

"거기서 사고 난 사람이라도 알아?"

"아니. 거기서 사고 난 말은 알아."

"말?"

"그래, 우리의 두 번째 희생마. 테리우스 말이야!"

제인이 지금까지는 모두 이 이야기를 꺼내기 위한 서문이었다는 듯 일어나 말했다.

"뭐야. 그 일은 다 끝난 거 아니었어?"

"허나…… 전하. 소녀에게는 아직 세 마리의 망마가 남아 있사옵니다!"

제인이 사극 속 장군의 톤으로 결연하게 말했다.

"사진 속 산타도 도리 여사님이었잖아."

"인정. 그건 우연의 일치였어. 하지만 그 뒤부터는 아예 사건의 결이 다르다니까. 분명한 타살이야. 억울하게 죽었다고."

"누나가 어떻게 알아. 걔가 억울한지."

"알지. 그럼. 걔는 일단 일생이 억울했다고. 너 시정마가 뭔지 알아?"

"시정마?"

"그래. 시정마. 테리우스가 제주에서 꽤 인기 있는 시정마였다는데?"

시정마. 이준도 다큐멘터리에서 본 적이 있었다.

교배 시기에 예민한 암말이 비싼 수말을 다치게 할 수 있으므로 먼저 암말을 진정시키려고 투입되는 수말. 한마디로 암말을 꼬시기만 하고 암말이 마음을 열면 퇴장해야 하는 수말을 가리킨다.

"야. 너무 슬프지 않냐!"

이미 시정마에 대해 조사를 마친 제인이 과도한 감정이입으로 허망한 표정을 지었다.

"그래. 비운의 수말이지."

"그 시정마로 뽑히는 기준이 뭔지 우리 말 박사 구난은 알고 있냐?"

"보통 잘생기고 또……."

"또 뭐."

'스킨십 기술이 좋은 말들이 선정됩니다.' 다큐멘터리에서 배운 말이 맴돌았지만 이준은 모른 척 고개를 돌렸다.

"착해야지 뭐."

"착해야 한다고? 앞뒤가 안 맞는데?"

제인이 이준을 놀리듯 음흉하게 웃었다.

"왜 이래. 진짜. 이상하게 늙어 가지고."

"뭔데. 뭔데. 말해 줘라."

이준의 옷깃을 잡고 이리저리 흔들며 제인이 장난을 쳤다. 이준이 서둘러 화제를 바꿨다.

"얘가 그래서 뭐가 억울하다는 건데."

"그건 이제 알아봐야지."

제인이 다시 정색했다.

"대단한 이야기라도 있는 줄 알았더니."

이준은 실망한 내색을 비치며 접시를 마저 정리했다.

"부지런히 움직여라. 구난. 오늘도 할 일이 많아. 마을 사람들 만나서 의뢰도 받고 사건도 파헤치려면."

"무슨 소리야. 우리가 무슨 의뢰를 받아."

제인의 말에 이준이 영문을 몰라 물었다.

"너…… 설마. 혹시 기억 안 나는 거니? 어젯밤. 네 입에서 나온 말."

"내 입에서 나온 말?"

그 순간 이준의 머릿속에서 끊어진 필름이 이어지기 시작했다. 지난밤 기억이었다.

❀❀❀

"이장님. 걱정하지 마세요. 제가 다 해결해 드리겠습니다!"

막걸리 한 병에 정신을 놓아 버린 이준이 소리쳤다.

"기. 흔잔(한잔) 받아. 우리 동네 삼해리 해결사! 우리 아덜!

구이준이!"

술에 취한 부 이장도 좀처럼 볼 수 없는 다정한 표정으로 이준을 향해 웃었다.

"네! 아버지! 다른 건 몰라도 우리 아버지 괴롭히는 회의 안건은 싹 다 없애 드립니다."

"기! 나가 느네 아방(아버지)이여."

"아방!"

구이준과 부 이장이 서로 막걸리 잔을 부서져라 맞댔다.

"그럼 어쩔 수 없지! 저도 돕겠습니다! 아방!"

제인도 신이 나서 잔을 맞댔다.

"기여! 똘(딸)!"

"자! 그럼 우리 약속합시다."

이때다 싶었는지 제인이 운을 띄웠다.

"이디 대고 약속허게!"

부 이장이 휴대폰을 들었다. 그리고 마을 방송 앱을 눌렀다. 물길, 하늘길, 산길이 수시로 막히는 제주에서 빠르게 소식을 전해 피해를 줄이겠다며, 부 이장이 취임하자마자 열정적으로 도입한 결과물이었다.

"아이고! 설러붑서(그만둬요)!"

도리 여사가 부 이장을 말렸다.

하지만 이 기회를 놓칠 리 없는 제인이 휴대폰 카메라까지 동원해 분위기를 띄웠다.

"사람들 전부 자요!"

도리 여사가 연신 말렸지만 혼자서 말릴 수 있는 기세가 아니었다.

"아아! 아아! 나 부 이장이우다. 다름이 아니고 앞으로 우리 무을에 문제가 시믄(있으면) 이제 우리 아덜 구이준이랑 경(그리고)⋯⋯."

"제인입니다."

"기. 그 누이, 구제인이⋯⋯."

"이제인입니다. 부모가 달라요."

이장이 잠시 멈칫하더니 이해했다는 듯 곧바로 방송을 이어 나갔다.

"기우다, 이제인이를 우리 무을 해결사로 임명헴수다."

부 이장의 시끄러운 목소리에 컴컴하던 마을 곳곳에 불이 하나둘 들어왔다.

"이것가 다 무신 소리우꽈(이게 다 무슨 소리예요)."

때 아닌 방송에 마을 사람들이 웅성거리는 소리가 들리기 시작했다.

"어? 뭐야. 어디야 어디. 누가 대답하시는데?"

제인이 놀라 두리번거리다 이준을 봤다.

"우리 마을 사람은 누구나 방송을 할 수 있지! 소통을 중시하시는 우리 아방의 깊은 뜻이지!"

이준이 발랄하게 대답했다.

154

"부 이장. 술 먹언?"

"아휴, 좀 다 깻엇저(잠 다 깼네)!"

소통의 장이라는 이름에 걸맞게 마을 사람들의 불만이 쏟아져 나왔다.

"저 구이준이 약속합니다! 삼해리 해결사! 언제든 부탁만 하십쇼!"

"뭐라고?"

"크 사장 아니야?"

"네. 맞습니다. 앞으로 무슨 문제가 생기면 모두 모두 이 크 사장을 찾으세요!"

"네!"

이준이 하늘 높이 팔을 펼치자 제인이 소리 질렀다. 술에 취한 이준과 이장이 새끼손가락을 걸어 약속했고 치이즈, 라는 제인의 목소리와 함께 휴대폰을 향해 해맑게 웃어 보였다. 누구보다 화려했던 크리스마스 밤이 그렇게 흘러갔다.

❀❀❀

제인의 휴대폰 속 사진과 함께 지난밤 기억이 어렴풋이 돌아오자 이준은 망연자실한 표정이 되었다.

"다들…… 기억하실까?"

"당연하지. 넌 어떻게 막걸리 한 병에 필름이 끊기냐. 너 그거 조심해. 그게 뇌가 손상돼서 그래. 네가 젊은 것 같아도 뇌가 늙으면 다⋯⋯."

주절거리는 제인의 말이 이준은 하나도 들리지 않았다. 이모든 상황이 꿈 같았다. 아니, 꿈이라고 절실히 믿고 싶었다.

"그래서⋯⋯ 경하난 할머니가 갑자기 무밭의 귀신을 잡으라고⋯⋯."

"오호! 첫 의뢰가 들어왔구만! 서둘러!"

"뭘 서둘러. 내가 뭐라고. 그걸 어떻게 해결해."

"걱정 마라. 구난. 누나가 있잖아. 히얼! 아이! 엠! 넌 삼해리 해결사로 귀신의 정체를 밝히고 나는 살마마 사건의 진상을 밝히고!"

자신만만한 표정의 제인이 아직 열지도 않은 노트북 위로 피아노 치듯 신나게 손가락을 움직였다.

"마을 일도 해결하고! 산타도 찾고! 누이 좋고! 매부 좋고! 구난 좋고! 이장 좋고!"

3

오토바이가 당장이라도 출발할 기세로 부르릉거렸다. 선캡 위로 헬멧을 쓴 경하난 할망이 자신을 막아선 제인에게 재촉하는 눈빛을 보냈다. 오토바이 뒷좌석에 자리 잡은 노란 바구니에는 물질할 때 쓰는 물건들이 가득했다.

"무사?"

"어……. 음……."

할망의 물음에 제인이 이준을 힐끗 보며 잠시 망설였다.

"아. 무사!"

"아, 뭐! 네! 좋습니다! 사겠습니다. 얼마에 파세요?"

"허이고……."

아무래도 할망의 사투리를 오해한 듯 보였다. 그나마 알아들은 이준이 통역에 나섰다.

"무 살 거냐고 물어보신 게 아니고 왜냐고 물으신 거야."

"엥?"

부앙부아앙. 성격 급한 할머니의 오토바이 키가 더 이상 기다리지 못하고 힘껏 시동을 걸었다.

"아……. 여기 밭에 무슨 일이 많았다고 다들 그러시던데. 혹시…… 이 무밭에……."

제인이 뜸을 들이자 할망은 인상을 찌푸렸다.

"답답허다."

"이 무밭 귀신의 정체를 밝혀 달라고 하셨는데. 여기 귀신이 나올 이유라도 있나요?"

할망과 눈을 맞추기 위해 제인이 고개를 숙이며 물었다. 그 물음에 경한난 할망이 오토바이 시동을 끄더니 드넓은 무밭을 보았다. 단순히 바라본다기보다는 땅이 품은 세월을 둘러보는 듯했다.

"이 땅에 죽엉 묻힌 것사 하지(많지)."

"네?"

"이 땅에 죽어서 묻힌 것이 많다고 하시는데?"

그나마 귀동냥으로 사투리를 배운 이준이 통역했다.

"정말요? 누구요?"

제인이 생기를 띠고 적극적으로 물었다.

"어멍(엄마)도 애기도 억울헌 것덜은 몬(죄다) 이디 묻엇지."

"어멍……. 아기요? 말은요?"

"물?"

"여기서 말도 죽은 적이 있었잖아요."

"늄삐는 죽이지 아년다. 죽인 놈덜은 또로(따로) 잇어. 늄삐는 죽은 것덜을 눅져 준(뉘어 준) 거여. 경헌디 썩을 것덜이."

할망은 무밭을 없애자는 이야기가 매우 섭섭했는지 동네를 한 번 노려보더니 바로 바다를 향해 갔다.

"나 늦엇저. 가켜(가)."

"네. 다녀오세요."

이준이 꾸벅 인사했다.

"걱정하지 마세요. 여기 크 사장이 귀신의 정체를 꼭 밝혀낼 겁니다."

이준 대신 제인이 결연하게 대답했다.

"기여."

할망이 떠나고 제인은 사건 현장인 무밭을 바라봤다. 꾸물꾸물한 하늘에 구름이 빠르게 지나가자 무밭도 따라서 밝아졌다 어두워졌다를 반복했다.

"밭에 무덤 있는 거 봐. 귀신이 없는 게 이상하지."

제인의 말대로 제주의 밭에는 유난히 무덤이 많다. 무덤이 먼저 생긴 것도 밭이 먼저 생긴 것도 있지만 어찌 됐든 제주 사람들은 작물을 키우는 흙에 가족을 눕혀 재웠다. 하지만 그런 문화가 최근에 생겨난 것도 아닌데 갑자기 유독 무밭을 둘러싼 흉흉한 소문이 퍼진 것이 이상하다고 이준은 생각했다.

"이 밭에 사연이 있어. 그것도 심히 억울한."

"뭘 억울하기까지야."

제인이 주머니에서 사진을 한 장 꺼내 이준의 앞에 턱 꺼내 보였다. 사진 속에는 말이 한 마리 담겨 있었는데 윤기가 자르르 흐르는 금색 한라마였다.

두 번째 희생마. 테리우스는 2년 전, 의문의 트럭에 치여 무 밭에서 죽은 채 발견되었다.

"한라마 중에 금색이 많지 않은데 특이하네."

"한라마가 교배종이지?"

"응. 제주 토종마랑 외래종이 섞여 있지."

경주마인 서러브레드와 제주 토종마의 피를 이어받은 한 라마는 담대한 성격과 똑똑한 머리가 특징이다. 자신의 환경 에 대한 인지력이 좋은 말인데, 갑자기 왜 목장 밖으로 나왔을 까. 이준이 사진 속 말을 다시 떠올렸다. 몸체가 크지 않은 한 라마라고 해도 무게가 상당히 나갔을 것이다. 그런 말이 차에 치여 이 정도로 멀리까지 날아왔다는 건 차가 아주 빠르게 달 렸다는 뜻인데 아무리 늦은 밤 도로가 한산했다 하더라도 이 상했다.

"이 두 번째 사건이 유난히 자료 구하기가 힘들었어. 경찰 쪽에서 가지고 있는 자료도 얼마 없었고 뭘 알려 주려고 하지 도 않고. 수상한 점이 한두 개가 아니야."

깜깜한 밤에 찍힌 CCTV 사진 한 장을 이준에게 보여 주며 제인이 말했다.

"그날 밤에 번호판이 가려진 트럭이 과속으로 달리다가 이 말을 치고 달아났어. 내가 힘들게 구한 사고 직후 사진인데 자세히 보면 산타 옷을 입은 남자가 죽어 가는 말에게 다가가서 말의 상태를 확인하고 있어."

제인이 도로와 무밭 사이의 거리를 발걸음으로 쟀다.

"사진으로 봤을 때 이쯤인 것 같은데 말이야. 저기서 사고 가 나서 여기로 떨어진 거지."

제인이 서 있는 갓길에는 깨진 유리 파편들을 쉽게 발견할 수 있었다. 제한속도를 무시한 채 씽씽 가로지르는 자동차를 봐도 평소에도 사고가 자주 발생하는 곳이었다. 이준이 제인 을 따라 도로로 나왔다.

"조심해. 내려오는 차에선 여기 잘 안 보이니까."

"소리도 꽤 컸을 텐데⋯⋯. 제대로 된 목격자가 하나도 없 다는 게 이상하지 않니? 확인해 보니까 제대로 조사도 안 하 고 그냥 조용히 지나간 거 같은데."

"말이 죽었는데?"

"말이 죽었으니까. 사람이 아니라. 그냥 가축. 엄밀히 따지 면 말이 죽은 사건이 아니라 재산 피해 사건인 거지."

제인의 말을 들은 이준이 불편한 진실에 살짝 인상을 찡그 렸다.

"억울한 것들이 죄다 묻혔다고 하셨잖아. 그중에 그 말이 포함되어 있다. 내 직감은 그래."

제인이 도로와 무밭 곳곳을 사진으로 남겼다. 그런 제인을 물끄러미 바라보다 이준 역시 무밭으로 눈을 돌렸다.

악. 갑작스러운 제인의 외마디 비명 소리에 놀라 이준이 고개를 돌렸다. 밭 한가운데 난 커다란 구멍(숨골) 앞에 제인이 넘어져 있었다.

"아니, 왜 이런 데 구멍이 나 있는 거야."

무슨 일인지 제인이 현무암 구멍 안으로 고개를 들이밀고 있었다. 이준이 놀라 뛰어왔다.

"괜찮아? 일어나 봐."

"나 여기 휴대폰 빠졌어!"

울상을 한 제인이 이준을 올려다보더니 이번엔 쌓여 있는 현무암 사이로 팔을 집어넣어 마구 휘저었다. 제인의 손끝이 화면에 간신히 닿아 찰칵찰칵 소리가 났지만 꺼내는 것은 무리였다.

"일단 일어나 봐. 누나 다리에 피 나."

이준의 말에 제인이 그제야 자신의 다리를 보았다.

제인의 추리닝 위로 붉은 얼룩이 보였다.

"아, 진짜네……. 이 정도는 괜찮아. 아니, 이 구멍 뭐야."

제인이 자신의 다리를 슬쩍 보더니 다시 숨골 안으로 손을 집어넣었다.

"이거 꽤 깊숙이 빠졌는데. 돌을 들어내야 될 것 같아."

이준이 돌무더기 틈새를 들여다보며 말했다.

"거기서 뭐 합니까."

멀리서 임영덕이 허겁지겁 달려왔다. 날카로운 목소리가 위협적이었다.

"아. 안녕하세요. 그게 아니라 저희는……."

이준은 괜한 오해를 살까 싶어 영덕에게 자초지종을 설명하려 한 발 앞으로 나섰다.

"저흰 이 밭의 공식 수사관입니다."

하지만 제인이 먼저 이준의 앞으로 나서며 당당하게 갈비뼈를 내밀고 말했다.

"뭐요?"

"우리는 여기 땅 주인, 경 하 자 난 자 할머니께서 오늘 임명하신……."

"아냐. 그거 할머니 이름 아냐."

이준이 제인의 뒤에 대고 소곤거렸다.

"그런 건 좀 빨리 알려 줘라."

제인이 이준에게 복화술을 구사했다.

영덕이 제인의 말에 성큼성큼 다가왔다. 무슨 말이 신경을 거슬렀는지 눈매가 한껏 사나워져 있었다.

"그리고 여기 제 휴대폰이 빠졌습니다. 실례지만 이 돌을 좀 들어내도 될까요?"

제인이 뻔뻔하게 휴대폰이 빠진 숨골을 가리켰다.

"여기요? 여기 휴대폰이 빠졌어요?"

영덕이 놀라 재차 물었다.

"네. 뭔지는 몰라도 왜 여기 이런 구멍이……."

"내가 이따 꺼내 놓을 테니까 우선은 돌아가시고 나중에 찾으러 오세요."

제인의 말이 채 끝나기도 전에 영덕이 서둘러 대답했다.

"이걸요? 꽤 깊이 빠진 것 같은데 혼자 언제 다 하시려고요. 제 잘못인데 같이 해요."

제인이 현무암 더미에 손을 대자 영덕이 제인의 손을 쳐 내며 막아섰다.

"왜요. 여기 무슨 문제라도 있나요?"

영덕의 낌새가 이상하자 역시나 제인이 반응했다.

"문제는 무슨 문제. 아무 문제도 없는 땅입니다. 괜히 흉흉한 소문 더 돌게 하지 마시고 그만두세요."

서로를 경계하는 영덕과 제인 사이에서 이준이 어떤 태도를 취해야 할지 몰라 어정쩡하게 서 있을 때였다.

"왜 다들 몰려 있어."

부 이장이 세 사람을 발견하고 다가왔다. 제인은 반갑게 손을 들어 올렸지만 부 이장과 구이준은 어색하게 서로 인사할 뿐이었다. 아마도 술의 힘을 빌리지 않는 한 두 사람이 서로 아덜! 아방! 소리 지르며 인사하는 일은 다신 없을 것이다.

"어디 갔다 오세요? 아방!"

그게 가능한 것은 제인뿐이었다. 제인은 삼해리 최고 권력자 뒤로 달려가 섰다.

"경찰서에 다녀온다."

"경찰서요?"

"그래. 어제 그놈 잡아가면서 뭐 이것저것 좀 적어 달라고 해서."

"아. 그 아저씨는 이제 어떻게 되는 거예요?"

"뭐. 죗값 치르고 나오겠지. 그래도 정신이 들었는지 울면서 미안하다고 하더라. 지가 경마로 다 날려 먹어서 눈이 돌았다고."

부 이장이 착잡한 표정을 지었다.

"모자란 구석이 있어 나쁜 사람들이 꼬인 거지. 천성이 영 나쁜 사람은 아니에요."

임영덕이 자신의 친구를 두둔했다.

"그런 것도 친구라고 편들어!"

부 이장의 큰소리에 임영덕이 두꺼운 입술을 꾹 다물었다.

"그린벨트를 풀면 땅값을 두 배로 준다고 했단다. 이 마을도 거진 넘어왔다고 지금 안 팔면 손해라고 했다는데…… . 크 사장 혹시 준연이한테서 뭐 들은 거 없어?"

"아뇨. 사장님은 별말씀 없으셨는데."

"크리스하우스 얘기를 하던데…… ."

"저희 크리스하우스요?"

크리스하우스라는 말에 이준이 놀라 물었다.

"뭐. 이러다 우리 마을도 사라지는 건 아닌지 모르겠다. 어찌 이리 시끄러운지."

부 이장이 고단한 표정으로 마을을 둘러보며 잠시 숨을 골랐다.

"그런데 왜 다들 여기 나와 있냐니까."

"아. 저희는 경하난 할머니께서 여기 무밭 귀신 문제를 해결해 달라고 하셔서 좀 둘러보고 있었습니다."

제인이 말했다.

"처형이?"

"네. 어젯밤 이장님이 임명해 주신 삼해리 해결사에게 들어온 첫 의뢰죠."

제인이 상부에 보고하듯 말했다.

어쩐지 이렇게 확정되는 것 같아 이준은 당황스러웠다.

"술 먹고 그냥 한 말은 아닌가 보네. 문제 해결해 주면 좋지. 가만있어 봐."

부 이장이 휴대폰을 꺼내 갑자기 마을 방송을 시작했다.

"아, 아. 부 이장입니다. 어제 말한 삼해리 해결사 구이준이가 마을 일을 제 일처럼 돕기로 했으니 문제가 있거나 도움이 필요한 사람들은 혼저(어서) 말하세요. 혼저."

어, 어. 이장님…… 이장의 방송이 마을에 울려 퍼지자 이준의 얼굴이 점점 사색이 되었다. 하지만 이장은 멈출 생각이 없어 보였다.

"오늘부로 고지란 할망의 부탁으로다 우리 삼해리 해결사가 눔삐밭 귀신을 잡는다고 하니 다들 물어보는 거 있으면 잘들 대답해 주고."

"귀신은 무슨. 그런 거 없습니다. 이모부."

이장의 말에 이번엔 영덕이 발끈했다. 이장이 영덕을 찌릿 째려봤다.

"뭐. 이제 네 밭이라 이거야?"

이장의 말투가 어느 때보다 날카로웠다. 영덕은 할 말이 없는지 한숨을 푹 내쉬었다. 그 모습에 이장이 혀를 끌끌 차더니 이준에게 말했다.

"이봐. 크 사장. 한번 잘해 보라고. 진짜 해결하면…… 흠……. 흠……. 뭐 진짜 삼해 사람 되는 거지. 오늘 함덕 장날인데 내려가들 호떡이라도 사 먹어라."

이장은 무뚝뚝한 듯 다정한 말을 툭 던져 두고는 회관 쪽으로 돌아 내려갔다.

"장날? 오늘 오일장 열려?"

제인이 물었다.

"응. 그러네. 오늘 26일이구나. 6일이니까 함덕에 오일장이 열릴 거야."

"가자. 군중이 모이는 곳에선 언제나 중요한 말이 나오는 법이야. 구난."

"그럼 휴대폰은……."

이준의 말에 숨골을 막아서고 있던 영덕이 대답했다.

"내가 꺼내 둘 테니까 볼일들 보고 오세요. 그리고 다시는 이 밭에 함부로 들어오지 마십쇼."

영덕의 말에 두 사람은 결국 발길을 돌렸다.

4

겨울인데도 시장에는 사람이 가득했다. 상인들은 표정이나 행색만 봐도 쉽게 관광객과 도민을 구별했다. 그들은 거금을 쓸 준비가 되어 있는 관광객에게 주로 호객 행위를 했다. 피차 서로의 관심이 필요 없는 도민끼리는 살려면 사라는 식이었다.

시장을 한 바퀴 다 돌도록 제인과 이준에게 말을 거는 상인은 아무도 없었다. 꽤 자주 시장을 찾았던 이준은 얼굴이 익었다고 쳐도 제인은 완벽한 잠입 성공이었다.

"어! 기용이 아니야? 어이! 기용이!"

멀리서 몰려 있던 젊은 사람들 사이에 있던 기용을 제인이 용케 찾아내어 불렀다. 이준은 낯선 기용의 모습에 한 번에 찾지 못하고 두리번거렸다. 기용이 어느 관광객 무리 사이에서 벗어나 다가왔다.

제인은 한껏 멋 부린 기용을 이리저리 살폈다.

"어유. 오늘 무슨 잔치라도 있나 봐."

기용은 평소에 즐겨 입던 패딩이 아닌 검정 코트를 걸치고 머리를 손질한 모습이었다.

"안녕하세요. 오늘 육지에서 친구들이 좀 놀러 와 가지고."

관광객으로 보이는 남녀의 무리를 향해 이준이 자연스럽게 눈을 돌렸다. 기용의 친구들답게 눈에 확 띄었다. 그들은 오일장에 나온 물건들을 처음 본다는 듯 이리저리 둘러보고 있었다.

"저기 십자가 귀걸이 하고 하얀 머리 한 사람들이 다 네 친구야?"

이준의 구체적인 물음에 기용이 웃으며 고개를 끄덕였다.

"아, 맞다. 형. 근데 삼해리 해결사가 되겠다고 그랬어요?"

아. 잊고 있었는데. 이준이 한숨을 쉬었다.

"그건 또 어디서 들었니."

"제가 모르는 얘기가 어디 있어요. 벌써 다 들었죠. 형. 도대체 무슨 일이 일어나고 있는 거예요."

"나도 몰라."

"저 누나 오고 형 좀 이상해진 거 알아요? 만약 저 누나가 괴롭히는 거면 조용히 당근을 흔들어 주세요."

기용의 속삭임에 이준이 말없이 장바구니에서 당근을 꺼

내 흔들었다. 곧바로 기용이 경계하는 눈으로 제인을 째려보았다.

"누나. 우리 형 괴롭히지 마요."

"기용이. 우리는 한 팀이에요. 팀이 뭐겠어? 서로 돕는 거지. 괴롭히다니."

제인의 대답에 기용은 더욱 경계하는 눈빛으로 다시 이준에게 말했다.

"오늘 아침에 영덕이 형이랑도 무밭에서 시끄러웠다고 그러던데요?"

"너 정말 모르는 게 없구나. 무밭에 서 있다가 좀 혼났어."

"아. 영덕이 형이 다른 건 몰라도 무밭에는 예민해요. 그 집 할아버지 돌아가시고 유산 문제로 좀 시끄러웠거든요."

흥미로운 이야기에 제인이 귀를 쫑긋 세웠다.

"더 얘기해 봐요."

"얘기 안 할래요."

기용은 제인을 끊임없이 경계했다.

"할머니가 아직 살아 계시잖아?"

하지만 이준의 한마디에 다시 얼른 말을 이어 나갔다.

"그죠. 근데 그 집 자식들이 할머니 김녕에 있던 밭이며 집이며 다 팔아먹었어요. 그래서 지금 삼해 사시는 거예요. 김녕 땅은 벌써 다 팔아서 나누고 이제 삼해 집이랑 무밭밖에 없대요. 그거 물려받으려고 영덕이 형이 할망도 모시고 굳이 삼해에서 카페 하는 거라고 사람들이 그러던데요. 그래서 고씨 할 아버지들이 영덕이 형 싫어해요. 마을 사람들은 다 알아요."

"그래?"

"벌써 팔았다는 이야기가 있던데……."

"무밭을?"

"네. 어디서 말하지 마요. 형. 저도 그냥 들은 거예요. 근데 준연이 형은 집 안 판대요?"

"준연이 형?"

"고가민박 준연이 형이요."

"아. 너 우리 사장님도 형이라고 부르는구나. 아무튼 그런 말씀 없으셨는데."

"다른 데는 몰라도 경하난 할망네 무밭이 팔리면 삼해리 도 반은 넘어갔다고 봐야 되는 거 아니겠어요?"

기용이 걱정 섞인 투로 말했다.

진짜 마을이 사라지기라도 한다는 거야. 이준이 생각에 잠 겼다.

야! 추워. 가자! 멀리서 기다리던 기용의 친구들이 지쳤는 지 기용을 불렀다.

"저 갈게요. 아, 근데요. 형!"

기용이 친구들에게 향하다 말고 뒤돌아 섰다.

"형. 요새 집에 지네 안 나와요?"

"아. 그게……."

"이 집 지네는 내가 열심히 잡아 주고 있으니까 한동안은 걱정 마요."

제인의 말에 기용은 조금 서운한 표정을 짓더니 이내 친구들 쪽으로 뛰어갔다.

"잠깐."

삼해리로 향하던 중, 밖을 내다보던 제인이 차를 멈추라는 신호를 보냈다.

"여긴. 왜?"

이준이 차를 천천히 몰며 물었다.

"여기가 거기지? 사해리."

높게 올라간 펜스 때문에 공사장 안쪽 상황이 전혀 보이지 않았다.

"여기 안에 뭐 있어?"

"이 안은 전부 공사장일걸. 아무것도 없어."

"그럼 저 커플은 뭐지?"

제인이 공사장 안에서 걸어 나오는 카키색 커플 패딩을 입은 남녀를 가리켰다.

"그냥 등산객 같은데. 길을 잘못 든 거 아니야?"

두 사람의 모습을 대충 보고 대답하던 이준이 순간 고개를 돌렸다.

다시 확인했지만 확실했다. 커플 패딩을 입은 여자는 지선이었다. 문제는 옆에 있는 남자가 준연이 아니라는 것이었다. 준연이라 믿고 싶었지만 그렇다고 하기에는 너무 말랐고 안경까지 쓰고 있었다.

"왜? 아는 사람이야?"

심상치 않은 이준의 표정에 제인이 물었다.

"아, 아니."

이준이 속도를 올려 서둘러 지선의 시야에서 멀어졌다.

다행히 지선은 이준의 차를 미처 발견하지 못한 것 같았다.

아내는 요즘 일이 바빠서요. 집에도 잘 못 들어와요. 그저께 들었던 준연의 말이 떠올랐다.

아니야. 됐어. 상관하지 말자. 무슨 상황인지는 모르겠지만 나는 아무것도 못 본 거다. 이준이 속으로 되뇌었다.

"왜. 뭔데."

제인이 뭔가 이상한 낌새를 눈치챘는지 물었다.

"뭐가. 누나 무릎 걱정이나 해."

이준이 아침에 다친 제인의 다리를 보며 말했다.

점심시간이 지나서인지 약국 안에 진을 치고 있는 아주머니들이 유난히 많았다. 불행히도 이준을 보자마자 삼해리 해결사! 하고 킬킬대며 불렀다. 이준은 어색하게 웃기만 했다.

"비상약이 떨어져서요. 소독약하고 밴드 좀 주세요."

"어디 다쳤어?"

"네? 아. 아뇨. 저는 아니고 손님이……."

"아. 오전에 여기 무밭에서 넘어진 아가씨."

역시나. 이 마을 사람들은 모르는 게 없었다.

"하긴 그 무밭이 요새 문제긴 하지."

슈퍼댁이 이야기했다.

"그 성당 뒤에서 나온 사람 뼈 얘기하는 거지?"

그 옆에 있던 아주머니가 조용히 말했다.

"사람 뼈요?"

이준이 놀라 물었다.

"여기 사해리에 성당 있잖아. 그 뒤에 옛날 건물이 하나 있었는데 이번에 카지노 공사 들어가면서 없어졌거든."

"그게 귀신이랑 무슨 상관인데요?"

"그게……. 그 얘기는 좀 긴데……."

슈퍼댁이 간을 보듯 머뭇거렸다.

"큰 사장. 그만 가 봐야 하는 거 아니야?"

약사가 약과 밴드를 챙겨 주며 이준에게 도망갈 기회를 줬다. 하지만 이준은 이야기를 다 듣고 갈 생각이었다.

"괜찮아요. 말씀해 주세요."

제인의 수사 보조여서가 아니라 할망의 부탁에 대한 책임 감이라고 스스로 굳게 믿고 싶었다.

"나도 잘은 모르고 그냥 마을에 떠도는 이야기 좀 주워들은 건데……. 그 왜 옛날에. 제주에 일이 좀 있었잖아. 사람들

막 죽이고 했던. 알지?"

"아. 네. 뭐."

학교 수업에서 간단히 배운 정도라 사실 잘 모르지만 일단 이준은 고개를 끄덕였다.

이준에게 기본 지식이 있음을 확인한 슈퍼댁이 이야기를 시작했다.

옆 마을 하나가 쑥대밭이 되고 나서 얼마 지나지 않았을 때였다. 중산간 마을을 모조리 태우고 사람들을 죄다 죽인다는 소문이 제주에 파다했다. 아이들을 데리고 성당에 숨어 있던 사해리 사람들에게 군인이 올라오고 있다는 소식이 전해졌다. 하는 수 없이 아기 엄마들은 한밤중에 아기들을 안고 윗마을로 뛰었다. 아직 추운 겨울이었다. 보이는 건 앙상한 숲과 월동 무가 자라는 푸른 무밭뿐이었다. 엄마들은 무밭 사이사이에 아이들을 숨겼다. 윗마을 사람들이 발견하면 혹시라도 살아남을까 하는 바람이었다. 그러고 나서 엄마들은 다시 마을로 돌아가 죽음을 맞이했다는 이야기였다.

"왜요. 같이 숨지 않고요?"

이준이 이해가 되지 않아 물었다.

"뭐. 이미 알고 올라온 거니까 누군가는 죽어야 끝날 일이라고 생각했겠지. 숨어 있었으면 또 쫓아 올라와서 아기까지 위험해질 수도 있고."

"그래서 아기들은 살았어요?"

"아니. 마을 사람들이 밭에 나오는 시간까지 못 버티고 다 얼어 죽었대."

아……. 옅은 탄성과 함께 이준이 안타까운 표정을 했다.

"이번에 공사하면서 그 성당 뒷마당에서 유해가 잔뜩 나왔어. 마을 사람들은 아마도 그때 죽은 그 엄마들 아니었겠냐고. 그리고 무밭 뒷산에서 아기 울음소리 같은 게 들리니까 사람들이 무서워하는 거지. 어렴풋이 아기 같은 형체를 본 사람도 있고."

"무밭 뒷산에서요?"

"그때 죽은 아기들을 마을 사람들이 무밭 뒷산 산소들 옆에 묻어 줬다는데. 성당 사라진 후로 자기 엄마 찾아서 아기들이 울면서 기어 다니는 거 아니냐고."

어머. 어머. 아주머니들이 쉬쉬댔다.

"그런 사연이 있었구나……."

이준은 처음 듣는 이야기였다.

"근데 크 사장님 뭔가, 달라졌네."

약사는 어딘가 달라진 이준의 태도에 놀란 눈치였다.

"제가요?"

"맞아. 뭐랄까? 마을에 대해서 먼저 물어보기도 하고. 처음 보는 모습 같아. 여자 친구가 와서 그런가?"

슈퍼댁도 맞장구를 쳤다.

"아. 그 누나는 여자 친구 아닌데. 마을에 이상하게 소문이

났나 봐요. 벌써."

이준이 멋쩍게 웃자 아주머니들이 자기들끼리 눈빛을 주고
받았다. 아무래도 이준 뒤에 따라다닐 소문이 하나 더 늘어난
것 같았다.

5

겨울엔 해가 빨리 져서 저녁밥 때가 오기도 전에 밤이 먼저 도착하는 날이 부지기수다. 겨울 한라산을 오르면 적어도 오후 3시 전에는 하산해야 하는 이유도 그 때문이다.

이제 막 오후 4시를 겨우 넘겼는데 빛이 적은 산간 지역은 더 어둡게 느껴졌다. 살짝살짝 어둑해지는 무밭 뒤쪽으로 제인이 눈길을 저벅저벅 걸어갔다.

곧 깜깜해질 테니 내일 날이 밝으면 가 보자는 이준의 말에도 바득바득 우겨서 나온 길이었다.

"구난. 잘 따라오고 있지?"

잔뜩 긴장한 제인이 물었다.

"내가 앞장선다니까?"

그냥 내일 알려 줄걸. 이준은 자신의 안일함을 후회했다.

"싫어. 앞에 아무도 없는 것보다 뒤에 아무도 없는 게 더 무서워."

제인은 겁에 질린 목소리로 꾸역꾸역 잘도 걸었다.

두 사람의 발걸음을 따라 빠닥빠닥 눈 밟히는 소리가 들렸다. 음머어어. 산을 울리는 소 울음소리도 저 멀리서 들려왔다. 한낮에 오름을 오르다 들었으면 충분히 한가로운 소리였겠지만 겨울의 어두운 숲에서, 그것도 아기 귀신을 찾다가 들으니 웬만한 공포영화 효과음 저리 가라였다. 제인이 소름이 돋았는지 잠시 몸을 부르르 떨고는 다시 걸었다.

"그만 갈까. 무서우면 내일 아침에 다시 오자. 밝을 때."

"귀신을 낮에 어떻게 찾아. 가자."

"아기 귀신이면 죽은 말하고는 상관없잖아. 뭐 하러 이렇게까지 해."

"의뢰를 받았으니까. 삼해리 해결사가."

"그냥 부탁받은 것 때문이라고?"

이준은 알면 알수록 제인이 이해가 되지 않았다.

"엄밀히 따지면…… 우리랑은 아무 상관없는 일이잖아."

"구난. 이 세상에서 일어나는 일은 알고 보면 다 우리랑 상관있는 일이야."

겁에 질린 주제에 제인이 가르치듯 이야기했다.

"언제나 진실은 연결되어 있다. 그리고…… 무엇보다."

제인이 이준을 향해 신뢰의 눈빛을 보냈다.

"넌 귀신을 잡을 줄 아니까 괜찮아."

"아까는 형체도 없는 걸 어떻게 잡느냐더니……"

사실 이준도 긴장되기는 마찬가지였다. 귀신이 무섭다기보다는 역사가 무서웠다. 이 마을에서 누군가는 죽었고 누군가는 죽었다. 평온하게만 보이던 삼해리 풍경이 새삼 다르게 보였다.

숲의 끝에 다다르자 산 중턱에 있는 무덤들이 듬성듬성 보였다.

이준이 휴대폰으로 플래시를 켜고 주변을 비췄다.

"이제 정말 더는 못 가. 저 위는 다 무덤이야. 땅이 얼어서 위험해."

이준이 제인을 불러 세웠다.

그 말에 멈춰 선 제인도 흰 입김을 뿜으며 잠시 주변을 둘러보았다.

"잠깐, 다시. 저기 뭐지?"

제인이 가리키는 곳을 따라 이준이 플래시를 비췄다.

스톱. 제인의 지시에 따라 멈춘 곳에 풀과 고사리가 무성한 흙더미가 보였다. 제인은 천천히 그 땅을 향해 걸어갔다.

제인의 앞을 비추는 이준의 시야에도 풀 사이로 희끄무레한 무언가가 보였다. 저게 뭐지. 궁금해진 이준이 가까이 다가가려는 순간, 제인의 손이 이미 그 위 고사리를 걷어 냈다. 그렇게 무서워하면서도 꼭 직접 확인해야만 직성이 풀리니. 이준은 그 희끄무레한 것보다도 제인의 정체가 더 궁금했다.

그 순간. 제인이 그 희끄무레한 것의 정체를 확인하자마자 끄아아악, 소문의 아기 비명 소리가 숲속에 울려 퍼졌다. 으아악. 제인이 소리를 지르며 뒤로 넘어갔고 이준은 제인에게 뛰어갔다.

"뭐…… 뭐야!"

"귀…… 귀신……. 아니고……. 시, 시체인가? 해골?"

하얗게 질려 더듬거리는 제인이 가리키는 곳에 흙에 파묻혀 있다가 간신히 드러난 아이 얼굴이 보였다. 제인의 말대로 귀신은 아니었고 해골이라기에는 그 윤곽이 또렷하지 않았다. 그나마 정신을 차린 이준이 다가가 확인했다.

"돌?"

"도…… 돌?"

"이게 왜 여기 있어."

두 사람의 전화에 한달음에 달려온 부 이장이 털장갑을 낀 손으로 차가운 흙을 걷어 내며 선명한 얼굴을 확인했다. 갓난아기 몸만 한 석상(石像)이었다. 정신을 차리고 둘러보니 그 주변으로 몇 개 더 있었다. 둥근 뒤통수가 보이기도 하고 작은 손이 보이기도 했다. 허옇고 정교한 것이 멀리서 보면 정말 사람처럼 보였다.

"동자석인데. 이건."

"동자석이요?"

"기. 예전에는 제주에서 사람이 죽으면 무덤에다가 아기를 이렇게 돌로 빚어서 뒀다."

"무슨 그런 무서운 전통이……. 이렇게 땅에 박아 둘 것을 뭐 하러."

제인이 말했다.

"아니지. 원래는 무덤가에 비석처럼 잘 세워 두는데."

부 이장이 무덤가를 올려다보더니 뒤쫓아 올라온 경하난 할망을 향해 이야기했다.

"산을 천리헐 때 묻어 둔 게 비가 오멍 이레 담아진 거 닮아 마씨(묘를 옮길 때 묻어 둔 게 비가 오면서 이리 쏟아진 거 같은데요)?"

으이고. 쯧쯧. 경하난 할망이 혀를 끌끌 찼다.

부 이장은 내일 일찍이 최근에 조상 묘를 이장한 마을 사람들에게 동자석을 치우라는 공지를 내리겠다고 했다.

"늦었다. 다들 내려가자."

돌아가는 길. 이준이 이장의 뒤로 붙어 물었다.

"근데 그 돌을 아기로 봤다고 해도 우는 소리는 대체 뭐였을까요?"

"무덤 다 파 젖히고 찔리니까 헛소리라도 들었나 보지."

"최근에 묘지 이장을 많이 했나 봐요."

"땅 주인이 죄 바뀌니 별수 있나."

이준은 조금 전 들었던 기괴한 소리를 떠올렸다. 뒤돌아보니 제인이 경하난 할망의 팔을 꼭 붙들고 정신없이 쫓아오고 있었다. 잘못 들은 것 같지는 않은데 무슨 소리였을까.

"아지망네 땅 풀렌 허는 말 엇우깡(처형네 땅 팔라는 말 없어요)? 이디 늄삐밧 풀렌 허는 사름 셔(있죠)?"

부 이장이 뒤돌아 할망에게 물었다.

"그 밧 이젠 나 것도 아닌디. 몰르키여(모르지)."

"그거 무신 소리꽝? 볼써 누게 사간마씸? 영덕이 그놈이 풀아수깡(팔았어요)?"

내 그럴 줄 알았다. 부 이장이 지긋지긋하다는 표정을 지어 보였다.

"고생딜 하영 헷저(고생들 많았다). 부 이장 이제 늄빠밧 흐끔(좀) 조용허게 허라. 아. 비바리(아가씨)."

그때 할망이 패딩 조끼 주머니에서 휴대폰을 꺼내 제인에게 건넸다.

"어? 이거 아드님이…… 감사합니다."

"기."

할망이 어딘가 서글퍼진 얼굴로 돌아섰다.

"어디 감수깡?"

"당에 감쩌(신당에 간다)."

"에헤이, 날 붉걸랑(밝으면) 경란이영 그찌 갑서(같이 가요)!"

도리 여사와 함께 가라는 부 이장의 만류에도 할망은 걸음을 멈추지 않았다. 결국 부 이장이 툴툴대며 데려다주겠다고 할망을 따라나섰다. 제인과 이준도 다시 걸음을 돌려 마을로 향했다. 제인은 할망이 건네준 휴대폰을 이리저리 확인했다.

"잠깐. 이게 언제 찍혔지?"

제인이 멈춰 섰다. 제인은 자신의 휴대폰 화면을 이준 쪽으로 돌렸다. 영문을 모른 채 이준이 가만히 사진을 봤다. 돌멩이들 사이사이로 뭔가 보였다.

"비닐봉지?"

"그냥 쓰레기는 아닌 것 같고……. 안에 뭔가 들어 있는 것 같지 않아?"

이준은 오전에 무밭에서 제인이 숨골 안으로 손을 넣어 마구 휘저을 때 들렸던 촬영 소리가 떠올랐다.

"아까 휴대폰 꺼내려고 할 때 찍힌 것 같은데?"

"그 사장님 말이야. 그때 좀 수상하지 않았어?"

"뭐가?"

"엄청 예민하게 굴었잖아. 만약 뭘 숨겨서라면……."

촉이 온다. 촉이 와. 제인이 또 뭔가에 홀린 듯 발걸음을 빠르게 옮겼다.

"설마. 아니지? 난 절대 안 도와줄 거야. 난 집에 갈 거야."

이준이 단호하게 말했다.

"여기 있다."

제인이 커다란 현무암을 들며 혹여 누군가 들을까 조용히 속삭였다. 지친 이준의 옆에는 숨골을 채우고 있던 돌들이 잔뜩 쌓여 있었다.

제인이 사진에서 확인했던 비닐봉지를 발견해 꺼냈다. 호기심 가득한 표정으로 느슨하게 대충 묶어 놓은 봉지를 풀었다. 그러고는 그 안으로 손을 넣어 내용물을 꺼냈다.

"이게 뭐야?"

제인이 들어 올린 밀봉된 비닐 팩 안으로 둘둘 말린 종이가 보였다.

그때 두 사람 위로 누군가의 그림자가 드리웠다.

"두 분 이야기 좀 하시죠."

화난 표정의 영덕이었다.

"아. 사장님."

이준이 놀라 일어나는데 영덕의 젖은 손이 눈에 들어왔다. 그의 손에는 정체를 알 수 없는 붉은 물이 흐르고 있었다.

"여기에 뭐가 들어간 거예요?"

제인은 영덕이 주방에서 들고 나온 정체 모를 붉은색 음료를 최후의 만찬 보듯 들여다보았다.

어두운 송당당근 안. 창가 쪽 자리에 앉은 이준과 제인의 맞은편에 영덕이 앉았다.

"비트와 무로 만든 새 메뉴입니다. 두 분 한번 먹어 보세요.

그리고……."

영덕이 테이블 위에 놓인 의문의 봉지를 보더니 이내 불편한 얼굴로 말했다.

"이건 모른 척해 주세요. 두 사람도 잘한 건 없으니까."

정말 죄송합니다. 이준이 면목 없어 하며 사과했다.

"그런데…… 이게 뭐예요? 무밭은 정말 파신 거예요?"

제인이 조심스레 물었다.

"내가 그 밭을 왜 팝니까. 안 팔려고 그런 거지."

영덕이 한숨을 깊게 내쉬었다.

"이거…… 각서예요."

"각서요?"

영덕이 꺼내 보인 둘둘 말린 종이에는 복잡하고 어려운 말들과 경덕, 정덕, 정희의 도장이 찍혀 있었다.

"한 2년 전쯤이었나……. 갑자기 이 산비탈 밭을 비싼 값에 사겠다는 사람들이 나타났어요. 이쪽 동네에 카지노 단지가 생긴다는 소문에 이 근처 땅에 투자하러 다니는 사람이 많기는 했어도 정말 말도 안 되는 일이었죠. 그때…… 형제들이 갑자기 찾아왔어요. 아버지 돌아가시고 얼굴도 비춘 적 없었으면서 엄마 몰래 무밭을 팔자고. 벌써 엄마 살던 김녕 집까지 졸라서 판 돈은 다 어쨌는지 빚이 있다느니 헛소리들을 하고……. 그래서 내가 가진 땅 처분해서 주고 이 무밭에 더 이상 관여하지 않는 조건으로 마무리한 거예요. 나중에 딴소리

할 거 뻔하니 확실히 해 두려고 공증 각서를 받아 놨는데 변호사가 나한테도 복사본을 하나 주더라고요. 엄마는 절대 몰랐으면 했는데…… 이게 집이며 가게며 숨겨 놓을 곳이 마땅치 않아서…… 그냥 급한 대로 잠깐 둔 겁니다."

"그냥 할머니가 안 파시면 되는 것 아니에요?"

제인이 물었다.

"자식 셋이 와서 몇 날 며칠 사람을 달달 볶아 봐요. 나 죽겠다고 뒤집는데 안 팔고 배기는 부모 있나. 요즘 들어 무슨 바람인지 이 동네 땅을 사들이는 사람들이 다시 돌아다니는 것 같던데 형제들이 찾아와서 그러면 엄마는 또 결국 팔아 버릴 겁니다."

어머니를 떠올린 영덕이 서글퍼진 얼굴로 말했다.

"저희 어머니한테 무밭은 단순히 생계 수단이 아니에요. 다른 건 몰라도 그건 제가 지켜 드리고 싶어요."

"죄송해요. 오해했습니다."

영덕의 표정에서 진심을 느낀 제인이 영덕에게 사과의 의미로 악수를 청했다. 영덕은 애매하게 제인의 손가락 끝을 잡았다.

"요즘 들어 무 값도 많이 내려가고 다른 제주 농작물들과 비교하면 인기가 없어요. 제가 지금 당근으로 케이크를 만들어 팔고 있는데 그걸로 사람들을 모으고 나면 무로 만든 새 메뉴를 개발해서 선보이고 싶은데 영 쉽지가 않네요."

영덕이 주스를 바라봤다. 영덕의 실체에 이준은 적응이 되지 않았다. 자신이 이사를 온 후로 줄곧 무서운 눈으로 노려보던 영덕이 이렇게 순박한 시골 총각이었다니.

"사장님. 혹시 그동안 저를 노려…… 아니, 바라보신 이유가 뭔지……."

이준이 조심스레 말을 꺼냈다.

"그게…… 친해지고 싶어서요. 말을 붙여 보고 싶은데 동네 사람들을 별로 좋아하는 것 같지 않아서 망설이고 있었죠. 우리 카페에도 한 번도 안 오고. 맨 처음 봤을 때 정말 반가웠는데."

"반가워요?"

"네. 이 동네에 젊은 입맛이 없거든요. 메뉴를 좀 맛봐 줬으면 좋겠어서. 그나마 왔다 갔다 하는 거라고는 기용이 그놈이랑 말 선생인데 그 두 사람은 미각이 없는지 눈치만 보고 솔직하게 말을 잘 안 해 줘요."

"아……."

이준은 영덕이 그동안 자신을 무섭게 쳐다본 이유가 새 메뉴를 맛봐 줬으면 해서라는 사실에 순간 맥이 풀렸다.

"저는 또 제가 마음에 안 드시는 줄 알고……."

"제가 왜요. 저희 어머니 차도 태워 주시고 감사하게 생각하고 있어요."

영덕은 생각보다 아주 감성적인 사람이었다. 눈물을 글썽

이며 이준을 바라봤다. 이준은 그런 영덕이 쉽게 익숙해지지 않아 어색하게 웃으며 제인에게 눈을 돌렸다. 일종의 구조 요청 같은 것이었다.

"좋습니다. 그럼 저희가 냉정하게 평가해 드리죠."

영덕이 내민 주스를 제인이 덥석 집어 들었다. 그 말에 이준 역시 주스를 손에 쥐었다.

"진짜 솔직하게 말할 겁니다. 빼지기 없깁니다."

"당연하죠."

영덕이 긴장한 얼굴로 지켜보는 앞에서 제인이 주스를 거침없이 꿀꺽 삼켰다. 이준은 조금 망설이다가 이어서 주스를 들이켰다. 맛을 보고 나서 이준은 아주 모호한 표정을 지을 수밖에 없었다. '기용과 말 선생은 착한 사람이었구나'라는 생각이 이준의 머릿속에서 스쳐 갔다.

"먹을 만해요?"

"그게 음······."

제인의 잔뜩 구겨진 미간이 먼저 진실을 말해 주었다.

"방귀 맛입니다."

정확한 표현이었지만 이준은 제인을 쿡 찔렀다.

하지만 이미 영덕은 충격받은 얼굴이었다.

"방귀 맛? 그게 무슨 맛이야."

"끝에 방귀 맛이 나는데요. 혹시 그걸 노리신 거면 성공이에요."

"누가 그런 걸 노리겠어요."

영덕이 시무룩한 표정을 지었다.

"힘내세요. 아니면 저희 삼해리 해결사에게 의뢰하시겠어요? 그럼 방귀 맛 무 주스도 책임지고 해결해 드리겠습니다. 구난, 그렇지?"

제인의 말에 영덕이 금세 기대에 찬 표정으로 이준을 바라보았다. 거절하기 어려운 분위기에 이준이 고개를 미세하게 끄덕였다.

"고마워요. 나를 그냥 형이라고 생각해요. 앞으로 뭐 필요한 거 있으면 언제든 이야기하고."

영덕이 이준의 어깨를 잡았다. 이준은 난감했지만 그의 행복한 표정에 억지로 미소를 띨 수밖에 없었다.

"그럼 형님. 이 사진 속 인물에 대해 아시는 거 있어요?"

제인이 이준의 뒤에서 어설프게 목소리를 깔며 이준인 척 영덕에게 사진을 건넸다. 무밭에서 죽은 말과 그 산타의 사진이었다. 이준이 뒤돌아 제인을 가자미눈으로 쳐다봤다. 저리가. 이준이 제인을 밀어내는데 영덕이 사진에 반응을 보였다.

"이…… 이건."

뭔가 아는 눈치에 제인과 이준이 영덕을 주목했다.

"접니다."

"말을 죽인 게 형님이라고요?"

너무 놀라 이준의 입에서 형님 소리가 넙죽 나왔다.

"아, 아니. 내가 죽인 게 아니고. 사고가 나서 확인하러 나갔다가 찍힌 거예요."

"산타가 범인이 아니에요?"

제인이 다급하게 물었다.

"산타? 아, 저건 크리스마스라서 내가 장사하려고 입었던 거고. 범인이 아니라 목격자였어요."

산타가 범인이 아니라는 소리에 제인은 선물을 받았다 빼앗긴 아이처럼 허망한 표정을 지었다.

"목격자? 그럼 범인을 보셨다는 거예요?"

시무룩해진 제인을 대신해 이준이 물었다.

"봤고 누군지도 알고. 근데 그건 경찰서 가서 다 얘기하고 합의 보고 잘 마무리한 사건인데요?"

"경찰에서 목격자가 있다는 말은 못 들었는데."

"이날이 그날이었거든요. 형제들이 찾아왔던 날. 연말이라 엄마 얼굴이라도 보러 왔나 했더니……. 여기까지 내려와서 집에도 안 들르고 갔어요. 시끄러워지면 그날 형제들이 왔다 간 걸 어머니가 알까 봐. 조사는 받겠지만 내가 관여한 건 말하지 말아 달라고 부탁했어요."

"범인이 누군데요? 마을 사람이에요? 여기 살아요?"

의외의 곳에서 실마리가 풀리자 제인이 침을 꼴딱 삼켰다.

"그게……."

영덕의 표정이 불편해졌다.

"죽었어요. 작년에."

"죽어요?"

이 마을에서 또 뭐가 죽었다는 걸까. 죽어 묻힌 것이 하영이라는 경하난 할망의 말이 이준의 머릿속에 떠올랐다.

"그것 때문에 한동안 동네가 시끄러웠어요. 방송국에서도 찾아오고."

"방송국에서 찾아와요? 그럼 혹시……."

"이 동네 사람들이 카우보이라고 부르던 형님인데. 말 타고 다니던."

"작년에 말과 함께 죽은 채로 발견된 그 카우보이요?"

제인이 놀라 영덕에게 물었다.

"맞아요."

제인의 격한 반응에 영덕이 의아한 표정으로 대답했다.

"근데 그 사건은 그 형님이 자수하고 목장 사장님한테 카지노 단지 전무가 직접 와서 말 값도 물어 주고 끝난 일이었으니까 소문나고 말고 할 것도 없었어요."

"카지노 단지 전무가 왜 돈을 물어 줘요?"

"나도 잘은 모르는데. 얼핏 보기에 친한 사이 같아 보이기는 했어요. 처음에 사해리 땅 보상받을 때, 그 형님이 사해리 한가운데 있는 큰 땅을 제일 먼저 파는 바람에 카지노 공사에 속도가 좀 붙었거든요. 그 마을에서 승마 체험장을 하던 사람이라."

"마마랜드!"

제인이 외쳤다.

"맞아. 어떻게 알았어요?"

영덕은 신기하다는 듯 제인을 보더니 다시 이야기를 이어 나갔다.

"그때 떴다방 노릇을 하면서 사해리 사람들 돈을 가지고 장난을 좀 쳤나 봐요."

"그런 사람 뭘 믿고 돈을 맡겨요?"

"카지노 단지 전무랑 친하니까. 아마 이것저것 뭐 연관이 되어 있었겠죠. 지저분한 일을 워낙 많이 했던 사람이라."

"지저분한 일이라…… 도대체 그 카지노 단지 전무가 누구 예요?"

"크 사장 알 텐데."

"아뇨. 저는 잘…….

카지노 단지 전무. 사람들에게서 몇 번 듣기는 했지만 전혀 관심을 두지 않았던 사람이다.

"한동안 안 보이더니 요 며칠 사이 계속 돌아다니잖아요. 무슨 꿍꿍이인지 마을 땅을 다 사들이려는 것 같던데. 그 여 자 한 번도 본 적 없어요?"

"여자예요?"

제인이 물었다.

"네."

제인이 수첩을 꺼내 카지노 단지 전무를 새로운 인물에 추가했다.

"그럼 어쨌든 간에 그 카우보이가 2년 전 길에서 말을 차로 쳐서 죽였다. 그리고 작년엔 또 말을 죽이고 자살했다. 결국 크리스마스에 죽은 말 두 마리 모두 그 사람이 죽였다는 뜻이네요? 그럼 정말 그 카우보이가 연쇄 살마마라는 말이 될 수도 있고요."

제인이 혼란스러운 듯 말했다.

"이야기가 그렇게 되나."

"그럼……."

제인이 본격적으로 이야기를 나눠 보겠다는 듯 한껏 몸을 기울였다.

"이디 다 몯아정(모여서) 무신 이야기덜 헴시니?"

신당에 다녀온 경하난 할망이었다. 할망의 등장에 영덕은 얼른 화제를 돌렸다.

"신당 다녀와요? 날도 추운데."

"집의 가게. 이만."

할망이 영덕을 불렀다.

"아. 그럼 저희도 그만 가 볼게요."

이준이 제인에게 눈짓을 하며 일어났다. 제인도 아쉬운 얼굴로 어쩔 수 없이 일어났다.

"아직 궁금한 이야기가 많은데……. 내일 방문하겠습니다.

형님.”

제인이 영덕에게 말했다.

“그래. 뭐. 내가 아는 건 다 이야기해 줄 수 있죠. 크 사장. 아니, 이름이 구이준이었나. 이제 편하게 이준이라고 불러도 되나⋯⋯.”

“네. 그럼요. 편하게 말씀하세요.”

이준이 흔쾌히 대답했다.

“그래. 이준이랑 내일 같이 들러요.”

영덕과 제인이 미소를 지으며 눈으로 서로 동의했다. 밖으로 나오자 바람은 잦아들고 어느새 눈이 살랑살랑 내리고 있었다. 이준은 영덕의 실체가 당황스러우면서도 한편으로는 마음 한구석이 편해지는 기분이었다. 이준이라니. 마을에서 이름을 부르는 사람이 생긴 게 좀 어색했지만.

“크 사장.”

가게 문을 빼꼼 열고 이번엔 할망이 이준을 불러 세웠다.

“네. 할머니. 뭐 하실 말씀 있으세요?”

“자.”

할망이 주머니에서 뭔가를 꺼내 건넸다.

“구신을 심어 주민 나가 주켄 헤난 거여(귀신을 잡아 주면 내가 주겠다 했던 거야).”

이준이 그것을 받아 들었다.

할망이 알려 준 길로 5분 정도 걸어 올라가자 여기저기 흰 천이 묶여 있는 커다란 나무가 보였다. 바람을 따라 흰 천들이 움직이자 그 사이로 신단 같은 공간이 모습을 드러냈다.

이준은 들어 본 적도 없는 곳이었다. 목장 뒤로 걸어 올라가는 노인들을 마주친 적은 있었지만 그냥 고사리를 뜯으러 가나 보다 하고 넘겨짚었다.

이렇게 깊은 곳에서 소원을 빌고 있었다니. 제주도 사람들은 뭐든 숨어서 하는 것 같다고 이준은 생각했다. 물론 이준은 제주의 그런 점이 가장 마음에 들었지만.

"여기 휴대폰도 안 터지잖아."

제인이 휴대폰을 보며 놀랐다.

"그러네. 제주 산간 지역에서는 종종 그렇다더니. 요즘 같은 시대에 통신이 안 터지는 곳도 있구나."

이준이 시야를 가리는 천들을 손으로 걷으며 제단 앞으로 향했다.

할망이 두고 간 초가 아직 녹고 있어 제단 위 초를 두는 유리관을 찾는 일은 어렵지 않았다. 이준이 할망에게서 받은 소원 초에 불을 붙여 할망의 초 옆에 조심히 세웠다.

제인은 기다렸다는 듯 합장하고 눈을 감았다. 이준도 잠시 이 마을에 묻힌 사람들을 애도하는 시간을 가졌다. 한참 뒤 이준이 눈을 떴을 때에도 제인은 여전히 눈을 꼭 감고 있었다.

"무슨 소원이 그렇게 많아?"

이준이 물었다.

"소원도 빌 수 있을 때 부단히 빌어 둬야지. 넌 소원이 너무 짧은 거 아니야? 뭐 빌었어?"

제인이 눈을 뜨지 않고 대답했다.

"누나 부디 사고 치지 않게 해 달라고 빌었는데."

"고리타분하기는. 인력으로 되는 일은 소원으로 비는 게 아니야. 그런 건 빌 필요 없이 사람이 하면 되지. 소원은 말도 안 되는 걸 빌어야 돼."

"그런 게 뭔데."

음. 제인이 잠시 생각하더니 특유의 짓궂은 표정으로 이준을 바라보았다.

"뭐. 절대 살아날 수 없는 절체절명의 순간에 꼭 살려 주세요, 라든가."

"아홉이면 모를까 스물아홉을 먹고 그런 소원을 빌 수는 없어."

"왜. 살다 보면 절체절명의 순간이 꽤 많다, 너."

제인이 겁을 주고는 다시 소원을 빌며 중얼거렸다.

"글쎄. 그건 누나라서 그런 거 아니야?"

평범한 인생에도 절체절명의 순간이 쓸데없이 많다는 사실에는 이준도 동의했다. 이준이 부정하는 건 그게 아니었다. 위기의 순간, 영웅에게는 신의 가호가 깃들지 몰라도 범인(凡人)에게는 그렇지 않았다. 위기에 빠진 평범한 사람을 구해 주는 존재는 없다.

이준이 몸을 돌려 신당 곳곳에 놓인 소원을 담은 초나 기와 같은 것들을 살펴봤다. 이런 게 소용이 있다고 다들 믿는 걸까. 이준이 발길을 돌리자 제인이 남은 소원을 떨이하듯 털어 버리고 따라나섰다.

"내가 특별히 너의 소원을 킵(keep)해 줄게."

"누나가 무슨 권한으로 킵을 해 줘."

제인이 뒤돌아 잠시 손을 모으고 눈을 감았다.

"자. 봐. 지금 내가 킵해 주세요, 소원 빌었으니까 들어주실 거야."

"그렇게 한 번에 빌면 듣는 사람이 기억이나 하겠어?"

"꼭 빌어. 영험한 기운이 느껴진다. 이곳."

제인이 신당을 진지하게 바라봤다.

"근데 저 신당 뒤쪽 길은 어디로 향하는 거지?"

신당 뒤로 폭이 아주 좁고 풀이 무성한 오솔길이 보였다.

"지금은 안 쓰는 길 같은데. 그냥 산길이겠지 뭐."

이준이 대충 대답했다. 관찰력도 좋아. 눈에 잘 들어오지도 않는 걸 제인은 정말 귀찮을 정도로 놓치지 않는다.

"진짜 신령이라도 다니는 길 아니야?"

진심이 섞여 있는 심각한 말투에 이준이 웃음을 터트리며 고개를 저었다.

"쓸데없는 소리 그만하고 집에 가자. 추워."

이준이 제인에게 서두르라며 손짓했다.

도로변으로 나오자 마을이 컴컴했다. 영덕이 할망을 모시고 들어갔는지 송당당근도 문이 닫혀 있었다.

"이제 곧 돌아가겠네. 그렇게 찾고 싶었던 산타도 찾았고."

이준이 말했다.

"왜. 이제 내가 갈까 봐 무섭냐? 걱정 마라. 이 누나는 아직 이 사건이 영 찜찜하니까. 그 사람이 죽었는데도 올해 크리스마스에 말이 죽었잖아."

"걘 그냥 우연인 거야. 말 선생님이 정말 아파서 죽었다고 했잖아."

"그래. 일단 그게 다 맞는데. 근데 난 아무리 봐도 그 카우보이가 산타가 아닐 것 같아. 느낌이 그래. 특히 그 카지노 단지 전무가 영 걸려."

"이 마을 땅을 왜 자꾸 사들이는 거지."

이준의 얼굴에 걱정이 서렸다.

"왜, 걱정돼? 이 마을?"

"무슨. 나랑 무슨 상관이라고."

괜히 툴툴대는 이준의 모습이 제인은 재밌는지 웃으며 걸었다.

"내 생각엔 너 이 마을 좋아해. 안 그럼 왜 삼해리 해결사가 됐는데."

"누가 해결사가 돼. 누나한테 괜히 말려서 그런 거지."

"아니야. 바로 이 모습이 원래 구이준이지. 내가 기억하는 구이준."

제인이 뒤돌아 이준을 빤히 봤다.

민망해진 이준이 제인의 눈을 휙 피했다.

"어두운데 귀신 같으니까 저리 갈래?"

"왜. 귀신 잡는 해병대라면서."

나 잡아 봐라. 제인이 앞서 뛰었다.

"그러다 넘어진다."

"괜히 멋쩍으니까 할아버지처럼 굴기는. 좋으면 웃어. 좀 신나게 뛰고."

"좋기는 뭐가 좋아."

지금의 이준은 제인이 기억하는 이준과 달랐다. 제인은 옛날 그대로인데.

"나 뭐 하나 물어봐도 돼?"

"당연하지. 뭔데."

"그날 말이야. 왜 안 나왔어?"

"그날?"

"10년 전 공원에서 보기로 한 날 말이야."

아. 아무렇지 않은 척 말했지만 제인은 올 것이 왔다고 생각했다.

"아니. 아니다. 이제 와서 그건 뭐. 근데 안 나온 건 괜찮은데 왜 피했어?"

"누가? 내가? 내가 언제 피했다고 그래. 나 참."

제인이 말했다.

"그날 이후로 집에도 안 왔잖아."

"야. 그건. 대학 다니느라 그랬지."

"무슨. 방학 때마다 내려와서 매일 누나랑 논 거 다 알아."

"아니야⋯⋯. 그리고⋯⋯ 그때 나 연애하느라 바빴어!"

"언제."

"그때부터 쭉! 은⋯⋯ 아니고 종종? 이따금?"

"가만 생각해 보니까 웃기네. 모르는 사람처럼 지내더니 대뜸 나타나서는⋯⋯."

이준이 걸음을 멈추고 패씸한 듯 제인을 곁눈질로 봤다.

"야. 지금 우리가 나이가 몇인데 뽀뽀 가지고. 그 정도는 이제 그냥 인사지, 인사. 만나서 반가우면. 응? 헤어질 때 또 만나요. 알지? 알잖아."

제인이 호탕한 척 이준의 어깨를 가볍게 치고 앞장섰다.

뭐라는 거야. 이준은 결국 실소를 터뜨리며 제인의 뒤를 따라 걸었다.

"잠깐. 구난, 누가 왔는데? 오늘 예약 손님 있어?"

갑자기 우뚝 멈춰 선 제인이 뒤돌아 이준을 보고 물었다.

크리스하우스 마당에 희미한 자동차 전조등 불빛이 보였다.

"뭐지. 이 시간에?"

이준이 차를 응시하며 앞서 걸었다. 곧이어 운전석에서 검정 양복을 입은 덩치 큰 사내가 내렸다. 멀리서 봐서 그런지 몰라도 전혀 안면이 없는 사람이었다. 그가 뒷문을 열자 이번엔 털옷을 입은 젊은 여자가 내렸다. 제인이 입는 양털 같은 것이 아닌 윤기가 흐르는 동물의 털로 만든 퍼였다. 여자는 탱글탱글하게 말아 올린 웨이브 머리에 한밤중에도 선글라스를 끼고 있었다. 그녀는 앞이 잘 안 보이는지 내리자마자 선글라스를 벗어 머리 위에 얹었다. 화장기 짙은 얼굴을 잔뜩 찌푸리고 있었다.

"어?"

제인이 여자의 얼굴을 보며 갸웃거렸다. 뭔가 불편하다는 듯한 여자의 기색이 어딘지 모르게 익숙했다.

"어디서 봤더라? 뉴스. 뉴스에서 본 것 같은데."

가까이 다가갈수록 두 사람의 대화가 희미하게 들려오기 시작했다.

"애들 도착했대?"

"네. 모두 기다리고 있답니다."

"알지? 알아서 잘해."

"네. 알겠습니다."

제인이 이준을 불러 세웠다.

"야. 구난. 저 사람 그 여자 아니냐? 이름이 뭐였더라."

이준 역시 모르는 얼굴이 아니었다.

"모⋯⋯. 모⋯⋯. 뭐였지?"

"모나라."

절대 잊을 수 없는 얼굴이었다.

"그래. 모나라!"

제인이 손뼉을 치며 멈춰 섰다. 이준은 그런 제인을 스쳐 지나가 양복과 여자에게 말을 걸었다.

"무슨 일로 오셨죠?"

모나라가 고개를 돌려 이준을 봤다.

"여기 사장 누구야? 돈 준다는데 왜 연락이 안 돼?"

짜증 섞인 교포 말투였다.

"사장? 여기가 사장인데? 크 사장?"

제인이 이준의 뒤에서 고개를 내밀며 대답했다.

"그쪽이 사장? 이 땅 나한테 팝시다. 지금 생각하는 거 더 블 줄게요."

여자가 귀찮다는 듯 이준에게 말했다.

"저는 직원입니다. 사장님 찾아오신 거라면 지금 여기 안 계시는데요."

굳은 이준의 목소리에 제인이 이준을 힐끔거렸다.

"뭐야. 사장도 아니면서⋯⋯."

모나라가 흥미 없다는 듯 돌아섰다가 다시 몸을 돌렸다.

"웨잇⋯⋯. 나 어디서 봤지?"

모나라가 이준을 보고 고개를 까딱거렸다. 기억이 잘 안 나는지 눈을 가늘게 뜨고 이준에게 다가오려는데, 양복 입은 남자가 그녀를 불러 세웠다.

"전무님. 곧 골프장 사장 만나실 시간입니다."

"원래 돈 받는 사람이 기다리는 거야."

여자가 신경질적으로 대답했다.

"죄송합니다. 전무님."

남자가 당황한 듯 몸을 숙였다. 그 순간 제인이 모나라의 말에 함께 움찔했다.

"잠깐만. 전무님? 그럼 그 유명한 카지노 단지 전무?"

제인이 갑자기 모나라와 이준 사이로 끼어들었다.

"나 알아?"

"전무님. 안녕하세요. 마침 만나 뵙고 싶었어요."

제인이 익살스럽게 웃으며 악수를 청했다.

"뉴스에서 많이 봤어요."

"왓?"

"영어식 대화가 더 편하신 편? 오케이. 아임 제인. 나이스 투 밋 유. 나라. 내가 궁금한 게 있는데 혹시⋯⋯ 라스트 크리스마스에 뭐 했어?"

제인의 질문에 모나라의 얼굴에서 순식간에 웃음기가 가셨다.

"크리스마스?"

"내가 좀 찾는 사람이 있어서. 산타라고."

산타라는 말에 모나라의 표정이 굳었다. 어쩐지 양복 입은 남자도 뭔가 당황한 기색이 역력했다.

"야. 너, 이름 말해 볼래?"

"아니……. 말해 줬잖아. 마이 네임 이즈……."

"누나. 가자."

이준이 제인의 말을 서둘러 끊었다.

"사장님을 만나고 싶으신 거면 다음에 미리 약속 잡고 오세요."

이준이 빠르게 말하고 제인의 팔을 잡아 크리스하우스로 이끌었다.

그때 모나라가 두 사람을 멈춰 세웠다.

"오케이. 기억났다. 너. 그날. 호텔 맞지?"

"호텔? 무슨 소리야?"

제인이 이준을 향해 물었다. 하지만 이준은 아무 말이 없었다.

"잠깐. 여기서 일하는 거야? 내가 너 잘라서?"

모나라가 흥미롭다는 듯 이준에게 다가왔다.

"그런데 어쩌지? 너 나 때문에 잡 또 다시 구해야 돼. 나 여기 살 거야."

모나라가 뾰족하게 손질된 검지 손톱 끝으로 크리스하우스를 가리켰다.

"이런 촌스러운 동네. 꼴 보기 싫잖아. 구려. 다 없애야지. 근데 여기 사람들은 왜 말들을 안 들어 처먹니? 더 달라는 거야 뭐야. 거지같이."

모나라가 웃으며 뒤에 서 있던 남자를 향해 손가락을 폈다. 그러자 남자가 말없이 다가와 시가를 건네고 불을 붙여 줬다. 그녀는 시가를 한 모금 쭈욱 빨아들이고는 후우, 얼굴이 안 보일 정도로 뿌연 연기를 뱉어 냈다. 잠시 후 연기가 사라지자 표정이 조금 유해진 그녀가 이준에게 더 가까이 다가왔다.

"너 나 알잖아. 어떤 사람인지."

모나라가 이준의 바로 옆에서 속삭였다.

"헤이. 너네 보스한테도 가서 얼른 팔라고 해."

목격마의 진술

2년 전 크리스마스에 죽은 말은 삼해목장의 최고 미남 테리우스였다. 그의 영롱한 눈과 곱슬거리는 털은 목장 안 모든 암말의 시선을 끌었다. 보는 눈은 사람이나 말이나 똑같은지 목장에 놀러 오는 사람들은 너 나 할 것 없이 테리우스와 사진을 찍으려고 목장 앞을 서성거렸다.

하지만 이 목장 사장이 테리우스를 데려온 이유는 그게 아니었다. 시정마. 시정마는 우리 말들이 가장 기피하는 직업 중 하나다. 대부분의 시정마는 자신의 운명을 잘 받아들이지 못하는 반면 테리우스는 그 일을 잘 받아들이는 편이었다. 무엇보다도 그에게는 옆 목장에 여자 친구가 있었다. 그녀는 옆 목장에서 가장 비싼 값을 들여 데려온 암말이었다. 나는 그 두 말이 밤이 되면 울타리 너머로 대화를 나누며 데이트를 즐기는 모습을 종종 보았다. 테리우스는 일을 끝내면 목장 사장이 챙겨 주는 각설탕도 남겨 두었다가, 그녀에게 울타리 너머로 전해 주곤 했다.

하지만 그런 행복한 연애는 오래가지 못했다. 테리우스가 곧 그녀의 시정마가 되어야 한다는 이야기를 들은 날 밤이었다. 모두 잠들고 난 후 나 역시도 눈을 감고 있었다. 테리우스는 자신의 마사를 박차고 나와 자려는 나를 깨웠다.

"나, 목장을 나갈 거야."

"뭐? 어쩌려고."

"옆 목장으로 가서 진이에게 함께 도망가자고 할 거야."

"여긴 섬이야. 너도 배 타고 들어와서 알 거 아니야. 금방 잡힐 게 분명해."

"그래도 이렇게 앉은 자리에서 당할 수만은 없어."

나의 만류에도 결국 테리우스는 온 힘을 다해 점프해서 목장 밖으로 뛰어나갔다.

그가 금세 내 시야에서 사라지고 곧이어 목장 밖 도로 위로 차 한 대가 빠르게 달려 내려왔다. 그리고 멀리서 쾅 하고 큰 소리가 들렸다. 어느 정도로 컸냐 하면 마사 안 말들이 모두 일어날 정도였다.

얼마 지나지 않아 경찰이 목장 사장에게 테리우스의 비보를 알렸다. 아주 독한 냄새가 나는 동물 가죽을 벗겨 만든 옷을 입은 여자가 함께 왔는데 그 여자가 테리우스의 목숨 값을 치르고 떠났다.

그게 끝이었다. 테리우스는 그렇게 죽었다. 그가 죽고 진이라는 암말은 몇 년이고 씨암말 일을 거부했다는 이야기를 들은 것 같다.

4부
만남의 광장
삼해리

1

자정을 넘어가는 시각, 방송국 6층, 탐사 프로그램 〈미스터 미스터리〉 작가실. 각종 자료들이 몇 개의 상자를 가득 채우고도 모자라 책상 곳곳에 널브러져 있었다. 영혼 없는 표정의 작가들은 기계처럼 자료 더미를 이리저리 확인했다. 아니, 영혼이 없다기보다 빼앗겼다는 표현이 맞을 것이다.

멀쩡해 보이는 사람은 메인작가 선아가 유일했다. 선아는 화면을 빠르게 아래로 스크롤하며 모나라에 대한 자료를 확인하고 있었다.

모나라가 처음 세간의 화제를 모으기 시작한 것은 6년 전이었다. 긴 외국 생활을 정리하고 한국으로 들어오는 길이었다. 그녀의 짐에서 다량의 환각제가 발견됐다.

입건이 되고 얼마 지나지 않아 그녀가 홍콩에서 성공한 글로벌 호텔 그룹 회장의 차녀라는 정보가 기자들에게 빠르게 퍼졌다. 홍콩에서도 마약 문제를 일으켜 급히 한국으로 왔다는 사실이 알려지면서 세상이 더 시끄러워졌다.

한국 지사를 담당하기 위해 들어왔다는 전무의 자질이 논란이 되었지만 그뿐이었다. 몇 달 뒤 집행유예를 받았다는 소식이 신문에 작게 실렸다. 다시는 물의를 일으키지 않겠다는 사과문을 변호사가 대신 읽는 것으로 그 사건은 일단락되었고, 그녀는 무사히 한국에 안착했다.

물론 그게 끝은 아니었다. 그 후로도 잊을 만하면 한 번씩 기사가 나왔다. 의류 매장에서 직원을 때렸다고 했고, 강남 한복판에서 음주 운전을 하다가 사고를 냈다고도 했다. 그럼에도 그녀가 구속되거나 추방당하는 일은 없었다. 번번이 분노한 사람들을 달래는 심심한 사과문이 전부였다. 물론 그 사과문을 읽는 것은 언제나 그녀가 아니라 변호사였다.

이상한 점은 이후 그녀가 단 한 번도 마약 문제는 일으킨 적이 없다는 것이었다. 문제를 일으킬 때마다 폭력적인 행동과 비틀거리는 몸짓을 보여 마약 복용이 의심되었지만, 경찰 검사에서는 한 번도 양성이 나오지 않았다.

"심증만 있고 물증이 없으니 경찰들도 답답할 노릇이죠. 물론 그 여자를 잡고 싶은 경찰 한정이겠지만."

선아가 휴대폰 너머의 제인에게 말했다.

—경찰 내부에 우호 세력이 있어?

"매번 별문제 없이 잘 빠져나오는 것 봐요."

흠. 전화기 너머로 들려오는 제인의 목소리가 어쩐지 심상치 않았다.

"그러니까 매년 크리스마스마다 제주도에서 생일 파티를 한다는 거지?"

"네. 그때 그 사건도 제주에서 내빼다가 걸린 거잖아요. 엄어맞은 거였지만."

—그 사건?

"재작년에요. 시끄러웠던 적 있잖아요. 그때 원래 하던 대로 호텔에서 파티를 하려다가 경찰 온다는 소식을 듣고 제주도 별장으로 장소를 옮겼대요. 나중에 별장으로 갔을 때도 벌써 알고 서울로 튀고 없었고요."

말하면서도 어이가 없는지 선아가 하아, 숨을 뱉었다.

"그날 새벽에 서울에 있던 자기네 호텔로 갔고. 숨었으면 가만히 있지 난리, 난리를 쳤나 봐요. 나중에는 사람도 막 다치고 감당이 안 되니까 호텔 직원이 경찰에 신고를 했어요."

2년 전 크리스마스. 서울 모처에 자리 잡은 그레잇글로벌 호텔에서 신고가 들어왔다. 모나라가 보안 요원의 머리에 인테리어용 도자기를 던진 것이 화근이었다.

"그 일로 여러 사람이 곤란해졌죠. 그때 아마 제주 경찰청장도 바뀌었을걸요. 호텔에서도 신고한 직원만 괜히 잘렸다고 하던데⋯⋯."

─그 직원 이름이 혹시…….

가만히 선아의 이야기를 듣고 있던 제인이 입을 열었다.

"이름이요? 잠깐만요. 그 이름이 구…….”

─구이준?

"네. 맞아요. 선배 아는 사람이에요?”

어쩐지. 그렇게 된 거였구나. 갑자기 여기 있는 게 이상하긴 했다. 제인이 알아듣기 힘들게 혼잣말을 중얼거렸다.

"무슨 소리예요.”

선아가 궁금해 미치겠다는 듯 커피를 들이켰다.

세 달 전쯤, 사수였던 제인이 갑자기 사표를 던졌다. 제주도에 취재를 다녀온 지 얼마 지나지 않아서였다.

그 고생을 하고 메인작가가 되었는데 그만두겠다니. 선아는 소품실에 있는 프라이팬으로 제인을 한 대 후려쳐 볼까도 생각했었다.

하지만 제인은 운명에 이끌린 듯 홀연히 떠났다. 스태프들은 결혼이라도 하는 거 아니냐고 했지만 아니었다. 제인은 사건을 쫓아 제주로 내려갔다.

─그래서? 어떻게 됐는데.

"누구요? 그 남자요? 호텔 쪽에는 아예 발도 못 붙이게 소문이 난 것 같아요.”

─경쟁업체인데 그런 게 담합이 된다고?

"본사 전무를 신고했는데. 내부 고발자 같은 거 아니겠어

216

요? 소문이 나 버리면 아무도 안 데려가죠. 인사팀 블랙리스트에 올라가는 순간, 뭐. 업계가 좁잖아요."

─그게 전부야?

"네. 서에서 얻은 거랑, 가장 확실한 기사랑 인터뷰만 요약해서 메일로 보내 드린 거예요."

선아가 고개를 돌려 막내를 불렀다.

"막내야. 뭐 특별한 거 더 있어?"

막내 작가가 선아를 향해 고개를 저었다.

"선배. 정말 여기 도청 장치 설치하고 간 거 아니에요? 우리가 모나라 파고 있는 거 어떻게 알았어요?"

선아가 실제로 작가실 곳곳을 눈으로 훑으며 물었다.

─몰랐다니까. 촉이지. 촉.

분명 뭔가를 더 알고 있는 눈치였다. 제인이 쉽사리 말을 꺼내지 않자 선아가 미끼를 좀 더 던졌다.

"선배 지금 제주에 있잖아요? 지금 캐는 거 크루즈랑 관련 있어요?"

─크루즈? 무슨 크루즈.

"뭐야. 아는 거 아니었어요? 그 여자 작년부터 크루즈에서 파티 해요. 호텔도 별장도 다 털리니까 바꾼 것 같던데. 작년엔 무슨 문제가 있었는지 크리스마스에 파티를 안 했어요. 별장에 있기는 했는데. 그날은 파티 안 하고 며칠 뒤에 크루즈를 탔는데 아마 그때 한 것 같아요. 올해는 다시 크리스마스이브에 인천에서 출발해서 제주로 가는 크루즈를 탔어요. 완전 빼박이잖아요. 그래서 다 대기 타고 있었는데. 경찰도 우리도 다 공쳤어요. 정박하자마자 덮쳤는데 모나라도 약도 없었대요."

"그 여자 지금 제주에 있어."

"그러니까요. 아, 선배. 속 시원하게 얘기 좀 해 봐요. 우리 아직 자료 많아요. 도와주면 내가 핵심 자료 메일로 쏴 준다니까. 얘기는 다 만들었는데 딱 클라이맥스가 비어요. 선배. 내가 이 정도 털었으면 같이 가시죠."

하지만 전화기 너머에서는 대답 대신 마우스 볼 굴리는 소리만 드르륵드르륵 들려왔다.

─여기 보내 준 리스트. 얘네 어디서 많이 본 얼굴인데.

아마도 모나라의 사조직을 말하는 듯했다.

"다 알 만한 인물들이고 아니면 그럴 만한 사람들 자식이고 하니까 뭐. 이래저래 봤겠죠."

─그런가. 제목은 뽑았어?

"일단 뽑아 놓은 타이틀은…… 이름이 뭐예요."

선아가 뿌듯한 표정으로 말했다.

─이름이 뭐예요?

"이 여자 사건을 전부 다 엮으면 나오는 게 하나 있는데 그게 보복이에요. 자기 심기를 건드린 사람한테 너, 이름이 뭐야? 딱 이렇게 묻고 알아내면 꼭 보복을 한대요. 그 사람이 안 되면 그 사람 가족이나 친구까지."

—그래서 이름을 물어봤구나.

"아. 선배. 맞네. 그 여자 만났네. 뭐야. 선배 산타 캐러 간 거에 모나라가 뭐 엮였구나?"

대박이네. 선아의 목소리가 한 톤 올라갔다.

"조심해요. 선배. 이름 물었으면 끝이야."

선아가 장난 반 진담 반 섞인 목소리로 제인에게 경고했다.

—모나라 특집극 기획하는 방송작가한테 들을 소리는 아닌 것 같지만. 우선 오케이. 연락할게.

전화를 끊은 선아의 입가에 미소가 씽긋 올라왔다.

"막내야. 비행기 표 끊어."

"어디로요?"

"제주도로."

촉이 제대로 왔다. 사수 제인에게서 물려받은 촉이었다.

2

"모나라야."

"무슨 소리야. 이 새벽에 불러내서는."

이준이 잠옷 차림으로 크리스하우스 주방에 앉으며 말했다. 크리스하우스 운영 강령 제3항과 제4항에 모두 위배되는 행동이었지만 그런 건 이제 신경 쓰이지도 않았다.

"이 여자 매년 크리스마스마다 제주도에서 생일 파티를 해. 그곳에서 '선물'이라는 마약을 하는 거 같은데. 그게 증거도 없고 반응도 없고. 아무튼 그래서 경찰 쪽에서도 엄청 조사하고 있나 봐. 이상한 건 경찰도 쫓아오는 판에 자꾸 제주를 고집한다는 거야. 그 말은 제주에 뭐가 있다는 뜻이겠지. 예를 들면 약이라든가."

제인이 의미심장하게 말했다.

"그런데 그게 우리랑 무슨 상관이야."

이준이 퉁명스럽게 대답했다.

제인이 노트북을 열어 선아가 보내 준 자료를 이준에게 들이밀었다.

"그 파티에서 그 여자를 다들 그렇게 부른대."

제인이 흥분을 가라앉히려 숨을 골랐다.

"산타."

"그게 뭐."

이준이 말했다.

"크리스마스마다 제주에 오는 것도 이상하고 카우보이를 알았던 것도 이상해."

"그래서 뭐. 그 여자가 누나가 찾는 연쇄 살마라도 된다는 거야?"

"확인해 봐야지. 뜨문뜨문 떨어져 있지만 느낌이 와. 이번엔 확실해. 퍼즐을 다 맞추면 뭔가 완성될 거야."

제인이 어려운 수학 문제를 발견한 영재처럼 흥미롭다는 표정을 지었다. 반면 이준은 머릿속이 복잡해졌다. 아니, 복잡해지고 말고 할 것도 없었다. 답은 하나니까.

"아니야. 그만하자. 누나."

이준이 일어나며 제인을 말렸다.

"그만하자니. 뭘."

"괜히 엮이지 말자. 딱 봐도 질 나쁜 사람이잖아. 엉켜서 좋을 거 하나도 없어."

"아까 못 들었어? 크리스하우스를 없앤다잖아. 여기 마을 무밭이고 영덕이 형님이고 경하난 할망이고 다 쫓아내고 다 부순다는데 그걸 그냥 두자고?"

"우리가 할 수 있는 일이 없잖아."

"왜 없어. 그제 어제 너랑 나랑 뭐 했어. 나쁜 짓 한 거 있으면 잡고. 나쁜 짓 할 것 같으면 막고."

"이건 그렇게 장난치듯이 쉬운 문제가 아니야."

"누가 장난이래."

제인이 진심이라는 듯 이준을 봤다. 하지만 이준은 한숨을 내쉴 뿐 제인의 눈을 피했다. 그리고 이내 어쩔 수 없다는 듯 이야기를 꺼냈다.

"누나. 2년 전에 호텔에 숨어 있던 그 여자 신고한 사람이 나야. 전화 한 통이었어. 고작 1분도 안 되는 전화 한 통에 나는 직업을 잃었어. 이건 싸우고 말고 할 문제가 아니라는 거야. 그런 사람들은 그냥 피하는 게 맞아."

이준도 진심이었다. 하지만 이준의 말에 제인의 눈빛이 더욱 강렬해졌다.

"그렇담 더더욱 가만히 있으면 안 되지. 그 여자가 네 인생을 두 번이나 헤집어 두게 둘 거야?"

전혀 말이 통하지 않자 이준이 고개를 푹 숙였다.

"잡고 싶지 않아? 복수하고 싶지 않냐고."

"어, 안 하고 싶어."

"거짓말 같은데?"

제인이 이준의 진심을 알아내고야 말겠다는 듯 빤히 올려다봤다.

"먹고살기 바쁜데 복수는 무슨 복수."

이준이 대답했다.

"그 여자가 마약 하는 거 솔직히 모르는 사람 있어? 애초에 싸울 수 있는 상대가 안 돼. 괜히 건드렸다가 누나한테 무슨 짓 할지 모른다고. 위험할지도 몰라. 만에 하나 잡혀도 그런 사람은 금방 풀려나."

"그럴 수도 있겠지. 그렇지만 이제까지와는 다를 거야. 명명백백히 진실을 대대적으로 알려 버리는 거야. 온 세상에."

제인의 얼굴에는 자신감이 가득했다.

"평생 남의 눈치 보면서, 지나가면 욕도 먹고 계란도 맞고 하면서 쓰레기 취급당하게 만천하에 알려 줘야지. 그런 게 진짜 감옥이야."

"난 영웅놀이도 복수도 필요 없어. 이제 더 이상 아무 문제도 겪고 싶지 않아. 다신 엮이기 싫어. 그게 다야."

이준은 단호하게 말했다.

"진짜야. 나는 이제 손 뗄 테니까 누나도 그만해."

그 말을 끝으로 이준이 자신의 방으로 향했다. 제인도 더이상 이준을 붙잡지 않았다.

3

후우우. 방으로 돌아온 이준이 침대에 앉아 한숨을 길게
내쉬었다.

이준의 이름표를 거칠게 들어 올리며 보던 그 둥그런 눈이
떠올랐다.

'이름 뭐야. 구……이준?'

경찰한테 양팔이 붙들려 잡혀가면서도 불안하거나 두려워
하는 표정이 전혀 아니었다. 오히려 비웃음까지 섞어 가며 이
준에게 경고했다.

'건방지게 날 신고해? 내가 너 가만 안 둘 거야.'

근거 없는 자신감이 아니었다. 그날 밤 세상을 시끄럽게 한
그녀의 체포 뉴스는 하루 만에 무혐의로 풀려났다는 뉴스로

바뀌었다. 마약 음성반응이 나오면서 무혐의 판정이 난 것이다. 파티 참석자 가운데 양성이 나온 사람들도 있었지만 파티에서 투여한 것은 아니라고 보도됐다.

마약 복용 혐의를 벗자 순식간에 여론은 조용해졌고 호텔 폭력 사건 역시 무슨 동네 어린애들 싸움 정도로 다뤄지더니 얼마 지나지 않아 당사자 간 합의로 종결됐다는 소식이 전해졌다. 모나라는 그렇게 다시 일상으로 돌아왔다.

그리고 그녀의 말대로 이준은 아니었다. 그날 일은 호텔 내에서 업무상과실 사고로 불렸다. 객실 컨시어지팀 직원이 굳이 VVIP룸에서 일어난 소동에 끼어들었다는 말도 안 되는 죄목이 적용되었다. 몇 번의 징계위원회에 불려 갔다. 소동이 일어나서 와 달라는 부탁을 받았고 매뉴얼대로 처리했다는 말을 앵무새처럼 반복했지만 통하지 않았다. 결국 지배인의 감봉과 이준의 권고사직으로 사건은 마무리되었다.

힘들게 얻은 첫 직장을 잃었다는 사실에 억울하고 화가 났지만 애써 침착하게 호텔을 나왔다. 그때까지만 해도 조금만 고생하면 다시 좋은 일자리를 구할 수 있으리라 생각했다. 대한민국에서 서비스업계는 수요와 공급이 제법 균형을 이루고 있었고, 이준에게는 성실히 쌓은 스펙이 있었다. 하지만 그렇게 1년이 지나도록 이준을 뽑아 주는 호텔이 없었다. 정말 그 여자의 입김 때문인지 호텔리어가 VVIP를 경찰에 신고했다는 꼬리표 때문인지는 알 수 없었다. 그런 이유를 친절하게 설명해 주는 곳은 없었으니까.

이렇게까지 할 필요가 있을까. 내가 뭘 그리 잘못했다고 이렇게까지 철저하게 사람을 괴롭힐까. 이준은 잠이 오지 않을 정도로 억울하고 화가 났다. 하지만 바뀌는 건 하나도 없었다. 전 직장 동료들도 처음엔 다들 위로하면서 도와주겠다고 기다려 보자고 했지만 금세 연락을 끊었다. 혹시나 자신에게까지 그 여파가 닥칠까 우려한 사람들은 이준의 행동이 과했다는 뒷말까지 쑥덕거렸다. 치료를 마친 보안 요원도 크게 다르지 않았다. 꽤 큰돈을 합의금으로 받았다는 그는 복직을 하고 아무 일도 없었다는 듯 업무를 이어 나갔다.

정신을 차렸을 때 이준은 깨달았다. 차근차근히 경력을 쌓아서 글로벌 호텔 지배인까지 올라가 보고 싶다고 막연히 생각했던 자신의 꿈이 아주 멀리 사라져 버렸다는 것을. 하지만 이뤘을지 말았을지도 모를 꿈을 걱정하는 건 배부른 고민이었다. 진짜 걱정은 당장 내야 하는 월세 같은 것들이었다. 짜디짠 호텔리어 월급으로 학자금대출을 갚느라 모아 둔 돈도 없었다. 생활비가 부족해지자 일상이 순식간에 망가졌다. 어쩌다 이렇게 됐을까. 자신도 모르게 그날로 돌아갔다. 그리고 후회하기 시작했다.

지배인의 말이 옳았다. 애초에 얽혀서는 안 되는 일이었다. 내가 싸워서 이길 수 없다면 조심하고 피했어야 했다는 그 말이 점점 납득이 갔다. 그렇다. 내가 뭐라고. 결국 그 끝은 이거였다. 내가 뭐라고. 정말이지 다시는 느끼고 싶지 않은 감정들이었다.

그 끔찍한 자괴감을 품고 제주에 왔다. 크리스하우스와 삼해리는 어쩌면 도피처였다. 아주 고맙고 안전한 도피처. 그런 삼해리에서는 정말이지 남과 얽히고 싶지 않았다.

평소 취침 시간을 훨씬 넘겼지만 이준은 여전히 잠들지 못했다.

불이 꺼지지 않는 건 크리스하우스 2호실 역시 마찬가지였다. 제인은 선아가 보내 준 자료를 이 잡듯 들여다보고 있었다. 이미 확인한 자료들이었지만 실마리를 발견할 때까지는 제대로 본 게 아니었다.

모나라의 파티 참석자를 정리해 둔 페이지에서 제인이 드래그를 멈췄다. 매년 파티에 참여하는 모나라의 최측근 몇 명의 이름에 빨간 줄이 쳐져 있었다.

그래. 흔적을 남기는 건 사람이지. 세상에 완벽한 범죄는 없어. 모든 진실은 흔적을 남긴다. 이 말은 제인을 한 번도 실망시킨 적이 없었다.

"크리스마스 다음 날 아침 경찰이 도착했을 때 모나라는 친한 친구들 몇몇과 사라졌다?"

제인이 모니터 화면 속 빨간 줄이 쳐진 이름들을 마우스커서로 건드렸다.

"그렇다면 일단 찾아야지."

제인은 고개를 끄덕이더니 클래식하게 그들의 SNS 계정부터 검색하기 시작했다.

예상대로 큰 소득은 없었다. 바보가 아닌 이상 제 손으로 자신의 위치를 공개할 리 없었다.

"그렇다면……."

제인이 이제 제대로 시작해 볼까 하는 표정으로 인물들의 얼굴을 하나씩 복사하기 시작했다.

"이 잘나신 분들을 검색해 볼까."

제인은 그들의 얼굴 사진으로 인터넷 포털 사이트에 지난 1일 이내에 올라온 이미지 검색을 하기 시작했다. 셜록 홈스도 지금 시대를 살았으면 할 일이 없어 무력감을 느꼈으리라. 제인은 생각했다.

첫 번째 국회의원 딸은 결괏값이 없었다. 두 번째 무명 배우도 꽝이었다. 세 번째 박 뭐시기, 은퇴한 골프선수, 무슨 그룹 차남이라는 그가 드디어 실마리가 되어 주었다.

아마도 그의 애인의 것으로 추정되는 SNS 계정에 세 시간 전에 올라온 사진이었다. '얼굴 보니까 더 보고 싶다.' 애틋한 글과 함께 올라온 영상통화가 캡처되어 있었다.

제인이 사진을 유심히 관찰했다. 사진 속 휴대폰 시간 표시 부분에 '10:25'라고 되어 있었다. 게시물을 올린 시간과 비슷했다. 아마 전화를 끊고 바로 사진을 올린 것 같았다. 하지만 또 문제가 있었다. 구체적인 장소는커녕 제주인지 아닌지도 알아보기 힘든 사진이었다. 늦은 밤 컴컴한 야외라 화질도 좋지 않았다.

"여기가 어디야……."

제인이 사진 곳곳을 뜯어보기 시작했다. 배경에 불빛이 전혀 없었다. 바닥 쪽에 얼핏 전구 같은 것들이 보였다.

전구? 제인이 전구를 확대했다. 떨어진 알전구 옆으로 깨진 전구가 보였고, 그 옆으로 노란색과 빨간색의 판 같은 것이 보였다.

잠깐. 그 순간 제인의 머릿속에 뭔가 스치고 지나갔다. 자신의 '연쇄 살마마 자료' 폴더를 열었다.

"마마랜드……."

사해리 마마랜드 간판을 배경으로 카우보이가 말과 함께 찍은 사진. 테두리는 빨갛고 배경은 노란 판 위로 마마랜드 글씨를 따라 알전구가 박혀 있었다.

또 카우보이가 등장했다. 모나라와 카우보이, 이쯤 되면 우연이 아니다.

사해리. 공사장 안 마마랜드 간판이 보이는 곳? 거기 이 사람들이 있을 데가 어디 있지. 몰라. 가 보면 되겠지. 잠복. 그것만큼 제인이 잘하는 것도 없었다.

그나저나 이 겨울에 차도 없고 잠복을 어떻게 한담. 제인이 자신의 짐 꾸러미를 들여다봤다. 큰마음 먹고 장만한 비장의 무기가 눈에 들어왔다.

　지금이다. 저 비장의 무기를 꺼낼 때가 왔어. 걱정 마. 구난.
누나가 다 복수해 줄게.

4

"싸웠어?"

영덕이 카페라테 한 잔을 들고 이준이 앉은 테이블로 향했다. 이준은 일단 꾸벅 인사를 하고 카페라테를 받아 들어 한 모금 마셨다. 우유 거품 위로 정성스레 동동 띄운 하트가 이준의 한 모금에 홀쭉해졌다.

"그런 건 아니고 아침 일찍 사라졌어요."

"말도 없이?"

"뭘 남기긴 했는데."

이준이 눈을 떴을 때 제인은 이미 방에 없었다. 수차례 노크에도 답이 없어 들어간 방에는 그녀의 입장을 대변하는 작은 쪽지가 붙어 있었다. '다 해결하고 올게. 누나 믿지? 기다려라. 구난.' 그 쪽지가 왠지 이준을 더 불안하게 만들었다.

"집 주변엔 없는 거 같아요. 전화도 안 받고 차도 없이 어딜 갔나 모르겠어요."

이것도 먹어 봐. 영덕이 빵도 건넸다. 귤과 무청이 들어 있는 빵이었다.

"어제 새벽에 알려 준 대로 만들어 봤는데 어때?"

이준이 빵을 베어 물었다.

"맛있어요. 카페라테랑 생각보다 훨씬 잘 어울리네요. 아. 빵이 아니어도 되면 무가 들어간 시루떡 같은 것도 있잖아요."

"떡?"

"네. 저 예전에 살던 동네 시장에서 팔았는데 다른 시루떡보다 달고 촉촉해서 인기가 많았거든요."

"그래. 그것도 좋네."

영덕이 신이 나서 받아 적었다.

"원래 이런 사람인 줄 알았으면 좀 더 일찍 말이라도 걸어 볼 걸 그랬어. 더 해 줄 말 없어? 바로바로 말해 줘."

"바로바로요?"

"그래. 바로바로."

"제가 생각하기엔 사장님."

"형님."

"네. 형님. 메뉴도 메뉴인데 의상을 조금 바꿔 보시면 어떨까요?"

이준이 용기 내어 호피 무늬 쫄티를 언급했다.

"옷? 내 옷?"

"아무래도 그 옷 때문에 사장님이 좀 더 무서워 보이는 것 같아서요."

"그런가. 나는 옷은 신경을 안 써서. 그냥 어머니가 사다 주는 옷만 입거든."

역시. 맹수의 무늬는 할망의 취향이었다.

"그럼 다음에 시내에 옷 사러 갈 때 같이 가 줄 수 있어?"

"아……."

뭐. 시내에 일 보러 갈 일이 종종 있으니까.

"네. 그러시죠."

"대신 이준이도 필요한 거 있으면 언제든지 부탁해. 도와 달라고 말을 해야 알지. 특히나 이런 마을에서는 다들 떨어져 살아서 말을 안 하면 아무도 몰라. 이모부가 그게 서운한 거야. 바라는 거 별거 없어. 힘들면 힘들다. 도움이 필요하면 도와 달라. 그것만 해 주면 돼."

카페 안으로 사람들이 들어왔다. 잠시만. 손님 왔다. 영덕이 서둘러 손님에게 향했다. 이준이 돌아보니 송당당근 창문 밖으로 막 주차를 마친 렌터카가 보였다. 시동이 꺼지고 운전석에서 내린 남자가 카페 안으로 들어왔다. 남자는 인사하는 영덕을 보고 흠칫하더니 이내 이것저것 메뉴를 주문했다.

영덕의 험상궂은 인상에 확실히 저 호피 무늬가 한몫을 하고 있다고 이준은 속으로 확신했다.

뒤이어 차에서 내린 한 사람이 더 들어왔다. 이번엔 여자였다.

두 사람만으로도 카페 안은 금세 시끄러워졌다.

"근데 이제 우리 어디 가?"

"몰라. 나라가 누구 만날 사람 있다고 나가 있어 달라잖아."

나라. 그 순간 휴대폰을 보던 이준이 고개를 들었다. 도대체가 피하고 싶어도 피할 수 없는 이름이었다. 결코 듣고 싶지 않은 이야기였지만 카페 안에서 계속 떠드는 사람들이 그들밖에 없었다.

"혹시 혼자 튀는 거 아니겠지?"

"설마."

"걔는 절대 우리 배신 못 해. 솔직히 그거 때문에 놀아 주는 건데."

"그러니까. 그거 지금 어지간히 똥줄 탈 거다."

"그래도. 불안하잖아. 우리 이제 다 조심해야 돼. 알지?"

"아. 됐어. 오늘 밤에 뜬다잖아. 걱정하지 마."

"오늘 선물 못 구해 오면 나는 그냥 손절이야. 꼴같잖아서 더 이상 같이 못 놀겠어."

"허세는. 너 그래 놓고서 걔 앞에 가면 또 눈웃음 살살 칠 거잖아. 나라야. 우리 쇼핑 갈까?"

"죽을래? 됐고. 어제 하고 남은 우표는 다 어쨌어?"

"안에 두고 왔는데?"

"걸리면 다 너 때문이야."

"얘는 꼭 이래. 지가 제일 좋아해 놓고서."

"내가 무슨. 어제 솔직히 걔가 제일 많이 했지."

이준이 무리를 슬쩍 돌아봤다. 잠깐. 그러고 보니 처음 보는 얼굴이 아니었다.

저 사람들은. 어제 기용이랑 같이 있던 사람들인데. 십자가 귀걸이를 한 남자와 하얀 머리를 한 여자가 분명했다. 쫑알쫑알 말을 멈추지 않던 두 사람은 "메뉴 나왔습니다" 하는 영덕의 굵은 목소리에 순식간에 조용해졌다. 주문한 남자가 다가와 얼른 커피를 받아 들었고 서둘러 차로 향했다. 이준은 그들을 계속 주시했다.

'애들 도착했대?'

지난밤 모나라의 말이 떠올랐다. 모나라의 친구들인가. 그렇다면 왜 기용이 모나라의 친구들이랑 같이 있었지.

오늘 선물을 구해 온다고? 선물이라면 제인이 말한 마약이었다. 정말 제인의 말대로 이 동네에서 마약 파티라도 벌이고 있다는 건가.

그래서 뭐. 신경 끄자. 나랑은 상관없는 일이야. 이준이 고개를 저으며 자꾸 꼬리를 무는 의문들을 쳐냈다.

"아. 잠깐! 그러고 보니 아침에 사람 하나가 지나가긴 했는데. 그 사람이 제인이 그 처자인가?"

설거지하던 영덕이 생각났다는 듯 이준에게 말했다.

"아침 몇 시쯤이요?"

"아침 6시였나. 껌껌했을 때니까 동트기 전이었지. 오늘 좀 일찍 오픈을 했거든. 새벽에 빵 굽느라. 근데 좀…… 이상한 사람이 마을로 내려가는 거야."

"이상하다니. 뭐가요?"

"풀로 된 옷을 입고 있었어. 그 있잖아. 그 군에서 위장할 때 입는 갈기같이 생긴 옷."

"길리 슈트요?"

제인이 맞았다.

"그건가? 난 잘 몰라서. 요즘 옷이야 워낙 희한하게들 입으니까. 난 그냥 관광객인 줄 알았지. 제주라 그런가. 귤도 달려 있었고."

그걸 관광객으로 오해할 수가 있나. 이준은 생각했다. 영덕은 생각보다 많이 아둔하고 낙천적인 사람이었다.

"그냥 외출했을 수도 있잖아."

"길리 슈트를 입고요?"

"아……. 그걸 보통 왜 입지?"

"숨으려고 입지 않을까요. 눈에 띄지 않으려고."

"아닐 거야. 굉장히 눈에 띄던걸. 마을 아래로 가서 물어봐. 아마 아침에 돌아다닌 마을 사람들은 다 봤을 거야."

이준이 마을 아래를 내려다봤다.

"한번 물어보러 가 봐. 걱정되면."

"걱정은요. 뭐. 괜찮겠죠."

"크 사장 마침 잘 왔다. 이리 좀 와 봐."

약국에 있던 슈퍼댁이 마을을 내려오던 이준을 불러 세웠
다. 그 부름에 따라가 보니 좀처럼 보기 힘든 조합이 기다리고
있었다. 약국파에 닭 거리파까지 마을 아주머니들이 모두 모
여 있었다.

"어제 크리스하우스에도 카지노 단지 전무 다녀갔어?"

"아. 네."

아마도 지난밤 모나라가 몇몇 집을 돌아다니며 보상금 이
야기를 한 듯했다.

"어쩐대? 준연네도 판다고 하지? 크리스하우스."

닭 거리 여사들 중 하나가 이준에게 물었다.

"글쎄요. 사장님이 안 계셨어서요."

"팔겠지. 지금 안 팔면 손해라니까. 부르는 대로 준다는데."

슈퍼댁이 확신했다.

"벌써 계약서에 도장 찍은 집들도 꽤 있는 것 같던데."

누군가 근심이 가득한 목소리로 말했다. 몇몇 집의 결정만
으로 마을 전체가 술렁이고 있었다.

"약국도 뺄 거지? 여기 사람들 다 나가고 나면 손님도 없을
텐데."

"저는 어차피 임대라서 건물 주인이 나가라고 하면 나가는

거죠.”

약사가 고개를 끄덕였다.

“그래. 시내 나가서 장사해. 이런 마을에서 무슨 장사를 한다고.”

“그나저나 크리스하우스 사라지면 크 사장은 앞으로 어떻게 할 거야?”

약사가 심란한 얼굴로 이준에게 물었다.

“저야 뭐⋯⋯.”

“젊은 사람이야. 어디든 가면 되지.”

슈퍼댁이 이준보다 먼저 대답했다. 보상이다 뭐다 말들이 많아 다들 심란한 눈치였다.

“그래도 우리가 버티고 있어야지. 이러다가 이 동네까지 다 망가지겠어요.”

“제주를 다 뒤집어엎는 마당에 삼해만 지켜서 뭘 해. 솔직히 말해서 지키면 뭐. 누가 인정이나 해 준다고.”

“그래도 이렇게 막 개발을 해 버리면⋯⋯.”

“그게 우리 탓이야? 허가 내준 놈들 문제지.”

“됐어. 어차피 잘됐어. 귀신이다 뭐다 마을도 흉흉한데 뭐.”

귀신이라는 말에 가만히 있던 이준이 말을 거들었다.

“아. 그런데 그 무밭, 귀신 아니에요. 저희가 어제 확인했어요. 뒷산에 있던 묘지들 이장할 때 나온 동자석이래요. 아마 이장님이 한 번 더 말씀해 주실 겁니다.”

"뭐? 동자석? 뭐야. 별것도 아니었잖아."

몇몇 아주머니가 꿍얼거렸다.

"그럼 그 울음소리는 뭐야."

슈퍼댁이 물었다.

"글쎄요. 그건 더 알아봐야겠지만 확실히 귀신은 아니었습니다."

그래. 그건 다행이네. 상기되어 있던 분위기가 살짝 누그러들었다.

"그나저나 정말 삼해리 해결사가 됐잖아. 크 사장."

약사가 의외라는 듯 놀라며 말했다.

이준이 어색하게 웃었다.

"아, 혹시. 저랑 같이 다니던 누나 못 보셨나요?"

"애인? 애인은 회관 앞 정류장에 앉아 있던데."

계림 여사가 말했다.

"정류장이요?"

"그래, 버스 정류장."

이준이 도착했을 때 마을회관 옆 정류장은 비어 있었다. 그 옆으로 이장이 새벽에 내린 눈을 빗자루로 쓸고 있었다.

"이장님. 혹시 누나 못 보셨어요?"

"누구. 구제인이? 집에 없어?"

"아침부터 보이질 않아서요."

"아니. 아까 나한테 사해로 가는 버스를 물었거든."

"사해리요?"

"그래."

"누나가 사해리에 갈 일이 뭐가 있어요?"

"나야 모르지. 근데 못 갔을 거야. 회관에 와서 생각해 보니까 아침 차가 이미 지나가서 한참 걸리겠더라고. 다시 알려주려고 정류장에 오니까 없었어. 그래서 나는 집으로 갔나 보다 했지."

"혹시 몇 시쯤인지 기억하세요?"

"아, 지들려 보라. 처 아지망(처형). 혹시 크리스하우스 비바리 봐집데가(봤어요)?"

때마침 오토바이를 타고 지나가던 경하난 할망을 부 이장이 불러 세웠다. 할망이 오토바이를 멈춰 세우고 잠시 생각에 잠겼다.

"아……. 가시자왈(가시덤불) 쓴 비바리?"

"기여, 가시자왈 쓴 비바리 어디 가시냐?"

가시자왈이라는 단어의 뜻을 정확하게 알아듣지는 못했지만 뉘앙스만 듣고도 길리 슈트 입은 제인임을 확신했다.

"아까 물 선생 차 탕(타고) 가신디."

잉? 부 이장이 놀라더니 이준에게 전했다.

"말 선생 차를 타고 갔다는데?"

"말 선생이요?"

"뭐야. 말 선생이 내려가는 길에 태워 줬나. 그 양반 요새 이상하게 동네를 자주 오네."

부 이장이 고개를 갸웃거렸다.

5

말 선생의 차에 제인이 올라탄 건 두 시간쯤 전이었다. 버스 정류장에 앉아 있는 제인 앞으로 승합차가 멈춰 섰다.

"작가님?"

운전석에 앉은 말 선생이 조수석 창문을 내려 아는 척을 해 왔다.

"아. 선생님."

"어디 가세요?"

"아. 저 지금 사해리로 가는 버스 기다리고 있어요."

"사해리요……? 그러면 못해도 두 시간은 기다리셔야 할 텐데요……."

말 선생이 시계를 보며 말했다.

"두 시간이요?"

코가 빨개진 제인이 놀라서 벌떡 일어났다. 30분 넘게 버스를 기다리던 중이었다. 어쩐지. 제인이 절망하는 표정을 지었다.

"타세요."

말 선생이 기다란 팔을 뻗어 조수석 문을 열었다.

"네?"

"타세요. 데려다드릴게요."

제인은 자신의 길리 슈트를 보고도 놀라지 않는 말 선생이 이상했지만 일단 차에 올라탔다. 이곳에서 버스를 기다리는 건 아무래도 효율적이지 못했다.

"감사합니다."

제인이 길리 슈트 위로 안전벨트를 버겁게 끌어 내렸다.

"근데 사해리에는 무슨 일로? 거긴 다 공사장이에요."

"좀 궁금한 게 있어서요."

아. 말 선생은 더 이상 질문이 없는지 고개를 끄덕였다. 역시 수상하다. 제인은 말 선생을 예리하게 바라봤다.

"궁금한 거라면."

말 선생이 평온한 표정으로 정면을 응시하면서 말했다.

"삼해리 연쇄 살마마에 대해서요?"

제인의 표정이 굳었다. 잠시 차 안에 정적이 흘렀다.

"아⋯⋯. 어떻게 아셨어요?"

당황한 제인이 그가 무엇을 알고 묻는지 확인할 겨를도 없이 물었다.

"저번부터 뭔가 그 사건을 조사하시는 것 같더라고요."

"그 사건이요?"

제인이 긴장된 목소리를 숨기지 못했다.

"네. 특히 카우보이 사건. 그거라면 제가 좀 알려 드릴 수 있을 것 같아요."

제인이 최대한 정신을 가다듬으며 차분하게 말을 이어 나갔다.

"뭘요?"

"그날 저도 그 현장에 있었어요."

말 선생이 그날을 떠올리며 무거운 표정으로 말했다. 제인의 머릿속이 복잡해졌다. 무슨 이야기를 하는 거지.

"현장이라면…… 죽이는 현장이요?"

제인이 물었다.

"아뇨. 이미 죽은 현장이요. 그때 제가 말 사체를 확인했거든요."

아. 제인이 표정을 풀며 끄덕였지만 어쩐지 긴장의 여운이 남았다.

"말 사체를 확인하러 나와 달라고, 경찰에서 저희 병원에 요청을 했어요. 사람이 죽은 사건이다 보니 수사가 어느 정도는 정리가 되어야 해서. 가서 보니까 뭐. 말은 몸 상태가 아주 안 좋았고. 확실한 사인은 목에 난 자상이었는데. 뭐. 다른 데도 멀쩡한 곳은 없었고.”

말 선생이 그날의 이야기를 이어 나갔다.

“그때 형사분들이 하시던 말씀이 계속 마음에 걸려요. 지금까지.”

그 말에 제인은 다시 표정이 진지해졌다.

“아무리 생각해도 남자 몸에 박힌 칼이 너무 깊게 들어갔다는 거예요. 사람이 자기 몸을 찌르는데 그렇게까지 찌를 수는 없지 않겠느냐고 하더라고요.”

“그럼 타살 가능성이 있다는 건가요?”

“아뇨. 사실상 거의 불가능하기는 해요. 그때 목장에는 정말 다른 사람이 없었어요. 경찰이 도착할 때까지 아무도. 목장 앞 카페 CCTV에서 목장 입구로 들어가는 길이 다 보이거든요. 뭐. 특별히 방어흔 같은 것도 없다고 하셨고요.”

“그런데 그걸 왜 저에게 알려 주시는 거예요?”

“혹시라도 제가 도울 수 있는 일이 있다면 돕고 싶어서요. 그런데……”

말 선생이 잠시 뜸을 들이다가 조심스레 말을 꺼냈다.

“작가님 나이가 어떻게 되세요?”

“네?”

“아니. 나이도 비슷해 보이는데 자꾸 선생님이라 불러 주시는 게 민망해서요.”

“아. 저 서른한 살인데요?”

"아. 저도 서른한 살인데 그럼 우리, 나이도 비슷한데 말 편하게 할까요?"

"어……. 그래. 좋아."

제인이 어색하게 웃었다.

"아, 맞다. 근데 어디 가는 길이었어?"

"나? 나도 사해리."

"사해리?"

마침 사해리 로터리를 돌던 말 선생의 차가 멈춰 섰다. 그는 잠시 제인과 눈을 맞추더니 싱긋 웃어 보였다.

"보여 줄 게 있어."

제인은 말 선생을 따라 창고 안으로 들어섰다. 말 그대로 개판이었다. 동네 유기견들이 겨울 이불 위에서 난로를 쬐며 잠을 청하고 있었다. 자세히 보니 책과 자료들이 여기저기 널브러져 있는 책상과 그 뒤로 보이는 허름한 간이침대가 이곳에 있는 전부였다.

"용필아. 이게 다 뭐야?"

조용필. 제인에게 알려 준 말 선생의 이름이었다.

"나는 지금 여기서 강아지 똥으로 수소에너지를 만드는 실험을 하고 있어."

쭉 늘어놓은 비커 위로 형형색색 풍선이 끼워져 있었다. 비커 위에는 뭔가가 잔뜩 적혀 있었고 풍선은 각각 다른 크기로 부풀어 있었다.

"강아지 똥?"

어쩐지 이 엄청난 훈기와 냄새가 그것 때문이었구나. 제인이 숨을 헙! 참았다. 익숙해진 건지 코가 고장 난 건지 용필은 아무 문제 없어 보였다.

"그걸 왜 하는데?"

"얼마 전에 인분에서 나온 가스로 에너지를 만드는 실험이 성공했거든. 그래서 강아지 똥으로 똑같이 할 수 있는지에 대한 논문을 준비하고 있어. 물론 성공하면 유기견뿐만 아니라 모든 동물에 적용할 수도 있을 거야."

그는 한없이 뿌듯한 얼굴로 자신의 연구를 소개했다.

'혹시 말똥으로 멸종 위기에 처한 쇠똥구리를 살릴 수 있다는 사실, 알고 계시나요?'

지난번에 카페에서 처음 만나자마자 말똥 이야기를 하던 용필이 기억났다.

너도 진짜 대단하다. 제인이 엄지를 치켜올렸다.

"도프?"

제인이 연구실 한편에 앉아 용필에게 물었다. 엄지와 검지로 코를 막아 코맹맹이 소리가 났다.

"응. 불법으로 몰래 경마를 조작하는 거야. 말에 각성제를 쓰는 거지."

"그 약을 카우보이가 댔다고?

"응. 그래서 나도 그 사람은 진짜 싫어했거든. 그래서 경마판을 나오기도 했고."

"경마에서 도핑 검사 하잖아."

"하지. 검사로 걸러 내는 약물이 1000가지가 넘어. 근데 그걸 만드는 것도 사람이야. 그 1000가지를 피해서 신종 약물이 계속 생겨나."

용필이 학을 뗐다.

"그 약이 사람한테도 통할까?"

제인이 용필에게 물었다.

"글쎄. 정확하게 어떤 물질인지는 몰라도 각성제 종류라면 그럴 수 있겠지."

만일 도핑 검사를 피할 수 있는 약이라면 마약 검사에서 양성이 나오지 않을 수 있지 않을까. 제인이 조각조각 떨어져 있는 이야기를 연결하기 시작했다.

카우보이가 마약 유통책 역할을 했다는 가정이다.

2년 전 서귀포에서 약을 전하려던 카우보이가 모나라의 별장에 급하게 오다가 도로에 있던 말을 차로 친다. 소식을 들은 모나라가 문제를 키우지 않기 위해 직접 목장을 찾아 말 값을 물어 줬다면 이야기가 완성된다.

그리고 이듬해. 모든 걸 청산하고 도망가기 전. 있는 돈 없는 돈 다 끌어모으던 카우보이가 모나라를 그냥 지나쳤을 리 없다. 그녀는 그가 알고 있는 한 가장 많은 돈을 갖고 있었으니까. 만약 마약을 빌미로 협박이라도 했다면. 그래. 그래서 죽였다면?

제인의 표정이 사뭇 진지해졌다.

"고마워. 그 공사장으로 들어가는 길은 어디야?"

"아. 저쪽. 저쪽으로 가면 공사장 안으로 들어가는 길이 나와. 그런데 들어갈 수 있을지 모르겠네. 워낙 경비가 삼엄해서. 혹시라도 내 도움이 필요하면 언제든 불러."

다정한 용필의 말에 제인이 고개를 끄떡였다.

용필의 말대로 공사장의 유일한 출입문은 단단히 닫혀 있었다. 펜스 너머로 사람 목소리가 종종 들려왔지만 들여보내 달라고 해도 들여줄 리 만무했다.

"여길 어떻게 들어간담."

제인은 일단 펜스를 따라 걷기 시작했다. 어딘가 빈틈이 있을지도 모른다. 관리가 되지 않아 잡초가 무성한 펜스는 보기만 해도 답답했다. 그 사이로 뭔가가 걸어 나왔다. 아까 용필의 연구소에서 봤던 강아지였다.

"너구나. 돌고래."

회색 털만 보고도 제인은 돌고래를 알아보았다.

돌고래는 제인을 보고 꼬리를 살랑살랑 흔들더니 풀이 무성한 펜스 밑으로 쑤욱 들어갔다.

놀란 제인이 돌고래가 사라진 지점의 마른 잡초를 걷어 냈다. 푹 꺼진 땅에 꽤 넓은 개구멍이 있었다. 제인은 1초도 고민하지 않고 바로 엎드려서 전진하기 시작했다.

제대로 된 길은 아니었지만 제인의 길리 슈트와 풀색이 비슷해 눈에 띄지 않는 건 그나마 다행이었다.

한참 후 고개를 들자 사해리 공사장이 눈에 들어왔다. 부서지다 만 건물들이 가득했다. 분명 마마랜드가 이 안에 있었는데. 제인이 풀을 걷으며 점점 앞으로 나아갔다. 그때 어디선가 말소리가 들려왔다. 제인은 바로 몸을 낮춰 풀숲에 엎드렸다. 그러고는 소리가 나는 곳으로 조금씩 전진했다.

"어제 애들이 약 겟한 데 찾았어? 외국 애들이라며."

모나라였다. 어제 봤던 양복과 함께였다. 뭐야. 제인의 시선이 두 사람 뒤로 보이는 건물에 멈췄다. 사해리 공사장 안에 있다고는 믿을 수 없을 만큼 호화로운 별장이었다. 공사판인 것처럼 펜스를 쳐 두고 안전하게 이 안에 숨어 있었다.

"네. 다행히 판이 크지 않아서 꼬리 잡힐 일은 없을 것 같습니다. 본인들 나라에서 들고 들어온 물건으로 그냥 작게 하는 모양입니다. 불법 체류자라 처리하기는 쉬울 것 같습니다."

"그럼 추방하면 되겠네. 천천히 올 테니까 마을까지 싹 다 정리해 놔."

제인이 꽤 가까이 다가갔는데도 두 사람은 전혀 눈치채지 못한 듯했다. 조금 후회하고 있었는데 역시 길리 슈트를 구입한 건 탁월한 선택이었다.

"오늘 밤에 뜰 거야. 그때까지 선물 전부 준비해서 크루즈 태우라고 해. 얼마나 더 기다려 줘. 잃어버린 건 지들이잖아."

선물. 모나라 생일 파티에서 하는 마약. 그게 사라졌구나. 그래서 파티를 못 했던 거였어. 하나둘 이야기가 풀려 나가자 제인의 심장이 점점 빠르게 뛰기 시작했다.

가만. 이럴 때가 아니지. 일단 증거를 남겨야 한다. 제인이 최대한 느릿느릿 길리 슈트 앞주머니로 손을 움직였다.

"저건 뭐야."

그 순간 제인이 얼어붙었다. 들킨 건가. 눈을 질끈 감았다.

"그냥 떠돌이 개 같습니다."

그 말에 제인이 눈을 떠 주변을 둘러봤다. 돌고래가 제인을 향해 꼬리를 흔들고 있었다.

제발 가 줘. 제발. 제인이 입 모양으로 애원했다. 그 애원이 잘못 먹혔는지 돌고래가 제인 가까이로 와서 주머니 쪽에 코를 가져다 댔다. 맞다. 육포.

"잠시. 제가 확인해 보겠습니다."

"됐어. 그냥 개잖아."

모나라는 언뜻 봐도 여유가 없었다. 어딘가에 쫓기듯 조급해 보였다.

제인은 이 틈에 서둘러 육포를 꺼내 최대한 멀찍이 손을 뻗었다. 돌고래가 제인의 손을 따라, 아니 육포를 따라 꼬리를 흔들며 움직였다.

제인이 고개를 들어 살짝 두 사람의 얼굴을 확인했다. 다행히 눈치채지 못한 것 같았다. 분위기가 심상치 않았다. 뭐가 그렇게 불안한지 모나라가 손을 덜덜 떨었다.

"퍼킹 이디엇츠. 내가 만만해! 오늘 밤은 산타더러 직접 오라고 해. 그 멍청한 새끼 말고. 이번에도 그 잘난 얼굴 안 보여 주면 나도 더 이상 딜 못 한다고!"

산타. 산타더러 직접 오라고? 산타가 따로 있었어? 그것도 제주도에? 더 흥미로운 사실이 줄줄이 흘러나왔다.

제인은 이번엔 더 대담하게 주머니에 손을 넣어 휴대폰을 꺼냈다. 증거를 확보하려면 녹취를 해야 한다.

"그냥 조용히 나가시는 게 어떨까요. 지금 경찰에 붙잡히시면 위험합니다. 경찰 쪽에서도 이번에 담당한 팀은 막아 주기 어려울 것 같다고 최대한 빨리 떠나라 연락이 왔습니다."

"누군데. 돈 주면 되잖아."

"돈이 아예 안 통하는 타입이랍니다. 서두르셔야 합니다."

"그럼 나는! 그 배에 타고 있는 애들한테 없다 그래? 나도 약 못 구해서 싸구려 몰래 하고 도망쳤다고. 없다고 하냐고?"

짝. 화를 이기지 못한 모나라가 남자의 뺨을 쳤다.

"짜증 나!"

"죄송합니다."

"똑바로 해. 내가 끌려가는 게 싫으면 네가 막으면 되는 거야. 여기 아무도 모르잖아. 이따가 애들이랑 바로 크루즈 가는 걸로 해."

모나라는 흥분이 가라앉지 않는지 거칠게 숨을 쉬었다. 겁에 질려 머리카락을 넘기는 손이 바들바들 떨렸다.

"애들은."

"경마장에 있는 것 같습니다."

"혹시라도…… 튀는지 잘 확인해."

"네."

"이번 일만 잘 해결해. 돈은 원하는 대로 줄 테니까. 바보 같은 생각 하지 마."

모나라가 양복도 믿지 못하겠다는 듯 노려봤다.

"감사합니다."

"어제 남은 거 어디 있어. 가지고 와."

양복과 모나라가 별장 안으로 사라지고 난 후. 쥐 죽은 듯 누워 있던 제인이 서둘러 녹음 파일과 함께 선아에게 문자를 보냈다.

―제주도 사해리 공사장 안. 모나라 있음. 어젯밤 마약 복용 의심됨. 알아서 잘 신고 요망.

기다렸다는 듯 답장이 바로 도착했다.

―오케이!

선아의 야호 소리가 여기까지 들리는 듯했다.

그때 전화가 왔다. 이 기쁜 소식을 누구보다 먼저 알려 주고 싶은 사람이었다. 제인은 일어나서 나무 뒤로 숨은 다음 전화를 받았다.

"구난."

제인이 작게 속삭였다.

—누나 도대체 어디야. 괜찮은 거야?

"야. 조용히 말해. 들켜. 구난. 모나라 이제 끝이야. 내가 딱 잡았다고."

—무슨 소리야. 어디 있어, 지금!

"여기 사해리 공사장 안에 모나라 별장이 있었어. 대박인 건 모나라가 어젯밤 여기서 마약을 했다는 거야. 지금쯤 경찰에 신고가 들어갔을 거야."

제인은 아이처럼 신난 목소리였다.

—내가 지금 그쪽으로 갈게.

"아직 끝이 아니야. 산타가 따로 있어. 제주에서 마약을 만드는."

—그게 무슨 소리야…….

그 순간, 제인은 이상한 기운을 느꼈다.

"돌려차기!"

으악. 제인의 발 차기에 누군가 얼굴을 맞았다. 목소리만 들어서는 남자였다. 그는 코를 잡고 괴로워하는 와중에도 제인이 놀라 떨어뜨린 휴대폰을 들어 종료 버튼을 눌렀다. 제인은 서둘러 앞주머니에 손을 넣어 잡히는 것을 꺼냈다. 다행히 전기 충격기였다.

"잠깐. 너…… 너."

서서히 얼굴을 들어 올리는 남자를 보고 제인이 멈칫했다. 남자가 코에서 손을 떼자 코피가 후두둑 떨어졌다.

가만. 이 화려한 헤어스타일의 주인공은.

"기용이…… 너!"

기용은 고개를 들어 잠시 코피를 닦는 척하더니 순식간에 제인의 얼굴로 뭔가를 들이밀었다. 치이이익. 제인이 막을 새도 없이 알 수 없는 액체가 제인의 눈, 코, 입으로 분사됐다. 전기 충격기 버튼을 눌렀지만 제대로 보이지 않아 소용이 없었다.

"아……. 나 진짜. 이 누나. 위험할 줄 알았다니까."

"너 나한테 무슨 짓을 한 거야! 너 뭐……."

뭐야. 도대체. 더 이상 말이 나오지 않았다. 몸에서 힘이 다 빠져나가고 둔해지는 느낌이 들었다. 온몸이 휘청거렸다. 제인의 손에 들려 있던 전기 충격기가 아래로 떨어졌다. 태권도 검은 띠도 전기 충격기도 다 소용없었다. 역시 이렇게 살다가 언젠가 내 이럴 줄 알았다.

6

"어떻게 오셨죠?"

공사장 입구에서 이준의 차를 멈춰 세운 건 지난밤 모나라와 함께 있던 검정 양복이었다.

"여기는 관계자 외 출입 금지 구역입니다. 돌아가세요."

남자가 위협적인 말투로 말했다. 조폭인가. 혹시 제인에게 무슨 일이 일어난 건 아닌지 이준도 남자를 경계하는 눈으로 봤다.

팀장님! 그때 멀리서 또 다른 검정 양복이 뛰어왔다. 비교적 어려 보였다. 남자는 서둘러 팀장이라는 검정 양복에게 휴대폰부터 넘겼다.

"네."

전화기 너머의 이야기에 팀장 양복의 얼굴이 점점 굳기 시작했다.

"뭐 하고 서 있어! 상황 판단 안 돼? 얼른 들어가서 모나라 데리고 나와!"

팀장 양복이 휴대폰을 가져다준 검정 양복에게 소리쳤다.

"그게…… 전무님이 사라졌습니다."

"뭐? 그게 무슨 소리야?"

"분명히 소파에 누워 있었는데……."

"장난해? 안에 없어?"

"별장 안에는 없습니다. 밖으로 나간 것 같습니다."

"이런 씨. 빨리 찾아!"

양복들이 급하게 안으로 뛰어 들어갔다. 눈앞의 이준에게 신경 쓸 틈이 조금도 없어 보였다. 사방으로 달려가는 양복들을 피해 이준이 공사장 안쪽으로 들어갔다.

상황이 어떻게 돌아가는 거지. 누나는 어디 있는 거야. 이준은 심상치 않은 분위기에 일단 제인을 데리고 무사히 나와야겠다고 다짐했다.

다 부서진 건물들 뒤로 멀쩡한 건물 한 채가 보였다. 화려한 것으로 보아 제인이 말한 모나라의 별장 같았다. 이준이 차를 세우고 내렸다. 이준은 일단 건물 안으로 들어섰다.

"누나. 이제인!"

이준이 제인을 불렀지만 제인은 보이지 않았다.

별장 안은 화려하다 못해 호화로웠다. 공사장 안에 이런 걸 숨겨 두고 마약을 하고 있었구나. 이준은 기가 찼다. 그때였다. 별장 안쪽 벽 뒤에 숨어 있는 누군가의 손이 보였다. 이준이 다가갔다. 젊은 여자. 제인은 아니었다.

"너 뭐야!"

모나라였다. 눈이 벌건 걸로 봐서는 제정신이 아닌 듯했다.

"너……. 너! 여기 어떻게 들어왔어!"

모나라는 공포에 벌벌 떨고 있었다. 식탁 위에 알 수 없는 주사기가 굴러다녔다.

"전무님!"

양복 입은 남자들이 별장 안으로 들어왔다.

"당신 여기 어떻게 들어왔어!"

팀장의 눈짓에 양복 둘이 이준에게 다가왔다.

"전무님, 피하셔야 합니다. 지금 경찰이 오고 있어요."

"경찰이 여길 어떻게 와! 설마……."

모나라의 시선이 다시 이준을 향했다.

"또 네 짓이야?"

모나라가 이준에게 소리 질렀다. 금방이라도 달려들 기세였다.

"가셔야 합니다."

하지만 팀장 양복이 모나라를 막아섰다.

"더 못 쫓아오게 해. 죽이지는 말고."

"네."

검정 양복이 모나라를 데리고 나갔다. 현장에 남은 양복 둘 사이에 시선이 오가더니 한 명이 이준의 배를 무릎으로 강타했다.

이준이 바닥에 엎어졌다. 두 사람이 이준을 구둣발로 몇 번 밟더니 "야! 나와! 입구로 가서 경찰부터 막아" 하는 소리에 밖으로 달려 나갔다.

쿨럭쿨럭, 이준은 기침을 하며 바닥에 누워 있었다.

'그 여자가 네 인생을 두 번이나 헤집어 두게 둘 거야?' '잡고 싶지 않아? 복수하고 싶지 않냐고.' 제인의 말이 떠올랐다. 어쩌면 지금이 모나라를 잡을 마지막 기회일 수도 있었다. 이준은 바닥을 짚고 일어났다.

아직도 욱신거리는 배를 움켜잡고 이준이 밖으로 나왔다.

모나라가 혼자 비틀거리고 있었다. 팀장은 멀리 공사장 안쪽에 세워 둔 차를 가지러 간 모양이었다.

으아악. 이런 상황이 정말 짜증 나는지 모나라가 괴성을 질러 댔다.

"당신 어차피 잡혀."

이준이 말했다. 지금 이준이 할 수 있는 일은 경찰이 오기 전까지 최대한 시간을 버는 것이었다.

"잡아? 누가? 내가 사람을 죽여도 못 잡아가!"

"당신이 뭔데. 돈 말고 아무것도 없잖아. 누가 있어. 무식하고 할 줄 아는 거 없다고 당신 친구들이 다 그러던데? 아니면 뭐. 당신 벌레 취급하는 가족들?"

이준이 제정신이 아닌 모나라를 자극하기 위해서 생각나는 대로 마구 뱉었다.

"뭐? 다시 한번 말해 봐. 죽고 싶어?"

효과가 있었는지 모나라의 눈빛이 달라졌다.

"죽여 봐. 당신 가만 보면 말만 하고 제대로 하는 게 하나도 없더라. 아까 그 남자들도 다 무시하는 것 같던데."

이준의 도발에 모나라의 얼굴이 떨리기 시작했다. 이미 감정을 조절하기 어려운 상황이었다.

"전무님!"

세단을 끌고 돌아온 팀장이 운전석에서 내려 모나라를 불렀다.

"다. 다 죽여 버릴 거야. 나 무시하는 것들은 다 죽여 버릴 거야!"

그 순간 모나라가 팀장을 밀치고 차로 향했다. 뒷좌석이 아닌 운전석이었다. 놀란 팀장이 뒤늦게 차로 달려들었지만 이미 문은 잠겼다. 전무님. 전무님. 외치는 양복을 지나쳐 차가 거칠게 움직였다. 팀장이 차에 부딪혀 날아갔다. 하지만 차는 멈추지 않았다. 아니, 오히려 더 빠르게 움직였다. 이리저리 움직이던 차가 이준을 조준하며 멈춰 섰다. 차 전면 유리 안으로 광기 어린 모나라의 얼굴이 보였다. 모나라가 뭔가 중얼거렸지만 알아들을 수 없었다. 마지막으로 악을 쓰며 외친 말만 겨우 알아들었다. 죽어! 차 밖으로 튀어나오는 그녀의 목소리가 점점 커지는 자동차 엔진 소리에 덮였다. 검정 세단이 빠른 속도로 이준에게 달려들었다. 이준이 달려오는 차를 피해 옆으로 굴렀다. 쾅! 커다란 소리를 내며 자동차가 별장 유리창을 부수고 들어갔다. 몇 번 더 굉음이 나고 나서야 세단이 멈춰 섰다. 전무님! 팀장이 놀라 차로 뛰어들어 갔다.

공사장 바닥에 누워 있던 이준이 땅을 짚고 일어섰다. 멀리서 사이렌 소리가 들려왔다. 경찰차가 몰려오고 있었다.

목격마의 진술

"죽어!"

1년 전 크리스마스에는 구석에서 큰소리가 났다. 그날 죽은 말은 카우였다.

그녀는 목장의 말이 아니었고 개인 마주가 목장에 맡긴 말이었다.

거의 매일 주인과 함께 일하러 나갔기 때문에 목장의 말들과는 거의 대화를 나누지 못했다.

우리가 아는 것은 딱 하나였다. 그녀의 주인이 쓰레기라는 것이었다.

카우보이는 매일 밤 마사 구석에서 카우를 때렸다.

말에게 폭력을 가하는 인간들을 질리도록 봐 왔지만 그놈은 내 마생에서 최악이었다.

그놈이 매일 투여하는 마취제 때문에 카우는 늘 힘없이 마사 한구석에 엎드려 있었다.

그날은 마사 복도에서 카우보이가 누군가와 통화하는 소리가 들렸다.

"그년 오기 전에 일단 빨리 가야 돼. 여기 시끄럽게 만들어 놓은 줄 알면 사람 죽이고도 남을 년이라고. 그게."

그놈은 잔뜩 겁을 먹은 채 누군가를 욕하고 있었다. 먹이 사슬 하나는 기가 막히게 파악하는 나의 동물적 감각으로 예상하건대, 그놈 위에 있는, 그놈이 두려워하는 존재였다.

"일단 있는 약 다 넘겨줄 테니까 값 제대로 쳐 줘. 조교사 짓 그만두고 싶지 않으면. 미친 놈. 말을 데리고 어딜 가. 지금 죽여 버릴 테니까. 고깃값이나 잘 받아. 알았어? 오늘 밤 그 여자한테 약 넘기고 현금 받아서 해외로 떠야지. 내가 바보냐. 살 구멍은 당연히 만들어 놓고 가지. 어차피 산타는 나만 알아. 내가 그거 분다고 하면 돈 안 주고는 못 배길걸."

놈이 킬킬대며 웃었다.

"너한테도 그건 절대 못 알려 주지. 내가 만약에 죽잖아? 그 범인이 누군지 잘 봐 봐. 그게 산타니까."

그는 카우를 죽여 팔아넘기고 곧 제주도를 떠날 계획이라고 했다.

안타까운 마음에 고개를 들었을 때 멀리서 카우의 얼굴이 보였다. 죽기 전 카우의 눈빛은 어느 때보다 형형했다.

독한 연기가 피어오르는 담배를 문 카우보이가 망설임 없이 칼로 카우의 인대를 끊어 냈다. 그리고 그 칼날이 그녀의 몸체로 향했을 때 카우가 죽을힘을 다해 그를 밀어붙이며 소리 질렀다.

"죽어!"

그게 내가 처음이자 마지막으로 들어 본 카우의 진짜 목소리였다.

5부

산타는
있다

1

일이 또 꼬였다. 산타와 일하기 시작한 지 1년이 넘어가는 동안 크고 작은 일들이 있었지만 이렇게까지 대책 없는 일이 벌어진 것은 처음이었다.

쓰러진 제인을 차에 실으며 기용이 마른세수를 했다.

스프레이형 수면제를 든 손이 미세하게 떨려 왔다. 산타가 만들어 낸 것 중에 독하지 않은 것이 없지만 이렇게 한순간에 사람이 쓰러질 줄은 몰랐다.

어쩌다 이렇게 됐지. 놀라서 일단 기절시키기는 했는데 저 누나를 또 어떻게 하지. 생각할수록 머릿속이 더 복잡해졌다. 기용은 눈을 질끈 감았다.

정신 못 차리는 기용을 다그치기라도 하듯 날카로운 전화 벨 소리가 울렸다. 기용이 놀라 움찔거리며 눈을 떴다. 산타였다. 그래. 산타가 알아서 다 정리해 줄 것이다. 산타에게는 언제나 답이 있었으니까.

"네."

숨이 트이는 듯 기용이 전화를 받았다.

"일단 창고로 와. 뜻대로 안 될 것 같으면 버리면 그만이야. 우리가 넘긴 약도 아니고."

산타가 차분한 목소리로 지시했다. 하지만 평소와는 확실히 달랐다. 산타의 목소리에서 특유의 여유로움이 사라졌다. 그게 기용을 긴장시켰다.

"여자는 어떻게 할까요? 어차피 저희랑 상관도 없는데……."

"기절시켰다며. 데리고 와."

"어떻게 하시려고요?"

산타는 대답이 없었다. 더 이상 토 달지 말라는 무언의 경고였다.

"네. 일단 알겠습니다."

기용은 복잡한 마음을 추스르며 일단 창고로 향했다. 서울을 가기도 전에 감옥부터 갈 수는 없었다.

❖❖❖

기용은 제주 시내를 조금 벗어난 해안가 마을에서 자랐다. 공부에는 영 관심이 없었고 그렇다고 특별히 좋아하는 것도 없었다. 확실한 건 제주가 싫다는 것이었다.

어른이 된 기용의 목표는 단 하나였다. 돈을 모아 육지로 나가는 것. 목표를 이루기 위해 고등학교를 졸업하자마자 취업부터 했지만 시시한 월급만으로는 자금이 턱없이 부족했다. 이러다 군 복무를 할 때조차 제주를 벗어나지 못하고 평생을 산 아버지처럼 자신도 영원히 이곳에 갇힐지도 모른다는 막막함에 사로잡힐 즈음이었다. 산타를 처음 만난 건.

중산간 마을에 새로 생긴 건물에 해충 방지 기기를 설치해 달라는 신청이 들어왔다.

출장을 나간 기용이 뚱한 얼굴로 능숙하게 손을 움직이고 있을 때였다.

"일을 잘하시네요. 제주에는 언제 내려오셨어요?"

그런 기용의 손을 신규 고객이, 그러니까 산타가 빤히 보고 있었다. 산타의 손에는 기용에게 줄 음료가 들려 있었다.

"아. 감사합니다. 저는 원래 제주 사람이에요."

기용이 음료를 받아 마시며 대답했다.

"그러시구나. 좋으시겠어요."

기용보다 확실히 나이가 많아 보였는데 꼬박꼬박 존대를 했다.

"좋긴요. 저는 여기서 사는 인생이 진짜 재미없어요. 끔찍해요."

기용이 자신도 모르게 어린아이처럼 이야기했다.

"평화롭잖아요."

"평화로운 게 끔찍한 거예요. 전 멋있게 살고 싶어요. 영화에서처럼 사건도 빵빵 터지고."

"그런 게 좋으세요?"

산타가 흥미롭다는 듯 기용을 바라봤다.

"네. 전 서울로 갈 거예요. 제주를 벗어날 수만 있다면 뭐든 할 거예요."

농담처럼 말했지만 장난은 아니었다. 지금의 삶을 바꿀 수만 있다면 기용은 정말 뭐든 할 수 있을 것 같았다.

"뭐든요?"

"네."

음. 산타가 잠시 생각하더니 기용에게 말했다.

"그럼. 나랑 일할래요? 서울에 갈 수 있도록 도와줄 수 있을 것 같은데. 나도 마침 사람이 필요해서요. 같이 일하던 사람이 곧 사라질 것 같거든요."

"사라져요?"

뭔가를 깊게 생각하는 법이 없는 기용이었지만 이상하게도 그 말에는 반문하게 되었다.

'그만둔다'도 아니고 '사라진다'. 좀처럼 미래형으로 쓸 일이 없는 말이다. 사라진다는 건 남겨질 사람이 예측할 수 있는 게 아니니까.

"네. 사정이 생겨서 떠날 것 같아요."

아. 네. 기용이 고개를 끄덕였다. 그때의 기용에게는 사라진다는 말보다 서울이라는 말이 더 자극적이었다.

"무슨 일인데요?"

산타가 잠시 대답을 미루더니 기용을 향해 미소 지었다. 어딘지 모르게 은근히 사람을 긴장시키는 기운이 느껴졌다.

"방금 말한 멋있고 재밌는 일. 이렇게 손이 빠르고 일을 잘하는 사람만 할 수 있는 일이에요."

김기용이 살면서 처음 인정받은 순간이었다.

며칠 뒤, 뜬금없이 산타가 어딘가로 불렀다. 내비게이션에도 나오지 않는 길을 몇 분이나 더 달리고 나서도 차에서 내려 한참을 걸어가야 하는 위치였다.

날씨가 부쩍 추워졌는데도 기용은 땀을 삐질삐질 흘리며 도착했다.

갈대가 우거진 평야. 흔들리는 갈대 사이로 돌창고가 눈에 들어왔다.

주변에 밭도 없는데 뜬금없이 웬 식량 창고인가 의문이 들었다. 산타는 창고 안에 보관되어 있는 물건을 해충제 통에 넣어 포장한 다음, 자신이 일러 준 곳에 가져다 두면 된다고 했다. 이번 일을 잘 끝내면 계약이 성사되는 것이라고도 했다.

어쩐지 위험한 일 같았지만 여기까지 와서 돌아갈 마음은 없었다.

시야를 가릴 정도로 높이 자란 갈대를 손으로 젖혀 가며 앞으로 나아가고 있는데, 저 멀리 기용을 향해 천천히 걸어오는 갈색 말이 보였다. 가운데가 움푹 파인 가죽 모자를 쓴 남자가 말에 타고 있었다. 남자는 기용을 응시하며 천천히 말을 몰았다. 낡은 인조가죽 점퍼를 걸친 모습이 촌스러운 관광지 퍼레이드에서나 볼 법했다.

꿈인가. 기용이 멍하니 남자를 올려다봤다.

"너야? 루돌프가?"

장난기와 웃음기가 섞인 목소리가 들려왔다.

"루돌프요?"

역광에 남자의 얼굴이 잘 안 보여서 기용이 사선으로 움직였다. 빛을 따라 서서히 드러난 남자의 얼굴은 바람이 좀 빠진 풍선같이 주름졌다. 피부가 햇볕에 그을려 짙은 갈색이었는데, 입술은 그보다 더 짙은 갈색이었다. 그가 주머니에서 손가락만 한 담배를 꺼내더니 불을 붙였다.

남자가 연기를 뿜자 기용이 좀처럼 안 쓰는 인상을 쓰며 고개를 돌렸다. 곧이어 기용의 시선이 자연스레 낡은 안장에 달린 너덜너덜한 고삐로 이어졌다가 반쯤 눈을 감고 있는 말의 얼굴까지 다다랐다.

"말이 좀 아파 보이는데요."

"그래. 약 먹을 때가 됐지. 이걸 타고 내려가려면 얼른 가야겠다."

남자가 담배를 피우며 말을 몰아 기용의 옆을 지나쳤다.

기용은 남자가 궁금했지만 굳이 붙잡지는 않았다. 그런 건 나중에 다 알아보면 될 일이었다. 그런데 남자가 기용을 다시 불러 세웠다.

"아, 맞다. 너 말이야……."

남자가 뒤돌아 기용에게 거들먹거리며 말했다.

"내가 물려주는 입장에서 하나 팁을 주자면 너 살 궁리 잘하는 게 좋을 거야."

남자는 그렇게 떠났다. 기용이 그 남자를, 그러니까 카우보이를 처음이자 마지막으로 본 순간이었다.

산타가 준 첫 임무는 생각보다 쉬웠다.

"잘했어. 이렇게만 하면 돼. 그럼 돈은 네가 달라는 대로 다 줄게."

첫 임무 완수 후 산타는 기용에게 말을 놓았다. 확실한 자기 사람으로 생각하는 것 같아 기용은 기분이 좋았다.

그렇게 몇 번 배달을 했다. 제주 곳곳을 다니는 방역업체 직원이라는 타이틀은 이 일을 하기에 더할 나위 없었다. 어렵지 않은 일로 보수도 쏠쏠했기에 기용도 만족스러웠다.

산타는 새해가 되면 더 본격적으로 일이 시작될 거라고 했다. 산타의 가장 큰 클라이언트를 담당하게 될 거라고.

"네가 급히 해 줘야 할 일이 생겼어. 이틀 뒤 항구에 크루즈가 정박하면 그때 창고에 있던 약을 들고 그 크루즈에 타."

크리스마스에 약 배달을 맡았던 카우보이가 목장에서 말과 함께 죽은 채로 발견됐다. 일이 틀어져 당황하는 기색으로 봐서 산타가 한 짓은 아니었다.

갑작스러운 상황에 조금 긴장하긴 했지만 어려운 일은 아니었다. 창고에 각설탕 모양의 약이 보관되어 있었고 기용은 그 약을 근무용 가방에 담아 크루즈에 탑승했다. 그리고 크루즈에 약을 전달하는 과정에서 모나라를 처음 만났다. 산타의 중요한 클라이언트.

산타는 그 클라이언트의 어마어마한 재산을 이용해 사해리 카지노를 기반으로 삼해리에 마약 타운을 만들고 싶어 했다. 이 일이 잘 성사되기만 하면 기용에게 서울로 올라가서 유통을 담당하라고 했다. 기용은 그날만 손꼽아 기다렸다. 서울에서 가장 비싼 오피스텔에 살면서 돈을 펑펑 쓰는 어두운 세계의 큰손. 영화에서나 볼 법한 거물급 악당이 된 기분이었다.

기용은 산타가 자신을 파트너로서, 또 동료로서 신뢰한다고 생각했다. 그러지 않으면 이렇게 큰 프로젝트를 기용에게 낱낱이 공유할 리가 없었다. 기용은 산타의 얼굴을 아는 유일한 존재였다.

하지만 일이 평탄하게 흘러가지 않았다. 이번에도 문제는 크리스마스였다.

"김 기사. 오늘 배에 타기로 했던 녀석 말이야. 죽었어."

아침 일찍 목장 사장에게서 연락이 왔다. 크루즈에서 파티를 시작도 하기 전에 루돌프가 죽었다. 그리고 말과 함께 배에 타야 했던 선물이 사라졌다.

목장 사장이 도착했을 때 이미 누가 상자 안을 뒤진 흔적이 있었다고 했다. 거짓말하는 것 같지는 않았다. 기용은 당황했다. 말이 죽은 건 그렇다 쳐도 약이 사라진 게 진짜 문제였다. 약을 만드는 데 못해도 사흘은 걸렸다.

"안 된다고 할까요?"

"일 그르치지 마. 제주에 사흘만 머무르라고 해. 내가 어떻게든 약은 준비해 볼 테니까."

사흘. 모나라가 받아들일 리 만무했다. 아니나 다를까 자신을 쪽팔리게 했다며 잡히는 대로 물건을 집어 던지고 길길이 날뛰었다. 그런 반응을 예상한 기용은 모나라가 둘러댈 수 있도록 삼해리 카지노 사업 부지 확장을 명분으로 시나리오를 만들어 바쳤다. 이후로도 한참을 씩씩거리던 모나라는 별수 없다는 것을 받아들이고 친구들과 배에서 내렸다.

무엇보다 그녀에게 산타는, 아니 선물은 절대 없어선 안 될 물건이었다. 금지약물에 포함되지 않는 각성제 성분을 활용해 산타가 특별히 정제한 신종 마약. 부작용이 없고 효과가 강하며 아무리 검사해도 양성반응이 나오지 않는, 말 그대로 신이 내린 선물이었다.

산타의 선물은 마약깨나 한다는 뽕쟁이들 사이에서 금세 소문이 났고 그 유통 줄을 잡고 싶어 하는 사람들이 수소문을 하기 시작했다. 하지만 돈이 가장 많은 모나라에게 독점권이 있었다.

기용은 지난 사흘간 모나라와 그 친구들의 비위를 맞추며 버텼다. 누가 봐도 멀쩡해 보이지 않는 사람들이라 같이 있는 것만으로도 피로했다. 하필이면 이런 사람들이 돈이 많은 건지. 아니면 돈이 많으면 이렇게 되는 건지. 알 수 없었다.

그래. 이 정도 위기는 금방 지나갈 거야. 기용은 스스로를 다독였다.

❊❊❊

산타가 급하게 새로 만든 약이 마침내 오늘 밤이면 완성될 참이었다.

그런데 이 멍청한 것들이 그사이를 못 참고 어디서 싸구려 마약을 구해 와 사고를 쳤다. 산타가 준 약 외에는 절대 하지 않는다. 산타와 맺은 가장 중요한 약속을 모나라가 어겼다.

운전을 하면서도 기용은 머릿속이 복잡했다.

곧 경찰이 기용을 찾을 것이다. 제주에 있는 동안 모나라와 그 친구들을 안내해 준 사람이 기용이었다. 하지만 그뿐이야. 날 잡아넣을 명목은 없잖아. 그 사람들이 바보도 아니고 나 아니면 약도 못 구하는데…….

무엇보다 기용의 마음을 불안하게 만드는 것은 백미러로 보이는 제인이었다. 그간 산타의 밑에서 나쁜 일을 하긴 했지만 별문제 없다고 생각했다. 죄책감도 없었다. 자신은 전달의 대가로 돈을 받았을 뿐 약을 하는 것은 그들의 선택이었다. 하지만 지금은 뭔가 잘못됐다. 자신이 사람을 다치게 했고 이건 다른 차원의 문제였다.

쿵. 기용이 아직 정신을 차리지 못한 제인을 돌창고 안쪽 컨테이너에 내려놓았다. 헉헉……. 한겨울인데도 땀이 뚝뚝 떨어졌다. 기용이 이마에 흐르는 땀을 닦아 내자 굳어 있던 피가 손에 묻어 나왔다.

"그…… 피…… 피는 뭐야!"

언제 왔는지 먼저 도착해 있던 산타가 뒷걸음질을 치며 질색했다.

"아. 아까 좀……."

"얼른 닦아. 속이 메슥거리니까."

산타가 인상을 쓰며 눈을 피했다. 산타는 극도로 피를 싫어했다. 아니, 무서워했다.

기용이 컨테이너 안에 있던 수건을 꺼내 얼른 손에 묻은 땀과 피를 닦아 냈다.

"곧 경찰이 널 찾을 거야. 그럼 순순히 가서 얼마 전에 그

낭 제주에서 만났을 뿐이고 관광을 시켜 달라고 해서 도와줬다, 이렇게만 말해. 아무리 멍청해도 널 불지는 않겠지."

"네."

역시 산타에게는 다 생각이 있었다. 기용의 마음속에서 휘몰아치던 불안감이 좀 잦아들었다.

"말만 잘 들어도 아무 문제 없을 텐데 멍청한 애들이 꼭 일을 그르친다니까."

산타가 피곤하다는 듯 고개를 저었다. 하지만 기용에게는 이제 그게 문제가 아니었다.

"이 누나는 어떻게 할까요?"

"뭘 물어. 뻔하잖아."

"네?"

기용이 고개를 들어 산타를 봤다. 컨테이너 입구에 서 있던 산타가 당연하다는 듯 말했다.

"죽여."

"네?"

"왜. 그럼 어떻게 해. 걔가 널 알잖아."

"그래도…… 죽이는 건 아니죠."

기용이 겁에 질려 말했다. 그래 봤자 겨우 스물넷의 어린 남자애였다.

"그래. 그렇지. 그럼……. 흠."

산타가 기용의 말에 고개를 끄덕였다.

"그럼 어쩔 수 없지. 답은 하나네."

기용이 아는 확실한 사실. 산타는 명쾌하다. 절대 고민하는 법이 없다.

불현듯 기용이 불길한 기운을 느꼈을 땐 이미 늦었다. 산타가 잡고 있던 컨테이너 문이 닫히고 있었다.

"그럼 같이 죽어."

2

다들 멈추세요. 경찰입니다. 확성기 소리와 함께 사이렌 소리가 들려왔다. 경광등이 달린 승합차와 경찰차가 연이어 공사장으로 들어왔다. 별장 앞에 차를 세우기가 무섭게 문이 열리고 사람들이 쏟아져 나왔다. 그들은 일사불란하게 퍼져 누군가는 모나라 일당에게로, 누군가는 마마랜드 안으로 달려들어갔다.

그 틈에서 카키색 패딩을 입은 누군가가 천천히 걸어 나와 이준에게 향했다.

"이준 씨. 괜찮아요?"

정신이 없던 이준이 낯익은 목소리에 고개를 들었다. 지선이었다.

"어떻게 여길……."

"일하는 중이죠."

지선이 자신의 경찰공무원증을 이준에게 내보였다. 제주경찰청 박지선 수사팀장.

"그럼 이번에 복귀하신다는 직장이……."

"네. 저 형사예요. 마약반 수사팀장."

지선은 이준이 무사한지 확인하고 미소 지었다. 이준은 처음 보는 형사 박지선의 얼굴이었다.

"이제 우리도 집에 좀 갑시다!"

크리스마스부터 사흘째 퇴근을 하지 못한 지선이 외쳤다. 집에 가자는 말에 경찰들이 더 빠르게 움직였다. 그중에는 이준이 어제 본, 지선과 함께 있던 남자도 있었다. 그러고 보니 현장을 뛰어다니는 이들 가운데 몇몇이 비슷한 패딩을 입고 있었다. 이준은 벙찐 표정으로 현장을 진두지휘하는 지선을 바라봤다.

"뭐야. 지원팀 부른 데 있어?"

공사장 안으로 들어오는 의문의 스타렉스를 보며 지선이 주변 형사에게 물었다.

"아뇨."

탐라렌터카 스티커가 크게 붙어 있는 스타렉스가 공사장 앞에 멈춰 섰다. 문이 열리더니 이번엔 카메라를 든 사람들이 우루루 쏟아졌다.

"아, 진짜. 한발 늦었네. 자, 자! 빨리 찍어. 담을 수 있는 거다 담아."

캠코더를 든 선아가 차에서 내리며 외쳤다.

"어. 잠깐, 잠깐. 아직 수사 중인 사건이라 이렇게 찍으시면 안 되는데. 어떻게 오셨어요?"

비교적 젊어 보이는 말단 형사가 다가서자 선아가 얼른 명함을 꺼내 건넸다.

"아유. 현장 신고한 〈미스터 미스터리〉 메인작가 김선아입니다. 저희가 모나라 씨 특집을 준비 중인데 공익 제보자에게서 연락을 받고 왔어요."

〈미스터 미스터리〉라면 이 사람들도 누나가 부른 건가. 이준은 혹시 제인도 함께 있나 싶어 차 안을 들여다봤지만 제인은 보이지 않았다.

"모나라 씨 이번엔 꼭 잡으실 거죠? 저희가 웬만한 수사팀보다 각종 증거 취득, 기밀 유지를 잘하는 편이에요. 원하시는 부분 증거로 다 제출하고 세상에 좀 확실히 알려 보려고 하는데 공조 부탁드립니다."

제인이 자주 짓는 뻔뻔하지만 진지한 표정을 하고 선아가 형사에게 부탁했다.

"아이. 그래도."

말단 형사가 난감한 표정으로 지선의 눈치를 보며 선아를 막아섰다.

"뭐. 세상에 좀 알려져야 사건이 커지지. 공조하시죠. 그 대신 사건 끝날 때까지는 정보 새면 안 됩니다.”

“네. 물론이죠.”

선아가 웃으며 오케이 사인을 보냈다.

“이거 봐! 내가 누군 줄 알아?”

“알죠. 아니까 잡으러 왔죠.”

모나라의 퍼에서 날리는 먼지를 손으로 털며 지선이 인상을 썼다.

“영장 있으세요? 무슨 혐의로 잡아가시는데요.”

팀장 양복의 한마디에 검정 양복들이 형사들 앞을 우르르 막아섰다.

지금 뭐 하자는 겁니까. 형사들의 말에도 양복들은 비켜서지 않았다.

“변호사예요?”

지선의 말에 팀장 양복이 명함을 건넸다. 그냥 비서인 줄 알았는데 번듯한 변호사 자격증이 있는 듯했다.

“감히…… 감히…… 날 건드려. 다 죽일 거야.”

광기 어린 눈으로 모나라가 이준을 향해 중얼거렸다. 선아가 그런 모나라의 얼굴에 카메라를 들이댔다.

“뭐야! 넌!”

모나라가 선아에게 달려들자 지선이 모나라의 손목을 잡아챘다.

“민간인 협박에 폭력행사를 하셔서 제압합니다.”

지선이 저항하는 모나라를 잡아 팔을 뒤로 꺾자 모나라가 아악! 소리를 지르며 욕을 해 댔다.

약. 찾았습니다! 마마랜드 안에서 누군가 외치는 소리가 들려왔다.

"들으셨죠? 범행 현장에서 현장 검거입니다. 정확한 죄명은 가서 약물검사 받으시고 난 다음에 하나하나 정리해서 다시 알려 드릴게."

지선이 이렇게 말하자 팀장 양복도 더 이상 어쩌지 못했다. 형사들이 모나라의 팔에 수갑을 채웠다.

"나머지 일행은?"

지선이 막 별장 수색을 끝내고 나온 형사에게 물었다.

"안에는 더 없습니다. 경마장에 있던 네 명은 청으로 이동 중입니다."

그 말을 들은 이준이 형사에게 다가갔다.

"저……. 내부에 다른 사람 없었나요? 이제인이라고. 현장에 있었던 최초 신고자인데 아까부터 연락이 안 돼서요."

"아뇨. 없었습니다."

"근처 수색해 봐."

지선의 말에 형사가 몇몇 부하에게 지시를 내렸다.

멀리서 전화를 받던 다른 형사가 다시 지선에게 뛰어왔다.

"팀장님, 마약 넘긴 놈들 확인했답니다."

"누군데?"

"외국 애들이라는데요? 이게 안에서 찾은 약입니다."

형사가 증거 물품을 지선에게 넘겼다. 통신사 고지서 봉투 안에 형형색색 우표들이 담겨 있었다.

"이건 LSD 아니야?"

"LSD 맞는 거 같습니다."

LSD. 우표 모양으로 생긴 신종 마약이다.

"설탕인지 선물인지 그건?"

"현장을 다 뒤졌는데 다른 약은 딱히 안 보입니다. 일단 서로 가서 조사해 보시죠."

"알았어. 뭐든 간에 약을 한 건 확실하니까 가서 털어 보면 뭐가 더 나오겠지."

"네. 곧 눈 내릴 것 같은데 데리고 먼저 내려가시죠."

"챙길 거 다 챙기고 찍을 거 다 찍고. 마무리해서 따라와. 아. 그리고 주변 수색도 더 해 보고."

지선의 말에 형사들이 다시 움직였다.

"이준 씨. 저는 이제 가 봐야 할 것 같네요. 신고자분은 찾는 대로 연락드릴게요. 혹시 연락되면 저희 쪽에도 소식 주세요."

네. 이준이 고개를 끄덕이자 지선이 대기 중이던 경찰차로 향했다.

경찰차를 따라 나가던 〈미스터 미스터리〉 승합차가 이준 앞에서 멈춰 섰다. 선아가 조수석 창문을 내리고 물었다.

"제인 선배요?"

"네. 혹시 어디로 갔는지 아세요?"

"아뇨. 여기 주소 보내 주면서 신고하라는 문자가 마지막이었고 그 후론 저도 연락이 안 돼요. 분명 뭐 다른 거 알아보러 갔을 거예요. 너무 걱정하지 마세요."

마을로 올라가는 이준의 차 안으로 통화 연결음이 울려 퍼졌다.

어디서 또 사고를 치고 있는 거야. 이준이 불안한 마음에 핸들을 탁탁 쳤다. '산타가 따로 있어.' 제인의 마지막 말이 영 걸렸다.

아까부터 하늘이 슬며시 어두워지더니 눈까지 펄펄 내리기 시작했다. 미치겠네. 눈도 오는데 도대체 어디 있는 거냐고. 진짜 만나기만 해 봐라.

삼해리 입구 사거리에 다다르자 맞은편에서 오던 트럭이 이준을 향해 빵빵 경적을 울렸다. 목장 사장의 차였다.

"크 사장. 어디 다녀와?"

"사장님. 혹시 누나 못 보셨어요? 저랑 같이 다니던 누나요."

"아. 제인이? 걔는 오지 말라고 할 때는 죽어라 오더니 어제 오늘 도통 안 보이던데 같이 있는 거 아니었어?"

제인이라니. 온 동네 사람들이 다 친구네. 이준은 어이가 없었지만 지금 그런 걸 따질 때가 아니었다.

"네. 연락이 안 돼서요."

"집에 있겠지. 눈도 오는데 어딜 가겠어. 곧 도로도 통제될 거야. 부 형님이 아랫마을 사는 사람들 전부 내려가라고 방송해서 나도 지금 일찍 집으로 가는 길이야."

목장 사장의 말에 이준이 주변을 둘러보자 정말 마을에 몇 안 되는 가게들도 전부 문을 닫고 있었다.

"참. 기용이는 크리스하우스로 갈 수도 있겠네."

"기용이요?"

"그래. 아까 차가 신당 쪽으로 들어가는 거 같던데. 이 정도 눈이면 다른 차는 몰라도 스파크는 절대 못 내려가."

그래. 김기용. 기용이 남아 있었다.

"저 가 볼게요."

"그래. 운전 조심하라고."

눈이 제법 쌓이자 도로가 꽁꽁 얼어붙는 게 느껴졌다. 오르막길을 오르던 바퀴가 밀리는 느낌이 들자 이준이 액셀을 힘껏 밟았다. 신당을 향해 속도를 올리자 차창으로 눈이 매섭게 달려들었다.

목장 사장의 말대로 신당으로 들어가는 입구에서 기용의 차를 발견할 수 있었다. 눈이 쌓여 있는 걸 봐서는 도착한 지 꽤 된 것 같았다.

기용의 스파크 뒤로 이준이 차를 세우고 내렸다. 차 안을 살펴봤지만 아무도 없었다. 뒷자석 아래에 떨어져 있는 전기 충격기가 이준의 눈에 들어왔다. 제인의 길리 슈트 안에 들어 있던 전기 충격기. 그 순간 머리가 멍해졌다. 이준은 굳은 표정으로 빠르게 신당 안으로 뛰어들어 갔다. 하지만 신당 안도 크게 다르지 않았다. 기용도 제인도 보이지 않았다.

"누나! 이제인!"

이준이 불안한 마음에 우선 신당 곳곳을 둘러봤다. 몇 발이면 둘러볼 수 있는 신당 안에서는 별다른 흔적을 찾을 수 없었다. 제인에게 다시 전화를 걸어 보려 했지만 신당 안에서는 휴대폰이 터지지 않았다. 신당 한가운데 멈춰 선 이준의 어깨 위로 빠르게 눈이 쌓였다.

그때였다. 신당의 제단 뒤로 제인이 발견했던 길이 눈에 들어왔다. 어제까지만 해도 마른 잡초와 나뭇가지에 가려 길인지 아닌지 알 수 없었는데, 그 위로 눈이 쌓이자 오히려 선명하게 길이 드러났다.

이준이 뭔가에 홀린 듯 제단 뒤로 넘어갔다. 산 위로 향하는 가파른 오르막길이었다. 이준이 길을 올려다보는데 휘잉 바람이 세게 불어왔다. 신당 나무에 걸려 있던 천들이 거센 바람에 일자로 펄럭였다. 그 순간 이준의 발 옆으로 뭔가가 굴러떨어졌다. 쌓인 눈 위로 노란 것이 보였다. 귤이었다. '제주라 그런가. 귤도 달려 있었고.' 영덕의 말이 떠올랐다.

이준은 산을 오르기 시작했다. 마음 같아서는 달려 올라가고 싶었지만 눈이 쌓여 쉽지 않았다. 몇 번을 넘어질 뻔하다 아예 네발로 기어오르기 시작했다. 여긴 도대체 뭐야. 어디로 가는 거야.

그렇게 10여 분을 올랐을까. 오르막길이 끝나고 갈대가 가득한 산 중턱에 다다랐다. 메마른 갈대가 눈바람에 휘청거렸다. 이준이 거친 숨을 몰아쉬자 차가운 공기가 몸 안으로 훅훅 들어왔다. 눈 쌓인 바닥을 짚고 올라오느라 벌게진 손이 아려 왔다. 숨을 고른 뒤 고개들 들자 흔들거리는 갈대가 마치 갈색 말 꼬리로 보였다. 말 꼬리? 다시 정신 차리고 보니 갈대 사이로 네모난 회색 건물이 있었다.

오래된 제주식 돌창고였다. 이준이 갈대를 헤치며 걸어갔다. 창고에 가까워질수록 갈대가 점점 줄어들어 달려가기가 수월해졌다.

"이제인!"

이준이 빠르게 창고로 다가가며 외쳤다. 하지만 돌아오는 대답이 없었다. 이준은 문을 찾기 위해 건물 뒤편으로 뛰었다.

"크 사장. 여긴 무슨 일이야?"

이준이 순간 움찔했다. 예상 밖 인물이 등장했다. 너무나도 평온한 표정으로 마른 나뭇가지를 든 사람.

"약사님……."

약사는 무거운지 잠시 땔감을 내려놓았다.

"눈이 이렇게 많이 내리는데 여기까지 어쩐 일이야."

약사도 놀란 표정으로 이준에게 물었다.

"왜 여기 계세요?"

"그야 여기가 내 창고니까 그렇지."

"창고요?"

"응. 약도 보관하고……."

약사의 표정은 변함없이 평온했다.

"혹시 저랑 같이 다니던 누나 못 보셨어요? 아니면 기용이, 아니 김 기사라도 못 보셨어요?"

"아. 그 친구들 찾아왔구나. 저기 있어."

약사가 웃으며 창고를 가리켰다.

"어디요?"

"저기 창고 안에."

약사의 손짓을 따라 이준이 뒤를 돌아보았다. 불길한 기운에 다시 고개를 돌린 순간, 이준의 얼굴로 뭔가가 분사되었다. 놀란 이준이 얼굴을 가렸지만 소용없었다. 켁. 켁. 기침을 하는 이준의 눈에 미소를 띤 약사의 얼굴이 보였다. 너무 인자해서 섬뜩한 표정이었다.

"저기서 죽기를 기다리고 있어."

3

이준이 약사를 처음 본 건 처음 제주로 내려와서 비상약을 구비하려고 약국에 들렀을 때였다.

"어머. 저기 위에 고가민박 자리요? 게스트하우스로 바뀌는구나. 반가워라. 나도 이 마을에 온 지 몇 년 안 됐는데."

"아. 네. 안녕하세요."

이준이 꾸벅 약사에게 인사했다.

구김 하나 없이 빳빳하게 다린 가운이나 깔끔히 정리된 가르마로 봐서 약사는 아주 깔끔한 성격인 듯했다. 푸르스름한 빛이 감도는 약국 내부가 깔끔하게 정리되어 있었다.

"근데 어떻게 이런 동네로 왔어요? 젊은 사람이. 원래 제주도 사람이에요?"

"아뇨. 서울에서 왔습니다."

"정말? 나도 서울에서 왔는데. 대학병원에서 약사로 일했거든요. 근데 그렇게 살다 보니까 내 생활도 없고 결혼도 못하고 이렇게 나이가 들었지 뭐야. 생각해 보니 약사 말고는 내가 없어. 나를 여보라고 불러 주는 사람도 엄마라고 불러 주는 사람도 없어. 심지어 유일한 피붙이인 엄마마저 돌아가시고 나니까 나한테 순자야, 하고 불러 주는 사람도 없더라고."

서울에서 순자까지 순식간에 약사에 대한 정보가 이준에게 쏟아졌다.

"이렇게 살면 너무 외로울 것 같아서. 내 나름대로 사람을 찾기로 했어요. 나를 필요로 하는 사람들을. 뭐. 그렇다고요."

"네. 그러셨군요."

이준은 살짝 당황했지만 이내 미소를 띠며 대답했다.

"어머. 미소가 예쁘네. 목소리도 너무 멋있고. 원래 무슨 일 했어요?"

"호텔에서 일했습니다."

"서울에서 일하던 사람이 왜 여기로 왔어요. 나이도 한참 어려 보이는데. 저기 중문에 있는 고급 호텔도 아니고. 이런 산 동네에."

"뭐. 어쩌다 보니……."

이준이 멋쩍은 듯 웃었다.

"하긴 사연 많은 사람들이 모이기 좋은 곳이지. 제주도도, 이 마을도."

약사는 자신도 비슷한 처지라는 듯 말했다.

"숨을 곳도 많고 숨길 곳도 많고. 특히 이런 마을 얼마나 좋아. 사람도 적고. 난 참 제주가 좋아요."

그게 좋은 건가. 시끄러운 병원에서 일하다 보면 그럴 수도 있겠지. 이준은 깊게 생각하지 않고 넘겼다.

"내 정신 좀 봐. 근데 우리 젊은 사장님은 무슨 약이 필요해서 왔을까?"

"아. 네. 게스트하우스에 비상약이 필요해서요. 여기 쓰여 있는 품목별로 하나씩 챙겨 주세요."

이준이 필요한 품목을 꼼꼼히 적은 종이를 건넸다.

"일을 참 잘하겠어요."

약사가 싱긋 웃어 보이더니 약을 챙기기 시작했다.

"그래서 와 보니까 이 마을 어떤 거 같아요?"

"조용하고 좋은 것 같아요."

"그쵸? 나는 산타 마을이 떠오르던데. 북유럽인가 무슨 나라에 있는 산타 마을 있잖아요."

"아. 네."

핀란드였나. 관광경영 수업 시간에 배웠던 것 같은데. 이준은 생각했다.

"매년 크리스마스마다 산타의 선물을 받으러 오는 사람들이 가득하대요. 어른들도 사실은 산타를 찾고 싶은 거겠죠. 답답한 현실에서 자신을 구원해 줄."

뜬금없는 말들에 이준은 일단 어색한 미소를 유지했다.

"그 마을에도 겨울에 눈이 잔뜩 쌓인다던데 만약 한국에 산타 마을이 생긴다면 이런 마을 아닐까요?"

"이런 마을이요?"

"그래요. 제주로 오는 육지 사람들은 다들 바닷가 마을이 좋다고 하는데. 글쎄. 나는 이 산골이 참 좋더라고요. 밤 되면 컴컴해지는 것도 좋고 사람들이 듬성듬성 사는 것도 좋고."

약사가 아까부터 늘어놓는 마을의 장점들이 도대체 뭐가 좋은지 이준은 잘 이해가 되지 않았지만, 그냥 문제 삼지 않기로 했다.

"특히 오름. 난 오름이 가장 마음에 들어요. 내가 오름을 보고 처음으로 제주도에 오고 싶다고 생각을 했거든요. 그 가운데 폭 파인 데 숨어 살면 딱 좋겠다 싶은 게."

그때만 해도 이준은 그냥 사차원 약사 아줌마라고만 생각했다.

4

정신이 돌아왔을 땐 가위 눌린 것처럼 몸이 마음대로 움직이지 않았다. 있는 힘껏 몸에 힘을 주었지만 눈도 뜨이지 않았다. 감각도 마비된 것 같았는데 유일하게 병원 냄새만 느껴졌다. 코가 시큰거릴 정도로 독한 소독약 냄새. 여기가 어디지. 정신을 차리려 해도 자꾸 다시 잠들 것만 같았다.

"아무도 없어요! 살려 주세요!"

멀리서 제인의 목소리가 들려왔다. 그 소리에 정신이 번쩍 들었다. 안간힘을 쓰자 겨우 눈은 뜰 수 있었다. 어두운 창고 안 퍼런 형광등 빛이 제일 먼저 눈에 들어왔다. 눈이 부셔 고개를 돌렸을 때 흰옷을 입은 누군가가 보였다. 아주 기괴하게 똑같은 움직임을 반복하고 있었다. 가운. 흰 가운을 입은 약사였다. 시야가 점점 또렷해지면서 이준은 알 수 있었다. 약사가 흰 거즈로 창고 안 곳곳을 닦고 있었다.

잠시 후 몸에 감각이 조금씩 돌아오는 게 느껴졌다. 점점 추워지더니 팔이 아파 왔다. 잠깐. 팔이 왜 아프지. 그제야 이준은 팔다리가 묶여서 몸을 움직일 수 없음을 깨달았다. 감각이 돌아오자 뒤로 묶인 손을 살짝살짝 움직여 봤다. 손등이 쓰라렸다. 아마 약사가 밖에서 쓰러진 이준을 끌고 들어오는 길에 이리저리 살이 쓸린 듯했다. 그때였다. 이준의 기척에 약사가 하던 일을 멈추고 뒤돌았다.

"생각보다 일찍 일어났네. 마지막 인사도 못 하고 가는 줄 알고 아쉬울 뻔했는데."

이준이 입을 열어 말을 해 보려 했지만 쉽지 않았다. 약사가 다가와 라텍스 장갑을 낀 손가락으로 이준의 볼을 톡톡 쳤다. 약사는 웃고 있었다.

"많이 답답한가 보네. 괜찮아. 그냥 마취제일 뿐이니까 네가 죽기 전에 곧 모든 감각이 돌아올 거야."

그러고 보니 삼해리는 범죄를 저지르기에 아주 좋은 마을이었다. 해만 지면 각자 집으로 가서 곧바로 잠을 잤고 그마저도 한 집 걸러 한 집이 빈집이었다. 큰 도로를 제외한 마을 곳곳에는 변변한 CCTV도 하나 없었으니 거의 유령도시나 다름 없었다.

이준의 손발을 다 묶어 두고도 입을 막지 않은 건 약사의 배려가 아니었다. 주변에 사람은커녕 전화도 안 터지는 이곳에서 살려 달라고 외쳐도 아무도 듣지 못하기 때문이었다.

"도박과 마약으로 가득 찬 산타 마을. 생각만 해도 가슴 떨리지 않니? 철없는 어린애 둘이서 망치기엔 너무 아까워. 이마을 참 마음에 들었는데. 어쩔 수 없지 뭐. 제주에는 마음에 드는 마을이 가득하니까."

"진짜 아무도 없어요!"

다시 제인의 목소리가 들려왔다. 그 소리가 아까보다 가깝게 느껴졌다. 어디지. 이준이 고개를 살짝 틀자 컨테이너가 보였다.

누나! 이제인! 외치고 싶었지만 목소리가 나오지 않았다.

"헤이!"

제인의 목소리가 희미하게 울려 퍼졌다.

"소용없다니까요."

소리치는 제인에게 기용이 말했다.

컨테이너 안에서 정신을 차린 제인은 자신이 기용과 함께 이곳에 갇혔다는 사실에 기가 차 분노하기도 잠시, 그곳을 탈출하기 위해 버둥댔다. 자신을 찾으러 온 이준이 손발이 묶인 채로 문밖에 누워 있는 줄은 꿈에도 모른 채.

"여긴 뭐 하는 데야. 도대체."

비닐에 둘러싼 물건들이 칸칸이 들어찬 철제 선반이 벽을 둘러싸고 있었다. 제인이 그 사이를 걸어 다니며 컨테이너 안을 둘러보았다.

"약 보관하는 곳인데요."

"약? 마약?"

"네. 완전범죄를 위해 제가 직접 만든 컨테이너예요."

"직접 만든 걸 왜 못 열어."

"안에서는 절대 못 열게 만들었다고 몇 번을 말해요."

기용이 설명하기 귀찮다는 듯 말했다.

"보통 영화에서는 만든 사람만 아는 유일한 뭐. 그런 거 있잖아. 넌 그런 것도 없어?"

"없어요."

"하필이면 이런 멍청한 놈이랑 갇히다니."

"아, 좀. 정신 사나우니까 앉아요."

기용이 쪼그리고 앉아 자꾸 눈앞에 걸리적거리는 제인의 길리 슈트를 손으로 치며 말했다.

"야. 너 내가 여기 누구 때문에 끌려왔는데. 사과해."

"지금 이 상황에서 사과받고 싶어요?"

"당장 죽게 생겼는데 그럼 언제 받아. 이미 죽고 나서 사과받으면 뭐 하냐."

"어쨌든 죄송합니다."

기용이 납득한 듯 까닥 고개를 숙였다.

"자. 그럼 생각을 좀 해 보자. 우리 어떻게 될 것 같냐."

"죽을 거예요. 아니, 죽일 거예요."

"어떻게."

"글쎄요. 그 여자 성격에 절대 직접 죽이진 않을 것 같고. 뭐. 사실 그냥 내버려 두기만 해도 죽지 않을까요? 이렇게 일주일만 있으면 우리 둘 다."

"아무도 안 올까?"

"여긴 절대 아무도 안 와요. 절대."

"그래도 경찰이 너 곧 찾을 거라며. 불안해서라도 빨리 해치우고 싶을 것 같은데."

"그래도 직접은 절대 아니에요. 절대 자기 손에 피 묻힐 사람은 아니니까. 뭔가 방법을 쓰겠죠."

산타의 말대로 시간이 지날수록 이준의 감각이 하나둘 돌아오기 시작했다. 입을 살짝 벌려 보니 조금씩 목소리가 나올 것도 같았다.

그사이에 약사는 철저하고 꼼꼼하게 창고 안을 닦고 확인했다. 무슨 속셈인지 한쪽에 각종 포장 박스를 잔뜩 쌓아 올리기 시작했다. 무엇보다 왜 죽이지 않는지 이준은 슬슬 궁금해졌다.

"아."

시험 삼아 내 본 소리가 이준의 입 밖으로 작게 튀어나왔다. 그 소리에 약사가 기쁜 얼굴로 다가왔다.

"오. 벌써 감각이 다 돌아왔구나. 마침 곧 죽을 시간이야.

밖을 봐."

밖? 무슨 소리야. 이준이 고개를 들어 보니 어느덧 하늘이
어두워져 있었다.

"눈도 내리겠다. 다들 집에 꼭꼭 들어가 있겠지?"

약사는 사람들이 모두 집으로 돌아갔을 때를 기다린 듯했다.

"이제 여기 불을 지를 거야."

약사가 손에 든 성냥을 흔들었다.

"요즘 같은 시대에 이런 일을 벌이고도 잡히지 않을 수 있
겠습니까?"

이준이 겨우 목소리를 쥐어짜서 말했다.

"과연 그럴까? 모나라는 잡혀갔고 경찰이 기용일 찾고 있
는 이 시점에서 너희 셋이 이곳에서 불타 죽은 채로 발견된다
면. 시끄러워지겠지만 그렇다고 내가 잡히진 않을 거야. 내가
기용이 같은 애를 왜 뒀겠니?"

약사가 일어나 성냥 하나를 꺼냈다.

"내가 재미있는 얘기 하나 해 줄까. 몇 년 전에 약 배달을
해 주던 이 마을 남자가 있었어. 위에서 잡범으로 감옥살이하
고 나와서 갈 데가 없어 제주에 내려와 감쪽같이 사람들을 속
이고 자리를 잡았다는데. 사람이 좀 무식하고 질이 떨어지기
는 해도 이래저래 마을 일에도 참여하고 사람들하고도 잘 어
울려서 일 시키기가 수월했지. 근데 그 남자가 어느 날 갑자기
죽은 거야. 그것도 이 마을에서! 심지어 칼에 찔려서 말이야!

난 엄청 불안했지. 생각해 봐. 경찰이 그 남자를 파헤치다가 내가 잡히기라도 하면 어떡하냐고. 그 남자가 가족은 없어도 제주에 쌓아 놓은 인맥이 좀 있었거든. 근데……."

약사가 뜸을 들이며 이준의 반응을 살폈다.

"그러고 나서 끝. 아무도 그 남자 죽음에 관심이 없었어. 언제 그런 사람이 있었냐는 듯이 다들 일상으로 돌아갔지. 봐. 관심이 없으면 다 소용없어. 잡지도 잡히지도 않으니까."

약사가 마치 구연동화를 하듯 이야기를 마무리 지으며 일어났다.

"너라고 다를 것 같니. 지금도 봐. 네가 사라진 걸 알아차린 마을 사람, 아무도 없을걸. 네가 불에 다 타고 나면 그제야 나타나 이렇게 말하겠지. 역시 육지 것들은 믿을 게 못 된다."

약사가 창고 문을 열었다. 탁, 성냥을 갑에 부딪쳐 불을 붙였다. 포장 상자 위에 성냥을 툭 떨어뜨리자 기다렸다는 듯 불이 활활 타올랐다.

"따뜻한 겨울밤 보내. 크 사장."

불 너머로 산타의 인자한 미소가 보이더니 이내 창고 문이 닫혔다. 상자에 붙은 불은 순식간에 번졌다. 어떻게 해야 하지. 당황한 이준이 우선 제인을 불렀다.

"누나. 이제인!"

"어? 구난! 너 왜 여기 있어!"

이 와중에도 구난이라는 말이 나오는 걸로 봐서는 다행히 크게 다치거나 위험한 상황은 아닌 듯했다.

"너 위험하게 왜 이런 데를 와!"

"누가 할 소리!"

"형! 살려 줘요!"

이번엔 기용의 목소리가 들려왔다.

"네가 뭘 잘했다고 살려 줘! 넌 나가면 끝이야! 감옥 간다. 너 이제!"

"죽는 것보단 감옥이 낫죠!"

"아오! 진짜 한마디를 안 져. 너 나가서 보자. 구난! 여기 안 열려! 좀 꺼내 줘. 여기서!"

바깥 상황을 모르는 제인과 기용의 목소리에 희망이 가득했다. 하지만 이준은 기대에 부응할 수 있는 상황이 아니었다.

"미안하지만 나도 손발이 묶여서 꺼내 줄 수가 없는데! 그리고 비보를 하나 더 전하자면! 지금 이 창고에 불이 번지고 있어!"

이준이 크게 소리쳤다.

"뭐? 뭐라고? 그게 무슨 말이야?"

"뭐긴 뭐야. 우리 다 죽게 생겼다고!"

이준의 말에 장단이라도 맞추듯 화염이 치솟더니 창문이 와장창 깨졌다. 매서운 불길이 창문을 통해 밖으로 튀어 나갔다. 삐죽삐죽 솟아오르는 불길 사이로 여전히 눈이 펑펑 내리는 하늘이 보였다.

"구이준! 이준아! 괜찮아?"

이준아. 거의 처음 들어 보는 호칭에 이준은 이게 얼마나 심각한 상황인지 새삼 느꼈다. 하지만 해결할 방도가 없었다. 아까부터 안간힘을 다해 손목을 비틀어 봤지만 끈이 조금도 느슨해지지 않았다.

"크윽."

점점 번지기 시작한 불길에 움직이기도 숨을 쉬기도 쉽지 않았다. 매캐한 연기에 숨이 가빠 오던 이준이 최대한 몸을 숙인 채로 컨테이너를 향해 외쳤다.

"일단 다들 바닥에 엎드려. 연기가 들어갈 거야!"

호텔에서 일할 때 배운 화재 대피 방법을 떠올렸다. 연기를 오래 들이마시면 한순간 의식을 잃는다. 점점 뜨거워지는 공기에 이준이 눈을 질끈 감았다.

진짜로 죽는구나. 그제야 죽음이 코앞까지 다가왔다는 게 실감이 났다.

이제 대체 뭘 해야 하지. 지금 할 수 있는 일은 그다지 많지 않았다.

삶을 회상하거나 혹은 반성하거나 혹은 기도하거나. 기도? 그래. 이준은 제인이 킵해 주었던 신당의 소원이 떠올랐다.

지금입니다. 지금 안 살려 주시면 이제 더 이상 빌 수도 없어요. 혹시 듣고 계시다면 저 좀. 지금.

그 순간. 쾅! 하고 창고 문을 부수며 뭔가가 안으로 치고 들어왔다.

"구이준이! 아덜!"

고물 스노모빌을 탄 이장이었다.

"이…… 이장……. 아방……."

이준이 외쳤다.

❖❖❖

조금 전, 그러니까 이준이 이장에게 연락을 한 것은 신당 뒷길에서 귤을 발견했을 때였다.

'이런 마을에서는 다들 떨어져 살아서 말을 안 하면 아무도 몰라. 이모부가 그게 서운한 거야. 바라는 거 별거 없어. 힘들면 힘들다. 도움이 필요하면 도와 달라. 그것만 해 주면 돼.' 영덕의 말이 떠올랐다. 이준은 휴대폰이 터지지 않는 신당을 나와 이장에게 전화를 걸었다.

"이장님. 저 신당 뒷산으로 올라갑니다."

"거길 왜 가. 거긴 길도 없어!"

"아무래도 누나가 거기 있는 것 같아요. 얼른 올라가 보고 올게요."

"쓸데없는 짓은. 눈도 오는데 서둘러 내려오라고!"

"네."

전화를 끊으려는데 휴대폰 너머로 부 이장의 무뚝뚝한 목소리가 들려왔다.

"구이준이!"

"네. 이장님."

"앞으로도 이렇게 보고 좀 해!"

뚝. 전화가 끊겼다.

영덕의 말대로 이장은 이준의 보고를 기다리고 있었다.

❈❈❈

"불! 불……. 불이다! 영덕아!"

불 속에서 이준을 끌고 나온 부 이장이 확성기를 들어 외쳤다.

"저 안에 사람이…… 있어요. 켁. 누나랑 기용이가……."

이준이 연신 기침을 하며 힘겹게 말했다.

"가만있어 봐. 올라오는 길에 영덕이한테 말하고 왔는데."

부 이장이 급한 대로 주변에 있는 눈을 창고 안으로 마구 집어 던졌다. 쓰러져 있던 이준도 일어나 부 이장을 따라 했다. 효과가 있는지 불이 더 이상 번지지는 않았다. 하지만 불을 끄기에는 역부족이었다.

그때였다. 멀리서 티셔츠 차림에 소화기를 들고 헐레벌떡 뛰어오는 영덕이 보였다. 눈길을 어찌나 빠르게 올라왔는지 호피 무늬 티셔츠가 다 젖어 있었다.

감사합니다. 이준이 숨넘어갈듯 헐떡거리는 영덕에게 전달받은 소화기를 들고 창고 안 컨테이너에 대고 뿌렸다. 불길이 사그라지면서 연기가 사방으로 뿜어져 나왔다.

이준은 연기를 헤치며 안으로 들어갔다. 앞이 잘 보이지 않았지만 금세 컨테이너 문고리를 찾을 수 있었다. 문제는 문이 열리지 않는다는 것이었다.

"괜찮아?"

이준이 우선 문을 두드려 제인의 상태를 확인했다. 하지만 컨테이너 안에서는 아무런 대답도 들리지 않았다.

마음이 급해진 이준이 소화기로 문고리를 힘껏 내리찍었다. 쾅! 쾅! 쾅! 문고리가 흔들흔들거리는데도 열리지 않았다.

"이준아. 비켜."

연기 속에서 나타난 영덕이 커다란 돌덩이를 들고 들어왔다. 우락부락한 영덕의 양팔로 들어도 버거운 돌덩이로 내리찍자 문고리가 뚝 떨어져 나왔다.

드디어 컨테이너 문이 열렸다. 문 바로 앞 바닥에 제인과 기용이 괴로워하며 누워 있었다.

누나! 이준이 제인에게 달려갔다.

5

"약국에 없는 거 확실해?"

부 이장이 막 회관으로 들어오는 영덕에게 물었다.

"없어요. 차도 그대로고. 벌써 도망가 버린 거 아닐까요?"

그러거나 말거나 화마에서 겨우 살아 나온 세 사람의 입으로 도리 여사가 연신 동치미 국물을 밀어 넣고 있었다.

"마을에서 마약을 만들어? 그게 뭔."

부 이장이 생각할수록 어이가 없는지 허리춤에 손을 얹고 일어났다.

"경찰은 어디래? 왜 안 와!"

"눈이 너무 많이 내려서 지금 진입이 어려운가 봐요. 일단 아래에서 위로 통제해 가며 올라오신다고 했어요."

지선과 통화를 한 이준이 대답했다.

"이렇게 마냥 앉아서 기다릴 수는 없지!"

"맞습니다! 아방! 직접 잡으러 가시죠!"

제인이 동치미 국물을 마시다 말고 벌떡 일어났다.

"일단 우리끼리라도 마을을 샅샅이 뒤져 봐야지 속이 시원하겠어."

부 이장이 휴대폰을 꺼내 들었다.

"아, 아. 부 이장입니다."

삼해리 전파를 타고 온 동네에 방송이 시작됐다.

"위험하니까 2인 1조, 3인 1조로 움직이고. 너! 네놈은 여기 나랑 있어! 혹시 도망갈라."

부 이장이 기용을 가리켰다.

"도망 안 가요."

기용이 포기한 얼굴로 부 이장 옆에 가 앉았다.

"제가 어머니랑 사해리로 내려가 볼게요."

영덕이 부 이장을 향해 말했다.

"아무리 공사판이라도 통으로 마을 하난데 사람 둘만 가도 되겠어?"

"아. 사해리에 제 친구가 있는데 부탁해 둘게요!"

제인이 손을 들었다.

"친구? 누구?"

"용필이요. 조용필."

"용필이가 누구야."

"제주 말 병원 조용필 선생님이요."

마을 사람들에 대해 빠삭한 기용이 끼어들었다.

"말 선생 이름이 용필이었어? 처음 알았네. 그럼 영덕이랑 처형이 사해리로 가고 두 사람은 어디로 가?"

부 이장이 마을 지도를 체크하며 이준과 제인에게 물었다.

"저희는 크리스하우스랑 삼해목장이요."

"그래. 다들 조심하고 연락들 꼬박꼬박 하라고!"

"네!"

―아, 아. 다덜 상황 보멍 헙서(보고 하세요).

이준과 제인이 크리스하우스를 확인하고 막 삼해목장으로 들어서는데 이장의 방송이 들려왔다.

―슈퍼. 없습니다. 근데 정말 약사가 그랬어요?

슈퍼댁의 심란한 목소리가 들려왔다.

―놈삐밧. 엇우다(없습니다).

―사해리도. 없습니다.

영덕의 목소리도 있었다.

―크리스하우스도 없습니다. 저희는 지금 목장으로 왔습니다.

이준이 보고를 마치고 제인을 따라 목장 안으로 들어왔다. 목장 안도 크게 문제는 없어 보였다. 그때 목장을 둘러보던 제인이 뭔가 이상한 점을 발견하고 멈춰 섰다.

"잠깐. 저기가 원래 비어 있었나?"

제인이 가리킨 곳은 마사 가장 바깥쪽 자리였다.

"아니. 없어졌어."

이준이 말했다.

"뭐가?"

"갈색 토종마."

그 순간 이준의 머릿속에 창고 앞 갈대밭에서 신기루처럼 보였던 말 꼬리가 스치고 지나갔다.

"누나 노트북 내 차에 있지?"

"응."

이준이 제인을 끌고 차로 향했다. 이준의 예상이 맞는다면 신당 앞에 세워 둔 자동차 블랙박스로 확인할 수 있을 것이다. 이준이 블랙박스에서 메모리를 꺼내 노트북에 연결했다.

이준이 차를 세우고 올라간 이후, 마을 사람들이 올라가고 모두 다시 내려올 때까지, 아니 그 후로도 계속, 블랙박스 영상에서 산타는 보이지 않았다.

"뭐야. 그 여자 불내고 안 내려온 거 아니야?"

제인이 말했다.

"오름 분화구."

"뭐?"

"오름 분화구가 폭 들어가 숨기 좋은 곳이라고 했어."

그 순간 제인과 이준의 눈이 마주쳤다.

6

"이장님! 산 아래가 아니라 위로 올라간 것 같아요!"

이준이 휴대폰에 대고 외쳤지만 이장은 반응이 없었다.

"신당 근처라서 잘 안 터지나."

이준이 전파를 찾듯이 공중을 향해 휴대폰을 든 팔을 휘저었다. 그 노력이 효과가 있었는지 이장의 답변이 뜨문뜨문 들려왔다.

—그래. 알았……다! 그쪽으로…… 간…….

"일단 이장님을 기다리자. 그래도 어디 있는지는 알아냈잖아."

이준은 긴장이 살짝 풀렸는지 미소 띤 얼굴로 제인에게 다가갔다. 하지만 제인은 어쩐지 더 심각한 표정을 지었다.

"왜 그래?"

"서둘러야 돼."

"왜. 서두를 필요는 없지. 어차피 아래로 내려가는 길은 모두 통제……. 잠깐."

그때 이준이 간과한 사실이 머릿속을 스치고 지나갔다. 약사가 말을 타고 있다면 이야기가 달라진다.

"그래. 찻길이 아닌 산길을 따라 내려가면 경찰의 눈을 피할 수 있어."

제인이 고개를 끄덕였다.

"잡으러 올라가야 돼. 지금."

"지금 눈이 너무 많이 쌓였는데. 어떻게 올라가."

이준이 그사이 눈이 더 두껍게 쌓인 신당 뒷길을 올려다봤다. 이번에는 제인 역시 쉽사리 방법이 떠오르지 않는 듯했다.

"너는 말 못 타? 제주도 내려와서 안 배웠어?"

"말이 무슨 자전거야?"

"그래. 혹시나 해서 물어봤어."

제인이 기대도 안 했다는 듯 이리저리 주위를 둘러보며 대충 대답했다. 그러더니 홀린 듯 어디론가 향했다.

신당 구석에 박혀 있던 고장 난 스노모빌이었다. 조금 전 용케 이준과 제인을 살린 부 이장의 스노모빌은 그 수명이 다했는지 더 이상 시동이 걸리지 않았다. 오름 아래까지 겨우 끌고 내려온 부 이장이 힘에 부쳤는지 결국 신당 구석에 버리고 간 모양이었다.

제인이 꽂혀 있던 키에 손을 뻗었다.

"고장 났다니까. 이거 2005년식이야."

이준의 말에 대답이라도 하듯 스노모빌이 그릉그릉 앓는 소리를 멈췄다.

하지만 이대로 포기할 제인이 아니었다.

"힘내! 2005년식이면 아직 넌 10대야!"

제인이 스노모빌 시동을 돌리고 또 돌렸다. 그렇게 몇 번을 돌렸더니 놀랍게도 그릉그릉 소리가 점점 부릉부릉으로 바뀌기 시작했다.

"좋아!"

제인이 신나서 소리쳤지만 여전히 제대로 시동은 걸리지 않았다. 이준이 고개를 숙여 스노모빌에서 소리가 나는 곳을 들여다봤다. 엔진 안쪽에 끼어 있는 돌멩이가 보였다. 이준이 주변에 있던 나뭇가지를 집어넣어 돌멩이를 쳐 내는 동시에 제인이 키를 다시 돌렸다.

"됐다! 잘했어. 구난! 역시 우린 환상의 파트너야!"

신이 난 제인이 망설임 없이 시동 걸린 스노모빌에 올라탔다.

"누나 믿지?"

제인이 이준을 보며 뒷자리를 손으로 탁탁 쳤다.

이준은 마지못한 표정을 지으며 제인의 뒤로 올라탔다. 이제는 어차피 설득이 불가능하다는 것쯤은 이준도 알고 있었다. 아니, 사실은 이준도 조금씩 흥분하고 있었다.

"걱정 마. 나 제트스키 세 번 타 봤어. 다른 건 몰라도 운동신경 하나는……."

부아앙. 으악. 순간적으로 튀어 나가는 스노모빌에 이준이 휘청거렸다. 이준이 제인의 허리를 잡았다. 바람에 날리는 길리 슈트 때문인지 뒤에서 보니 제인이 언뜻 히어로 같았다.

스노모빌이 빠른 속도로 오름을 치고 올라갔다. 창고로 이어지는 길까지는 그래도 큰 무리 없이 쑥쑥 올라갔다. 하지만 그 뒤에는 길인지 고랑인지 분간이 안 될 정도로 좁고 구불구불한 길이 이어졌다. 두 사람이 마른 가지들을 마구 치며 올라갔다. 그렇게 얼마나 올랐을까. 픽! 소리와 함께 스노모빌이 멈춰 섰다.

"뭐야?"

이준이 바닥을 들여다봤다. 겨우 살려 낸 엔진이 튀어나온 돌부리에 부딪혀 조용해졌다. 더 이상 가망 없다는 듯 이준이 제인을 향해 고개를 내젓자 제인이 스노모빌에서 내렸다.

"여기가 어디지?"

"깜깜해서 잘 안 보이는데."

이준이 휴대폰 플래시를 켜자마자 숲속에서 끄아악! 소리가 울려 퍼졌다. 으악. 놀란 제인이 주저앉았다.

"이거 그거 아니야? 아기 귀신 울음소리?"

무밭 귀신의 울음소리. 분명 그 소리였다. 이준이 주변을 두리번거렸다. 이렇게 가까이서 소리가 들린 것은 처음이었다.

그때 언덕 위로 뭔가가 번쩍였다. 매섭고 날카로운 짐승의 눈이었다.

"뭐…… 뭐야. 늑대? 호랑이?"

제인이 겁먹은 목소리로 물었다.

"사슴? 사슴이잖아. 아니야?"

이준이 산 위로 보이는 실루엣을 관찰하며 대답했다.

"무슨. 풀 먹고 사는 애들이 저런 소리를 낸다고?"

"나도 몰라."

"일단 따라가자."

"왜 따라가."

"사슴은 예부터 행운의 공간으로 이끌어 주는 동물이었다. 따라가서 나쁠 게 없어."

제인이 말도 안 되는 합리화를 하며 앞장섰다.

이준은 믿지 않았지만 일단 따라 나섰다. 어디로 가든 일단 위로 향하는 것이 맞았다.

눈 쌓인 평원이었다. 거기까지 가자 사슴은 적당한 거리를 두며 점점 멀어져 갔다. 피한다고 하기에는 뒤를 힐끔힐끔 돌아보는 것이 마치 자신을 따라오라고 하는 듯했다.

"거봐."

먼저 올라간 제인이 멀어져 가는 사슴을 향해 손을 흔들어 인사했다.

"이런 데 집을 짓고 살고 있었다니."

제인의 옆까지 따라온 이준의 시선이 평원 한가운데로 향했다. 그곳엔 창문으로 노란색 불빛이 새어 나오는, 동화에나 나올 법한 집이 있었다.

"말이 안 보이는데. 벌써 튄 거 아니야?"

이준이 주변을 둘러봤지만 말의 흔적은 보이지 않았다.

"일단 확인해 보자."

제인이 오목하게 들어간 분화구 한가운데로 향했다. 눈 쌓인 평원에 제인의 발이 푹푹 빠졌다. 신기하게도 안으로 들어갈수록 거친 겨울바람이 살살 잦아들었다. 고요하고 평온한 스노볼 속 같았다.

제인이 현관문을 조심스레 비틀어 열었다.

"문이 열려 있는데?"

열린 문틈으로 반가운 훈기와 캐럴이 작게 흘러나왔다. 제인이 이준을 돌아봤다.

"지금 들어가려고?"

"안에 있는지 확인해야지. 걸어오면서 딱히 발자국은 못 봤잖아."

제인의 말에 이준이 평원을 찬찬히 둘러봤다.

"혹시 몰라. 그 위로 눈이 쌓였을 수도 있어."

"그래. 그럼 일단 무기를 챙기자."

무기? 이준은 생각했다. 우리한테 무기랄 게 있나.

제인이 자신의 길리 슈트 앞주머니에서 가스총을 꺼내 들었다.

"자. 수갑은 네가 가지고. 그리고…… 무기가 될 만한 거."

제인은 수갑을 이준에게 맡기더니 주머니를 더 뒤적거렸다. 잠시 고민하던 제인이 이준의 손에 뭔가를 쥐어 줬다.

"이걸로 뭘 어떻게 하라고."

물건을 건네받은 이준이 어이없다는 듯 물었다. 일전에 제인이 이장에게 얻은 폭죽과 라이터였다.

"그래도 지금 가진 것 중에는 이게 그나마 가장 무기 느낌이 나."

"없는 게 나을 거 같은데."

이준이 일단 뒷주머니에 폭죽을 집어넣었다.

긴장한 두 사람이 걱정했던 것과 달리 집 안은 고요했다.

제인이 가스총을 들고 저벅저벅 안으로 걸어 들어갔고 이준이 주위를 살피며 그 뒤를 따라갔다. 커다란 책장에는 빼곡히 그리고 가지런히 책이 꽂혀 있었다. 한쪽에는 벽난로가 있었고 아담하고 통통한 소파에는 촌스러운 꽃무늬 천이 덮여 있었다. 화려한 샹들리에가 벅차 보일 정도로 아주 작은 집이었다.

"찾아보고 할 것도 없어."

그나마 숨을 구석인 화장실 문을 열어 본 후 이준이 말했다. 침대 밑과 장롱 안을 들여다보던 제인도 가스총을 잠시 내려놓았다.

"애초에 집에 들어오지 않았다는 건가. 바로 말을 타고 도망갔을 수도 있잖아."

제인이 입술을 잘근잘근 씹으며 말했다.

"아니야. 집에는 들렀을 거야. 기용이가 약사가 직접 집에서 약을 만든다고 했어."

이준은 기용이 했던 말을 떠올렸다.

"그래. 완성된 약을 찾으러 왔을 수도 있겠다. 꽤 큰돈에 거래가 될 텐데."

"근데……."

이준이 집 안을 둘러봤다.

"이 집 어디서 약을 만든다는 거야."

아무리 봐도 마약을 만들 만한 공간이 보이지 않았다.

"더 둘러보자."

제인이 다시 매서운 눈빛으로 집 안을 살펴보기 시작했다. 나른한 캐럴이 분위기를 더 이상하게 만들었다. 이곳이 산타의 집이라면 뭔가 있을 것이다.

이준은 다시 현관으로 향했다. 애초에 문이 왜 열려 있었을까. 이준이 다시 문을 열었다. 어두운 평원은 여전히 고요했고 저 멀리 능선에서 알 수 없는 실루엣이 움직였다. 사람은 아닌 것 같았고 바람에 흔들리는 나무도 아닌 것 같았다. 얼핏 짐승인 것도 같았다.

　이준과 달리 제인은 오로지 집 안에만 관심이 있었다. 잠
산. 제인이 멈춰 섰다.

　이 집, 밖에서 봤을 때는 분명 이렇게 좁지 않았는데. 생각
보다 협소한 내부가 마음에 걸렸다. 그때 제인의 눈에 한쪽 벽
면을 다 차지하고 있는 커다란 난로가 들어왔다. 너무 깨끗했
다. 벽난로 바닥에 나무 태운 흔적은커녕 그을린 자국조차 없
었다.

　"누나. 저거 말 아니야? 어. 어. 어디로 들어가는 거야."

　현관에 서서 제인을 부르던 이준이 벽난로 안으로 고개를
집어넣는 제인을 보고 놀라 불렀다.

　철컹! 철문 소리 같은 것이 벽난로 안에서 울려 퍼지더니
제인이 "여기야!" 하고 소리쳤다. 그리고 곧이어 으악! 비명이
들려왔다.

　"뭐야. 무슨 일이야!"

　이준이 제인을 벽난로에서 빼냈다.

　"아, 진짜. 저 스프레이……."

　제인이 풀썩 주저앉았다.

　"괜찮아?"

　철컹! 벽 너머로 문 열리는 소리가 들렸다.

　"밖으로 나가! 벽난로와…… 이어지는 문이 있어. 도망가

기 전에 잡아……. 빨리!"

제인이 눈을 게슴츠레 뜨며 이 와중에 무슨 홍콩영화 주인공이라도 된 것처럼 이준에게 가스총을 건넸다.

이런 상황에서 장난을 치냐고. 이준이 제인의 상태를 확인했다. 다행히 스프레이를 많이 마시지는 않았는지 의식이 있었다.

제인의 가스총을 받아 든 이준은 일단 밖으로 뛰쳐나왔다. 평원 반대편으로 약사가 보였다. 조금 전 이준이 발견한 능선 위 말을 향해 달려가고 있었다.

말을 타면 더 이상 잡을 수 없다. 이준은 빠르게 뛰어 올라갔지만 약사를 따라잡기는 무리였다. 약사는 벌써 말 근처까지 다다른 듯 보였다.

안 돼. 이준이 멈춰 섰다. 무슨 방법이 없을까. 이준이 주변을 둘러봤다. 아무것도 보이지 않았다. 주머니에서 급하게 휴대폰을 꺼냈지만 역시나 전화는 터지지 않았다.

심장이 쿵쿵 뛰었다. 침착하자. 침착하게 생각해. 잠깐. 이준이 뒷주머니에서 폭죽을 꺼내 들었다. 그리고 불을 붙였다.

타다다닥. 심지가 불탔다. 제발. 제발. 약사는 이미 말의 고삐를 쥐고 있었다. 뛰느라 힘이 달리는지 말에 올라타는 것이 쉽지 않아 보였다. 몇 번 점프를 하고 나서 겨우 말에 올라탔다. 약사가 이준 쪽을 향해 고개를 돌렸다. 어둡고 멀어서 잘 보이지 않았지만 소름 돋게도 약사는 웃고 있었다. 으흐하하하 약사의 웃음소리가 둥근 분화구에 울려 퍼졌다. 약사의 발질에 말이 내달리려는 순간.

피이이웅! 이준이 들고 있던 막대 폭죽의 첫 발이 하늘을 향해 올라갔다. 잦아든 바람을 뚫고 올라가 하늘에서 콰광! 하고 폭죽이 터졌다. 힘없이 터진 불꽃에 비해 소리만은 웅장했다. 그리고 그 폭죽 소리에 가장 먼저 반응한 것은 이준의 예상대로 말이었다.

히이이이잉! 소리를 내며 말이 앞발을 들어 올렸다. 으악! 약사가 말에서 떨어져 나동그라지는 게 어렴풋이 보였다.

지금이다. 이준이 폭죽을 눈 사이에 고정한 뒤 언덕 위로 뛰어 올라갔다. 이준의 뒤로 펑! 펑! 폭죽 소리가 이어졌다.

이준이 언덕 위에 다다랐을 때 놀란 말은 어디론가 사라진 후였다. 약사는 어떻게든 산 아래로 내려가려고 발버둥을 치고 있었다. 절뚝이는 것으로 보아 다리를 다친 듯했다.

"이제 도망갈 곳은 없습니다."

이준이 거친 숨을 몰아쉬며 말했다. 정신없이 아등바등하던 약사가 이준의 목소리에 고개를 돌렸다. 짜증이 가득한 얼굴이었다.

"너 왜 이렇게까지 하니."

약사가 이해할 수 없다는 듯 말했다.

"그래. 알겠어. 너 여기서 나 도망치게 해 주면 내가 10억 줄게. 그 돈으로 다른 마을 가서 살면 되잖아. 아니, 그냥 어디든

가서 살아."

약사가 이준을 달래듯이 이야기했다. 이준과 눈을 맞추며 고개를 끄덕이기까지 했다. 마치 이준이 어떻게 행동할지 다 안다는 표정이었다. 비굴함이나 공포심은 없어 보였다.

그러거나 말거나 이준은 숨을 가다듬으며 천천히 약사에게 걸어갔다.

"원하는 게 뭐야."

회유가 통하지 않자 조급해진 약사가 물었다.

"제가 바라는 거요? 그냥……."

이준이 숨을 고르며 답을 미루자 약사는 잠자코 이준의 대답을 기다렸다. 정말 궁금한 모양이었다.

"이제 좀 잘 살고 싶어요."

"그럼 그냥 살아. 모르고 살면 더 편해."

"아뇨. 모르고 살 수는 없어요. 모른 척할 순 있어도."

"그럼 모른 척해. 그게 어렵니?"

"기분이 별로예요. 계속 기운이 빠지고……. 어쩔 수 없나 봐요."

"뭐가."

"나쁜 짓 한 사람들이 벌을 받으면 좀 신나게 살 수 있을 것 같아요."

약사 앞에 다다른 이준이 수갑을 꺼내기 위해 주머니에 손을 집어넣었다.

"뭐?"

"지난 1년 동안 사는 게 영 재미없었던 이유가 아무래도 그것 때문인 것 같거든요."

"이 멍청한 놈이 뭐라는 거야."

더 이상 말이 통하지 않자 약사가 이준을 향해 스프레이를 들이밀었다. 하지만 이미 늦었다. 이준이 가스총을 발사했다. 치이익! 가스총 안에서 나온 뿌연 연기가 약사를 공격했다. 으아악! 약사가 눈을 뜨지 못하고 괴로워했다. 이준이 척! 약사의 손목에 수갑을 채웠다.

산타고 뭐고. 이제 제발 남의 영업장에서 다 꺼져 버려라.

목격마의 진술

루돌프. 이번엔 루돌프였다.

말한테 소 이름을 붙였다가 사슴 이름을 붙였다가…….

하긴 지난번에 동네를 떠돌아다니던 개는 돌고래라고 자기 소개를 했다. 도무지 종 구분에 대한 존중이 없는 마을이었다.

아무튼 루돌프는 이미 몸이 다 망가진 채로 목장에 들어왔다.

마사 안에서 그녀가 배당받은 자리가 내 앞자리였기에 나는 종종 그녀와 대화를 나누었다.

"루돌프라는 이름은 누가 지었어? 네가 사슴인지 말인지도 모르는 바보 아니야?"

"산타가. 선물 전달하는 일을 시킬 거래. 원래 선물은 사슴이 전달하잖아. 우린 사람이나 태우지."

"결국 이용하겠다는 거군."

"마음에 들어. 전엔 아예 이름이 없었거든."

루돌프는 남쪽 박물관에서 유럽식 마차를 끌었다고 했다. 시멘트 바닥에 무릎이 다 닳을 때까지. 그래서 이 목장의 흙길을 걷는 걸 좋아했다. 가끔씩 목장을 찾는 사람을 따라 걷기도 했는데 그렇게 당하고도 사람을 따르는 걸 보면 좀 어리석다는 생각이 들기도 했다.

먼 여행을 가기로 되어 있던 전날 밤. 그녀의 자리가 부산스러웠다.

"내일 멀리 간다더니. 잠이 안 오나."

"아마 가지 못할 것 같아."

"왜?"

"직감이 그래. 몸이 오늘 밤을 못 넘길 것 같아."

"미련이 없어 보이는군."

"없어. 그래도 이 목장에서 보낸 시간이 나쁘지 않았어. 그나저나 큰일이네. 선물을 전해 주지 못할 것 같은데."

"마음도 좋군. 단순히 널 이용하려는 거 같던데."

"그래. 그래도 날 위해 각설탕 한 봉지를 넣어 두었더라. 이 앞에 놓인 가방에 들어 있을 거야. 좀 꺼내 줄 수 있어?"

나는 능숙하게 내 자리에서 빠져나와 그녀의 자리 앞에 놓인 상자 안에서 봉지를 찾아 물어 꺼냈다. 그런데 봉지 안에 들어 있는 각설탕이 뭔가 이상했다.

"단 냄새가 안 나는데. 설탕 맞아?"

"그래? 그래도 줘. 성의를 봐서 하나는 먹고 싶어."

내가 봉지를 터뜨려 자리 앞에 흘리자 그녀가 얼굴을 내밀어 각설탕을 먹었다.

그날 밤. 정말 루돌프는 죽었다.

잠들기 전, 그녀는 자꾸 무지개가 보인다고 말했다. 이 밤에 무슨 무지개냐는 내 물음에도 그녀는 그냥 미소만 지을 뿐이었다.

6부

**삼해리의
봄**

1

인천 동부 마약특별반 에이스 박지선. 모나라가 그녀의 심기를 건드린 건 한국에 들어올 때부터였다. 결정적 증거를 잡았다 싶을 때도 매번 무사히 법망을 빠져나가는 모나라를 보며 지선은 슬슬 지쳐 갔다. 도대체가 힘들게 잡아 쥐도 제대로 법적 처벌을 못 하니 의욕이 떨어져 일을 할 맛이 나지 않았다. 나쁜 사람을 줄이겠다고 택한 직업인데 정작 나쁜 놈은 줄지도 않고 심지어 제대로 벌을 받는 일도 없으니. 차라리 그냥 모르고 살면 어떨까 하는 생각이 들었다. 선배들은 누구에게나 찾아오는 권태기라고 했지만 지선은 결국 형사 생활을 멈추기로 했다.

남편 고향에서 시끄러운 범죄를 떠나 민박집 사장으로 좀 조용히 사나 했는데, 운명의 장난인지 마약계 요주의 인물이

이 시골 마을까지 제 발로 찾아왔다. 카지노를 만든다며 아랫마을을 쑥대밭으로 만드는 꼴이 심상치 않았다.

알아서들 하겠지. 일반인 주제에 뭘. 모른 척하려고 해도 자꾸 신경이 쓰였다.

때마침 얼마 전에 제주경찰청으로 내려왔다는 경찰대 선배에게서 연락이 왔다.

"야. 박지선이. 너 제주에 있다며. 너 개 잡게 해 준다고 하면 여기 들어올래?"

✹✹✹

쌓인 눈은 치워도 치워도 끝이 없었다. 성격 급한 동료들은 속이 타서 줄창 담배만 피워 댔다. 지선은 차에서 내려 차분히 기다렸다. 진짜 수사는 범인을 잡고 나서부터 시작된다. 게다가 복귀 후 첫 사건이었다.

마약반 형사 일은 생각보다 지루하고 인내심이 필요했다. 방심과 속단이 가장 위험하다. 단독 범죄가 거의 없고 아주 가늘고 복잡한 연결망을 통해 이루어지는 경우가 많다. 가장 바깥에서 나부끼는 이파리에서 시작해 눈으로 보이지 않는 땅속 뿌리까지 쫓아 들어가는 일이다.

아무래도 정말 타고난 팔자라는 게 있는 듯했다. 제주 시골 마을에서 평화롭게 사는 건 애초에 박지선의 팔자가 아니었다.

크리스마스부터 줄곧 옷을 갈아입지 못해 찌든 냄새가 났다. 아주 오랜만에 느끼는, 익숙한 그 냄새가 지선은 오히려 반가웠다.

팀장님! 얼추 뚫렸습니다. 멀리서 제설차 불빛이 깜박이자한 형사가 외쳤다.

지선이 차가운 새벽 공기를 깊이 들이마신 뒤 크게 외쳤다. 자. 올라갑시다.

약사의 커다란 제조실에는 별것 없었다. 비커 몇 개와 가열 기구들. 그리고 동남아 어느 국가의 언어가 적힌 알 수 없는 약들이 박스째로 놓여 있었다. 만들다 만, 미완성 약들을 급하게 챙긴 흔적이 지저분하게 남아 있었다.

"약 더 있는지 확인하고. 지난번 파티에서 사라진 약, 누구 소행인지 일단 더 수색한 다음에 보고하고."

네. 지선의 지시에 형사가 대답했다. 피곤해 보이는 형사들이 집 안 곳곳에 쭈그리고 앉아 사진을 찍거나 증거가 될 만한 것들을 주워 모았다. 원래 마약 범죄 현장이 대부분 그렇다. 증거물 확보에서 시작해 증거물 확보로 끝난다.

드라마나 영화처럼 화려한 액션이나 통쾌한 체포 장면 같은 건 거의 드물었다. 지칠 대로 지친 범인은 제인의 장난감 수갑 대신 진짜 수갑을 찬 채로 경찰들에게 힘없이 끌려갔다.

현장에서 가벼운 조사를 마친 이준과 제인에게 지선이 다가갔다.

"신고해 주신 분이죠? 아까 이준 씨가 현장에서 걱정하며 찾던."

지선이 제인에게 물었다.

"아. 안녕하세요. 이제인입니다. 인사가 늦었습니다. 이야기 들었습니다. 형사님이자 사모님이시라고⋯⋯."

제인이 허벅지에 벅벅 닦은 손을 지선에게 내밀었다. 지선이 제인과 악수했다.

"협조 감사합니다. 범인 검거에 큰 도움이 됐습니다."

"아뇨. 할 일을 한 거죠. 제가 아는 형사님이 그러셨거든요. 경찰 단독으로 범인을 검거하기보다 사람들 협조가 필요하다고. 특히 마약 범죄같이 은밀하게 이루어지는 범죄는 더 그렇겠죠?"

"아는 형사님이 계세요? 감사한 말씀 해 주셨네요. 그런데 혹시 실례가 아니라면 직업이⋯⋯."

"아. 저요. 추리 탐정⋯⋯."

"직업이 탐정?"

"소설⋯⋯."

"소설가?"

"지망생입니다. 추리 탐정 소설가 지망생."

아. 지선이 흥미롭다는 표정을 지었다.

"제가 그간에 모은 자료가 도움이 좀 될 것 같은데 어떻게 전달드리면 될지."

"몇 가지 질문할 것도 있고 진술도 부탁드려야 해서 내일 아침 청에 와 주실 수 있을까요. 그때 같이 제출해 주시면 감사하겠습니다."

"아. 맞다. 형사님. 현장에 말이 있었는데."

이준이 도망간 말이 떠올라 말했다.

"네. 다행히 밑에서 마을 사람들한테 발견이 됐나 봐요. 마침 수의사님도 계셔서 상태 확인 중이래요."

"아. 다행이네요."

"두 분이야말로 정말 병원에 안 가 보셔도 되겠어요? 아까 화재 현장에도 있으셨고 수면제 스프레이 공격도 있었다고 하던데. 저희가 병원까지 모실게요."

"아. 아니에요. 멀쩡합니다. 다들 바쁘신데."

제인이 손사래 치며 말했다.

"날 밝으면 청에 진술하러 가기 전에 같이 병원에 들렀다 가겠습니다. 걱정해 주셔서 감사합니다."

이준이 대답했다.

"네. 그렇게 하세요."

지선이 두 사람을 보며 미소 지었다.

산 아래에서는 부 이장과 영덕, 용필이 제인과 이준을 기다리고 있었다.

"괜찮은 거야?"

두 사람을 발견한 영덕이 기쁜 목소리로 말을 걸었다.

"그럼요. 거뜬합니다!"

제인이 웃으며 대답했다.

"욕봤다. 욕봤어. 다친 데는 없고?"

"네. 정말 괜찮아요."

부 이장의 물음에 이준도 대답했다.

부 이장은 밤새 걱정을 많이 했는지 가슴을 쓸어내리더니 도리 여사에게 전화해 소식을 전했다.

용필이 데리고 있는 갈색 토종마가 이준의 눈에 들어왔다.

신당 앞에서 전전긍긍 기다리는 세 사람 앞으로 유유히 내려왔다는 갈색 말은 무슨 일이 있었냐는 듯 평온했다.

"말은 괜찮아요?"

이준이 용필에게 물었다.

"괜찮습니다. 목장 사장님한테 말씀드리니까 곧 오신다고 목장에서 잠시만 데리고 있어 달라고 하시던데요. 마사가 잠겼나 봐요."

용필이 말을 쓰다듬었다.

네. 이준이 고개를 끄덕였다.

돌아가는 길. 말과 함께 앞장선 용필의 뒤로 나머지가 줄지어 따라갔다. 마치 전장에서 돌아오는 원정대 같았다.

"많이 피곤하시겠어요."

용필이 뒤돌아 이준에게 물었다.

"괜찮습니다."

"제인아. 너 괜찮아?"

용필이 이번엔 제인에게 물었다.

"나? 나는 괜찮은데?"

어쩐지 급격히 가까워진 듯한 두 사람의 말투에 이준은 좀 당황스러웠다.

목장 입구에 다다르자 이준은 서둘러 발걸음을 멈췄다.

"누나, 나랑 목장에 가자."

"목장?"

제인이 영문을 몰라 물었다.

"선생님, 말은 제가 데리고 갈게요. 안 그래도 어제 목장 좀 봐 달라고 사장님이 부탁하셨는데. 말들 잘 있는지 확인도 해 봐야 하고요."

이준이 제인 쪽으로 고개를 돌려 브, 로, 콜, 리, 입 모양을 만들었다.

"아……. 그래. 용필아. 우리는 부탁받은 일이 있어. 아주 오래 걸릴 것 같으니까 오늘은 너 먼저 내려가는 게 좋겠다."

제인이 어색한 연기를 했다. 용필이 대답했다.

"그래? 그래. 그럼."

하아암. 이준이 피곤한 표정으로 마사 앞에 쪼그리고 앉았다. 말은 유유히 걸어 마사 바깥쪽으로 향했다.

"어, 어, 어디 가."

이준이 말을 부르며 일어섰다. 하지만 말이 이준의 말을 알아들을 리 없었다. 마사 끝에 다다른 말은 영차 점프를 해서 자신의 자리로 들어갔다.

"어! 뭐야!"

제인이 놀라 외쳤다. 이준도 잠결에 헛것을 본 것인지 눈을 비볐다.

"쟤 지금 혼자 들어간 거지? 뭐야. 마음대로 외출할 수 있잖아."

이준과 제인이 말이 들어간 자리 앞으로 가서 섰다. 말은 별일 아니라는 듯 밥을 먹기 시작했다. 긴 여정에 배가 많이 고픈 듯 보였다.

"누나. 우리 이거 사장님한테는 말씀드리지 말자."

"뭐를. 이 허술한 목장 시스템에 대해?"

"그냥 이 말의 사생활이라고 해 두자."

이준이 아무렇지 않게 밥을 먹는 말을 보고 신기하다는 듯 웃었다. 말은 정말 알면 알수록 놀라운 동물이었다.

잠시 후 정신없이 밥을 먹던 말이 이준과 제인이 있는 곳으로 걸어왔다. 그러더니 자신의 마사 앞자리 땅에 대고 코를 쿵쿵거렸다.

왜 이래. 이상한 행동에 이준이 주목했다.

"잠깐. 이게 뭐지?"

이준이 말의 입 근처에 놓여 있던 쓰레기를 집어 들었다.
뜯긴 종이봉투 안에 흙과 각설탕이 섞여 있었다.

"이거……. 설마."

이준이 제인을 봤다.

"찾았다. 사라진 선물."

제인이 환하게 웃었다.

2

지선이 마약반 안으로 줄줄이 잡혀 들어오는 죄인들을 바라봤다.

일단 이 사달의 시발점인 약물 유통 담당 외국인들이 알 수 없는 언어로 시끄럽게 떠들어 대고 있었다. 통역사는 급한 대로 사정해서 데리고 온 근처 회국숫집 아르바이트생이었다. 안타까운 점은 그녀가 외국인들의 말을 알아들을 순 있어도 한국어가 서툴러 통역은 역부족이라는 것이었다. 우리나라, 약, 박스, 사람들 사세요. 그녀의 입에서 두서없이 튀어나오는 한국어를 한 형사가 힘겹게 받아 적고 있었다.

그 옆으로는 그들에게 약을 받아 불법으로 경마를 조작한 일당과 시내 불법 경마장에 있다가 같이 잡혀 온 투기꾼들까지 한 무리가 보였다. 지선이 그들을 조사하고 있던 형사에게 다가가 물었다.

"이건 사기도박이잖아. 왜 이리로 와."

"한 사건이니까 일단 여기서 같이 정리하라고 하시던데요."

형사가 건물 위층을 검지로 콕콕 찔렀다. 지선이 고개를 끄덕이며 고생하라는 듯 형사의 어깨를 두드리고 지나쳤다. 그러자 이번에는 또 다른 형사가 한숨을 푹푹 쉬며 다가왔다.

"팀장님. 저 사람 아무 말도 안 합니다."

형사가 눈짓으로 가리킨 곳에는 삼해리 약사이자 a.k.a. 산타가 앉아 있었다.

지선이 밥이라도 먹고 오라며 형사를 내보낸 후 약사 앞으로 가서 앉았다.

"김순자 씨."

김순자는 드디어 자신을 이름으로 불러 주는 곳을 찾았다.

"기분이 어때요?"

지선이 부드러운 말투로 말했다. 강압이라고는 전혀 느껴지지 않았다.

"좋아요."

"네. 그렇군요. 좋습니다. 그럼 가벼운 이야기부터 슬슬 시작해 볼까요?"

"저는 할 이야기가 없는데요."

김순자는 여유로운 미소를 띠며 말했다.

"음. 그러세요. 그럼."

지선이 미련 없이 일어나려 하자 김순자는 어이없다는 얼굴로 지선을 힐끗 봤다.

"아. 맞다. 제가 할 말이 있어요. 김순자 씨한테 전할 소식이 있거든요. 그 사라진 약 있잖아요. 이번 크리스마스 파티 때 쓰려고 김순자 씨가 만든."

김순자는 뜬금없는 말에 미간을 살짝 찌푸렸다.

"그거 찾았어요. 어디서 나온 줄 아세요? 알면 아마 깜짝 놀랄 텐데."

지선이 재밌는 수다라도 떨듯 말했다.

김순자는 별말 없이 지선의 얼굴을 가만히 봤다. 애써 숨기려 했지만 궁금한 기색이 역력했다.

"모르겠죠?"

지선이 한층 더 능청스럽게 말하자 김순자가 재촉하듯 눈알을 굴렸다.

"모를 거예요. 인간이 특별해 보여도 사실 이렇게 무능한 동물도 없거든요. 무능하기만 한가. 경솔하기까지 하지. 자기가 뭐 대단한 줄 착각하고 사는 사람들 보면. 좀 안타까워요. 자기가 만든 세계에 갇히고, 그러다 보면 완벽한 줄 알고 저지르는 짓들이 완전 허점투성이인 거죠."

지선이 김순자 앞에 놓인 자료들을 뒤적였다.

"아픈 사람 약 지어 줘야 할 약사가 마약이나 만들고 그 약을 무기로 더 큰 범죄를 저지르고."

"마약이 나쁜가요. 현실이 싫고 힘든 사람들 도와주는 것뿐입니다. 지금 금지되어 있는 마약들, 대부분 과거엔 약으로 쓰였어요."

김순자가 기만한 표정으로 지선에게 말했다.

"약을 만들었다고 시인하시는 거예요?"

"조사실 가서 얘기할게요."

김순자는 더 이상 말하고 싶지 않다는 듯 눈을 감았다.

"저도 그러고 싶은데. 보시다시피 워낙 많이 잡혀 와서 지금 들어갈 데가 없어요. 지금 더 중요한 조사 중이거든요. 말하고 싶은 게 있으면 좀 기다려야 해요. 저야 아쉬울 게 없죠. 매일 하는 범죄자 조사인데. 물론 김순자 씨한테는 특별한 순간이겠지만."

그 말에 김순자가 불쾌하다는 듯 감은 눈을 움찔거렸다.

마침 조사실에서 한 젊은 형사가 기용을 데리고 나왔다.

"김기용 씨. 모두 시인했고 진술서도 다 받았습니다. 혹시 몰라서 그동안 주고받은 전화를 다 녹음한 모양이에요. 그것도 모두 제출했습니다."

그 말에 김순자가 감고 있던 눈을 뜨더니 고개를 돌려 기용을 노려봤다.

"김순자 씨. 난 마약반에 잡혀 오는 사람들을 딱 두 종류로 봐요. 하나는 범죄자. 그리고 다른 하나는 환자. 당신은 범죄를 저지른 범죄자이자 자기가 만든 환상 속에 살던 환자, 그뿐이에요. 이제 산타도 아니고 약사도 아니고. 김순자도 아니고 그냥 수감자. 수감 번호로 불리게 생겼네요."

지선은 이제 더 할 말이 없다는 듯 일어났다.

"뭐. 저지른 범죄가 한둘도 아닌 데다가 이렇게 증거도 충분하고. 말하고 싶지 않으면 계속 여기 앉아 계세요. 누구 손해겠어요."

그 순간 김순자의 얼굴에 초조함이 스쳐 지나갔다.

"저…… 저기."

김순자가 조금은 순종적인 말투로 지선을 붙잡았다.

"할 말 있으면 이따 이 자리 형사 밥 먹고 돌아오면 다 이야기하세요. 그게 김순자 씨한테도 좋을 겁니다."

지선은 진심 어린 충고를 남긴 뒤 기용을 데리고 나가던 형사에게 향했다.

"이제 퇴근해. 내가 데리고 갈 테니까."

"팀장님 먼저 집에 다녀오세요."

"지금 상황이 이런데 내가 퇴근하는 게 더 어렵지. 얼른 한 명이라고 갔다가 와서 하나씩 바톤터치 해 줘. 나도 내 남편 보고 싶어 미치겠으니까."

결코 알고 싶지 않은 상사의 부부 금슬 이야기에 형사가 서둘러 자리로 돌아가 퇴근 준비를 했다. 그러거나 말거나 지선은 아무렇지도 않다는 표정으로 수갑을 찬 기용의 팔을 잡았다.

기용은 겁먹은 표정이 역력했다.

"어, 기용이."

기용이 소리가 나는 쪽으로 고개를 돌리자 참고인 조사를 받고 있던 제인이 손을 흔들었다. 기용은 제인이 반가웠는지 고개를 끄덕였다. 생사를 오가는 사이에 미운 정이 든 모양이었다. 제인이 지선에게도 꾸벅 고개를 숙이자 지선도 묵례를 했다. 그러고 나서 지선은 기용을 데리고 밖으로 나갔다.

"아니. 아니지. 폭죽이 터진 이후를 더 긴박감이 느껴지게 써야지!"

그간의 녹취물과 각종 증거자료 제출을 끝낸 제인이 심심했는지 옆에서 사건 당시 상황에 대한 진술서를 쓰고 있던 이준에게 훈수를 두기 시작했다.

"자세하고 최대한 객관적인 진술이라고 그러셨잖아."

"여기 대사도 좀 넣자. 네가 수갑 채울 때 뭐라 그랬어? 이얍! 이랬나."

"아. 진짜. 이건 소설이 아니야. 그리고 이얍! 그랬겠어? 그래 가지고 작가 하겠냐고. 저리 좀 가."

이준이 제인을 밀어냈다.

"어, 어. 당신들 뭐야. 그때 그 부부 아니야?"

불법 경마 무리에 앉아 있던 카센터 사장과 말총머리 트럭 기사가 제인을 보고 외쳤다.

"어. 이제 보니까 다 당신들 짓이네! 당신들 뭐야. 형사야?"

말하다 보니 점점 더 화가 나는지 트럭 기사의 목소리가 한껏 높아졌다.

"어머! 선생님. 왜 여기 계세요?"

제인은 되레 반가워하는 얼굴이었다.

"아……. 아, 그때 막 경마 어쩌고저쩌고 하시더니. 정말 불법 경마를 하셨구나. 아이고……. 어쩜담."

제인이 안타깝다는 얼굴로 혀를 끌끌 차자 "뭐야!" 하며 트럭 기사가 의자를 박차고 일어났고 조사실이 금세 시끄러워졌다. 다들 앉으세요. 피곤한 형사가 사무적인 말투로 외쳤다.

"선배!"

그때 마약반 안으로 선아가 손을 흔들며 다가왔다. 특종으로 밤새 보도국과 교양국을 오가며 정신없이 일한 탓일까 때꾼한 얼굴이었다.

"어. 너 아직 서울 안 갔어?"

"어딜 가요. 이제부터 시작이죠."

"출입증 받으셨어요?"

사람들을 조용히 시키던 형사가 선아에게 다가와 한층 더 사무적인 투로 물었다. 선아가 발급받은 경찰청 임시 출입증을 들어 올리며 미소를 띠자 형사는 "출입 수칙 잘 지키세요" 하고 작게 말한 뒤 스르륵 돌아갔다.

그사이에 이준은 겨우 진술서를 작성해 제출했다. 이 정신

없는 곳을 이제 그만 벗어나고 싶었다.

"누나, 이제 가자. 우리는."

"그럼 고생해라. 언론인. 궁금한 것 있으면 이 스승님께 전화하고."

제인이 선아의 손바닥을 펴서 탁! 치고는 밖으로 향했다.

"아. 병원에서 뛰지 말라고 했잖아."

이준이 제인을 잡으러 따라 나갔다.

"운이 좋은 건지 복이 많은 건지. 대책 없이 막 사는데 자꾸 따르고 싶어진단 말이지."

선아는 감탄스럽다는 듯 고개를 저었다.

새해를 하루 남겨 두고 마을회관에서는 카운트다운을 위한 연말 파티가 열렸다. 의외로 많은 사람들이 모여 북적였다.

영덕은 이때다 싶어 마을 사람들에게 그동안 개발한 메뉴들을 선보였다.

영덕이 방금 구워 따뜻한 빵을 제인에게 첫 번째로 건넸다.

"오. 페이스트리."

제인이 한 조각을 집어 들더니 한입 베어 물었다.

"어때. 맛있어?"

긴장한 표정으로 영덕이 물었다.

"맛있습니다. 형님."

제인이 엄지를 들어 올렸다.

"내일 간다며? 아쉬워서 어떡해."

"또 놀러 올게요."

제인이 꾸벅 인사하자 영덕이 믿음직스럽다는 표정으로 고개를 끄덕였다.

한쪽에서는 부 이장이 마이크를 들고 계속 연설을 하고 있었다.

"아, 아. 올해 우리 삼해리에는 아주 많은 일이 있었습니다. 다들 고생들 했고. 특히 용감한 시민상을 우리 마을 전체가 받은 건에 대해서 그 시작부터 한번 이야기를 쭉……."

연설이 길어지자 영덕이 용기 있게 부 이장의 말을 끊었다.

"자. 저쪽에서 빵 좀 드셔 보세요! 우리 마을에서 난 무로 만든 겁니다!"

마을 사람들이 기다렸다는 듯 서둘러 자리를 피했다. 화난 부 이장이 영덕을 불렀지만 영덕은 재빨리 사람들 속으로 사라졌다.

영덕의 빵은 의외로 호평이었다. 사람들 성화에 경하난 할망도 무로 만든 새 메뉴들을 냉정한 표정으로 맛보고 있었다.

사람들의 목소리가 점점 커지자 도리 여사가 무릎 위에 올라와 자고 있던 돌고래의 귀를 손으로 막아 주었다. 그런 도리 여사 곁으로 용필이 다가왔다.

"챙겨 주시는 줄도 모르고. 말도 없이 다 데리고 가서 죄송해요. 제가 원래 주변을 잘 못 봐요. 눈치도 없고."

"어차피 떠도는 강아지들이야 마을이 다 집이지. 오히려 내가 고맙지."

도리 여사가 괜찮다며 용필을 토닥였다.

"어쩐지 건강 상태가 다들 좋더라고요. 평소에 잘 챙겨 주셔서 그랬나 봐요."

용필과 도리 여사가 함께 있는 모습에 제인도 지나가며 말을 보탰다.

"용필이가요. 앞으로 혼자 돌보시는 거 힘드니까 자주 와서 도와드린대요."

아덜이 또 생겼네. 도리 여사가 기쁜 얼굴로 용필의 손을 잡았다. 제인이 두 사람을 흐뭇하게 보며 회관 밖으로 나왔다. 이준에게서 목장으로 오라는 문자가 왔다.

삼해목장 입구에 칭칭 감아 둔 전구가 화려하게 반짝였다. 밤만 되면 칠흑같이 어두워지니 마을에 버러지 같은 것들이 몰려든다고 판단한 부 이장이 마을을 환하게 밝히기로 한 것이다. 부 이장은 내년 마을 사업으로 가로수와 방범용 CCTV를 설치하겠다고 공표했다. 그때까지 임시방편으로 사람이 많지 않은 윗동네 나무에 트리용 알전구를 걸어 두기로 했다.

"헤이, 삼해리 해결사……."

목장에 도착한 제인이 팔을 흔들며 걸어왔다.

"왜 여기로 불러. 연말 마을 잔치에 삼해리 아덜이 빠지면 되겠니?"

"아. 사람들 많은 곳은 힘들어. 여기가 편해."

이준이 고개를 흔들었다. 그 사건 이후로 이준은 많이 변했지만 어떤 면에서는 여전했다.

"고라니라고?"

"응. 용필이가 그러던데? 원래 제주에는 고라니가 살지 않는대. 알고 있었어?"

지난 이틀간 용필은 계속해서 제인을 찾아왔다. 자료 조사네 뭐네 하며 송당당근과 마을을 오가더니 제법 친해진 듯 보였다. 제인이야 궁금한 게 차고 넘치는 사람이었지만 용필은 제인에게 확실히 마음이 있었다. 어제는 이준의 눈앞에서 제인에게 데이트 신청까지 하며 마음을 표현했다.

"용필이 연구 성공하면 진짜 데이트해 줄 거야?"

"네가 왜 용필이래. 나랑 친군데. 앞으로 용필이가 자주 놀러 오래."

"안 돼."

"왜. 너도 있고."

걱정 마. 아. 손님 있을 때 아는 척 안 해. 제인이 이준의 어깨를 두드렸다.

"아니. 그게 아니고. 그건 싫다고."

이준이 목장에 시선을 고정한 채 쭈뼛거렸다.

"뭐가 싫어."

제인은 영문을 모르겠다는 듯, 다짜고짜 거절하는 이준에게 반문했다.

"그냥 아는 누나는 싫어."

이준이 제인을 보지 못하고 말했다.

"나도 이제 서른이야. 대책 없이 위험한 일 하고 다니면 걱정되고 신경 쓰이고. 그런 거 싫어. 자꾸 이렇게 신경 쓰이게 할 거면."

이준이 아주 잠깐 뜸을 들였다. 아니. 공을 들였다.

"그만큼 소중한 사람이 돼."

더하지도 빼지도 못하는 이준다운 고백이었다. 더 멋진 말이 없을까 고민했지만 그런 기능 같은 건 이준에게 없었다.

제인은 대답이 없었다. 조급해진 이준이 고개를 돌리자 제인이 이준을 빤히 보고 있었다. 당황한 표정도 짓궂은 표정도 아닌 속을 알 수 없는 표정이었다.

"부담스러우면 천천히 대답해도 돼. 거절하면 용필이랑 데이트를 하든지 필용이랑 데이트를 하든지 일절 신경 쓰지 않을게."

긴장한 이준이 티를 내지 않으려 노력했다. 그런 마음을 아는지 모르는지 제인은 뜬금없이 휴대폰을 꺼내 뭔가를 확인했다.

"사실 말이야. 내가 퇴사하기 전에 사주를 봤는데."

제인은 말을 꺼냈다.

"조만간 30대 남자와 연애 운이 들어와 있다고 했거든. 근데 너 스물아홉 살이잖아. 그러니까 넌 좀 기다려."

"뭐?"

"앞으로 한……."

때마침 방송이 울려 퍼졌다.

─아, 아. 부 이장입니다. 곧 새해가 찾아옵니다. 열을 세겠습니다.

10. 9. 8. 7. 짓궂은 표정의 제인이 이준을 보며 부 이장의 목소리를 따라 숫자를 셌다.

5. 4. 3. 2. 1. 주문을 외는 듯한 입 모양에 이준이 잠시 멍하게 있는 사이.

"됐다."

제인이 까치발을 들어 이준의 입술에 자신의 입술을 가볍게 붙였다 뗐다.

"설마……. 인사는 아니지?"

이준의 농담 반 진담 반 섞인 말에 제인이 인디언 보조개가 쏙 파이게 웃어 보였다. 그 미소 위로 다시금 이준이 입을 맞췄다.

기분 탓인지는 몰라도 눈이 점점 천천히 내리기 시작했다. 나뭇잎을 흔드는 바람 소리도 느리게 들려왔다. 마지막으로 반짝이던 전구들이 모두 꺼지며 두 사람의 세상이 온통 까매졌다.

어린 고등학생이 꿈꾸었던 로맨스의 법칙은 여전히 유효했
다. 나이와는 상관없는 절대 법칙일 수도 있고 어쩌면 그 시절
에 멈춰 있던 두 사람의 로맨스가 이제 겨우 성장했기 때문일
수도 있다.

—아, 아. 마을에 정전이 일어났습니다. 그러니 다들 놀라
지 마시고…….

컴컴해진 삼해리에 이장의 방송이 울려 퍼졌다.

아무도 보지 못했다. 정확히는, 사람들은 보지 못했다. 밤
눈이 밝은 삼해리 목장의 말들이 인간의 소소한 애정 행각 현
장을 목격했다는 건 그들만의 비밀이다. 이내 그들을 응원하
며 시선을 피해 준 것도.

3

바람이 잦아들며 겨우내 숨어 있던 봄이 고개를 들었다.

삼해리, 이 작은 마을의 이름이 마약 사건으로 전국을 뒤흔든 지도 벌써 몇 달이 지나 그 유명세는 다소 누그러들었다. 그러나 진행 중인 재판에서 어떤 판결이 내려질지 여전히 세간의 이목이 집중되고 있었다.

외국인이라며 국내 법망을 빠져나가려던 모나라는 홍콩에서 저질렀던 죄목도 속속들이 드러나며 어디에서 재판을 받든 더이상 법의 처벌을 피하기는 어려울 거라는 전망이 연일 뉴스에 보도되었다. 지선은 그런 모나라에게 강제 추방, 입국 금지 처벌을 내리고 말겠다는 의지가 강력했다. 그사이 김순자의 1심 재판이 진행되고 있었다. 아직 판결은 나지 않았지만 검찰이 구형한 형량만으로도 그녀의 머리가 백발이 되기 전에 세상 밖으로 나올 일은 없어 보였다. 기용은 집행유예가 유력했다. 그나마 수사에 협조적이었던 것이 감형 사유가 되었다. 아마도 몇 년간은 사회봉사를 하며 보내야 할 것이다.

그리고 삼해리에는 확실히 좋은 변화가 있었다. 모나라 사건이 연이어 보도되면서 그녀의 집안이 사해리 카지노를 내려놓게 되었다. 꽤 정직한 회사가 새로운 시행사로 선정되면서 부동산 투기 광풍에 휩쓸렸던 삼해리 땅들이 하나둘 제자리를 찾았다.

산림훼손죄로 벌금형에 복구 명령을 받은 편의점 사장은 집으로 돌아오던 날 마을회관에 들러 사람들에게 울며 사죄했다. 수염이 덥수룩해진 편의점 사장이 철부지처럼 엉엉 우는 모습에 마을 사람들은 혀를 끌끌 찼다. 그러면서도 편의점 사장이 병든 나무를 베어 내고 새 나무를 심는 내내 종종 들여다보며 상태를 살폈다. 물론 반성 중에도 편의점 사장의 입은 여전했다. 사람들이 찾아올 때마다 쉬지 않고 촉새같이 입을 움직였다.

편의점 사장은 오며 가며 이준에게도 제인과의 이야기를 물었는데 이준이 여자 친구가 맞다고 인정하자 신나서 소문을 내러 떠났다. 이번에 대통령상을 받았다고 동네에 플래카드가 걸린 개똥 연구소까지 그 소문이 닿기를 바라는 이준의 계략이었다.

약국파 아주머니들은 약사가 잡혀간 후로 충격이 가시지 않는지 며칠 안 모이다가 얼마 지나지 않아 슈퍼에 다시 모이기 시작했다. 약국파에서 슈퍼파가 된 아주머니들은 가끔 마주치는 이준에게 매번 처음 하는 이야기처럼 비슷한 레퍼토리로 약사의 흉을 늘어놨다. 김순자는 그냥 '이 동네 살았던 개김순자'로 회자되었다.

이준은 원래대로 돌아가긴 했지만 그래도 조금은 달라졌다. 연임으로 한껏 어깨가 올라간 부 이장이 정기 마을 회의를 열 때마다 칠판에 글을 적는 서기직을 맡게 되었다. 이준이 의외로 순순히 직책을 받아들이자 부 이장도 조금 놀란 눈치였다. 사실상 마을 청년회장과 서기 중 하나를 골라야 하는 입장이라 어쩌면 다행이었다. 다만 남은 청년회장 자리를 삼해로 연구소를 옮긴 조용필이 메우자 이준은 어쩐지 미안하면서도 찝찝한 느낌을 지울 수 없었다.

이제 이준은 빼도 박도 못하는 삼해 사람이 되었다. 무엇보다 준연의 제안으로 크리스하우스를 인수한 영향이 컸다. 30대가 되고 나서 패기가 생겼는지 어느 정도 확신이 들었는지 이준은 겁도 없이 단박에 제안을 받아들였다.

이제 더 미룰 수 없어 가족에게 상황을 알렸는데, 부담스럽게도 엄마와 누나가 동시에 삼해리로 놀러 와 부 이장과 면담까지 했다.

여전히 자잘한 고민과 문제들이 쉴 없이 이어졌지만 그토록 이준이 바라던 평범한 일상이 돌아왔다.

"사장님. 여기 묵으면 이 동네 백록이 목장 할인되는 거 맞아요?"

"네."

이준이 조식을 먹는 손님에게 삼해목장 쿠폰을 건넸다.

삼해목장은 관광객들 사이에서 백록이 목장으로 불렸다. 백록이는 공포의 아기 귀신 괴담을 만들었던 제주도의 유일한 고라니였다.

제인과 이준에게 길잡이가 되어 준 삼해리 고라니가 겨울이 끝날 때쯤 부상을 입은 채 나타났다. 용필의 도움으로 점차 기력을 회복한 고라니는 며칠 삼해목장 밥을 얻어 먹더니 떠날 생각을 하지 않았다.

이 고라니를 어떻게 할지를 두고 마을에서는 대대적인 회의가 진행됐다. 유해 동물이니 안락사를 시키자는 의견이 있었지만, 대부분이 반대하여 부결되었다. 그 대신 농산물 피해를 미연에 방지하기 위해 삼해목장에서 그대로 고라니를 맡기로 했다. 투표를 통해 '백록'이라는 이름이 지어졌고 말들과 함께 지내는 백록이 이야기가 주말 동물 프로그램을 통해 세상에 알려졌다.

그 후로 백록이는 삼해리 명물이 되었다. 백록이와 사진 찍는 것이 삼해리 투어 중요 코스로 자리매김했다.

사람들이 모이자 목장 사장은 브로콜리 농사를 자진해서 그만두었다. 마을을 떠나려던 사람들도 하나둘 다시 장사를 시작했다.

관광객들의 입소문을 타고 도리가든이 맛집으로 유명해지면서 마을에도 활기가 넘쳤다. 그 영향으로 송당당근도 SNS에서 유일한 #삼해리카페 태그를 달게 되었다.

그렇게 삼해리가 파릇파릇해지고 있었다. 하얀 무꽃이 마을 지천에 흐드러졌고 그 해사한 꽃들 속에서 여전히 말과 닭과 사람이 어울려 살았다.

날이 따뜻해지자 목장 안 말들은 더 활발해졌다. 어쩌면 그 사이를 이리저리 뛰어다니는 백록이 덕분인지도 모르겠다.

백록이는 벌써 사람 손을 탔는지 관광객들을 피하지 않았다. 카메라 앞에서 자연스럽게 포즈를 취하는 모습이 삼해리의 라이징 스타가 확실했다.

그런 백록이를 구경하며 목장 울타리에 팔을 괴고 서 있던 이준에게 갈색 토종마가 다가왔다. 이준과는 비밀을 하나씩 공유한 사이였다.

"몰래 외출하더라도 도로에는 나가지 마. 차가 위험하니까."

이준의 말에 토종마가 푸르르 입을 털며 지나갔다.

"어. 사장님! 여기 계셨네요. 저희 사진 좀 찍어 주세요."

지난밤 크리스하우스에 묵은 손님들이 이준에게 백록이와

사진을 찍어 달라고 부탁했다. 이준은 빳빳하게 다린 슬랙스가 구겨지는지도 모르고 사진을 공들여 여러 장 찍어 주었다. 사진을 확인한 손님은 구겨진 슬랙스가 무색하게 썩 마음에 들어 하는 눈치는 아니었다.

하지만 이준에게는 중요한 문제가 아니었다. 진짜 문제는 따로 있었다. 아침부터 도통 연락이 되지 않는 구이준의 미스터리한 애인이었다.

"형님. 혹시 암호 푸는 능력 있으세요?"

"암호?"

영덕이 아이스커피 잔을 검지로 톡톡 치는 이준 앞으로 와서 앉았다. 새해가 되고 영덕은 변했다. 아니, 사람은 그대로고 겉모습이 변했다. 영덕은 이준과 함께 시내에서 고른 새 유니폼 같옷을 입고 있었다. 호피 무늬 쫄티를 벗었을 뿐인데 신기하게도 늘 화나 보이던 얼굴이 유해지더니 어느 날부터는 약간 귀여워 보인다는 말도 들었다.

부쩍 외모에 자신감이 붙은 영덕이 이준이 내민 휴대폰 화면을 들여다봤다.

"음⋯⋯. 이게 뭐지. 수학 공식인가."

'OZ819538B', '29900', '1100', '201', '1310'. 제인이 보낸 알 수 없는 알파벳과 숫자 행렬이었다.

"전화해서 물어봐."

"풀 때까지 전화도 안 받고 답장도 안 한대요."

"굳이? 혹시 차인 건 아니겠지?"

"설마 이별 통보를 이렇게 할까요……."

영덕의 걱정스러운 눈빛에 이준이 불안해졌다.

역시 다른 건 몰라도 이런 일에 영덕의 도움을 받기는 어려워 보였다.

"아. 됐어요. 유치하게 이런 거나 보내고. 연락 안 하면 답답한 건 자기지."

이준이 휴대폰 화면을 끄고 툴툴댔다.

"용필이한테 물어봐. 똑똑하잖아."

"그분은 싫어요."

"왜, 연적이라?"

"아니. 이미 제가 남자 친구인데 무슨 연적이에요."

이준이 발끈하며 말했다.

"사람 일은 모르는 거지."

"아. 진짜. 말이 씨가 됩니다. 형님."

이준이 서운한 표정으로 고개를 돌리는데 매장 구석에 놓인 캐리어가 눈에 들어왔다.

"근데 저건 뭐예요?"

"아. 오늘 저녁에 서울 갈 때 주방 물건 몇 개 챙겨 가려고."

영덕은 이번 주말에 열리는 전국 특산품 개발 페스티벌에 삼해 무를 들고 참가할 예정이었다.

"이런 건 바로바로 좀 버리시지."

이준이 캐리어 손잡이에 묶여 있던 예전 비행기 위탁 수하물 표를 끊어 냈다.

"잠깐……."

이준이 낡은 표에 적힌 비행기 편명을 확인했다.

"비행기 편명?"

이준이 다시 휴대폰을 꺼내 확인했다.

"아. 그래. 맞는 거 같은데? 비행기 편명 앞에 이렇게 알파벳 붙잖아."

이준이 인터넷에 비행기 편명을 복사해 검사했다.

정말 같은 편명의 비행기가 있었다.

"이 비행기……."

이준이 대단한 걸 발견한 듯 영덕을 바라보며 말했다.

"불과 네 시간 전만 해도 29900원 특가에 팔렸어요."

영덕의 작은 눈이 한껏 커졌다.

"잠깐. 그럼 이게 OZ8195 비행기 38B 자리를 29900원 주고 구매했다. 이 뜻인가?"

"오늘 오전 11시 40분 제주행 표인데요?"

"제주행? 여길 온다고?"

암호가 풀려 나가자, 울상이던 이준이 금세 흥미롭다는 표정으로 바뀌었다.

"1100도로 201번 버스를 타겠다는 거네요."

"그럼 1310은 뭐야."

하나도 맞히지 못한 영덕이 고개를 갸웃거렸다.

"형. 지금 몇 시죠?"

"1시 8분. 왜?"

"저 그만 가 볼게요!"

이준이 벌떡 자리에서 일어났다.

"오늘 가져갈 새로운 메뉴 시식해 주기로 했잖아!"

영덕이 다급하게 붙잡았다.

"금방! 금방 누나랑 같이 올게요!"

1100도로를 따라 201번 버스를 타고 13시 10분쯤 도착할 여자를 만나기 위해 구이준이 크리스하우스로 향했다.

이준의 발걸음이 빨라지더니 이내 달리기 시작했다. 뒷산에서 고사리를 캐고 내려오는 도리 여사와 경하난 할망이 이준을 발견하고는 "돋지 말라(뛰지 마라)!", "푸더진다(넘어진다)!" 하고 외쳤다. 네! 이준이 한껏 신난 얼굴로 대답했다.

목격마의 진술

사실 백록담에는 진짜 산타 비스무리한 존재가 살고 있다.

백록담뿐만 아니라 전 세계의 영험한 기운이 있는 곳에는 신기한 존재들이 사는데 그도 그중 하나다.

진짜다. LA에서 온 말이 자기네는 그랜드캐니언에 있었다고 했고, 호주에서 온 말은 울루루에 있었다고 했다.

이 글을 읽고 있는 거기. 내가 한 말이 말도 안 된다고 생각하나?

원래 말 못하는 존재들이 아는 세상이 따로 있다.

그러니 당신들이 아는 세계가 전부라 믿지 마라.

내가 할 말은 여기까지다.

내가 궁금하다면 제주도 한라산 아래. 목장으로 와라.

도착하면, 윤기가 자르르 흐르는 기풍 있는 갈색 제주 토종 마를 찾아라.

찾았다면, 조용히 다가와 암호를 대라. '메리 크리스하우스' 라고.

그럼 대답해 줄 것이다. '해피. 유. 히이잉이어.'

작가의 말

이야기의 끝에 와서 이런 말을 하면 변명 같을 수도 있겠지만 저는 제주를 잘 모릅니다.

살면서 가장 많이 여행을 떠났던 곳은 제주였습니다만 어쩌면 여행이라는 말이 어울리지 않을 수도 있습니다. 오히려 도망쳤다는 표현이 맞을 수도 있습니다.

제주에 가면 숙소가 위치한 동네를 발길 닿는 데까지 무작정 걸었고 어쩌다 바다가 나오면 그 앞에 앉아 맥주를 마셨습니다. 동네 목욕탕 사우나에 앉아서 할머니들 이야기를 엿듣기도 하고(대부분 알아듣기 힘든 사투리였지만) 수확철 무밭에 가서 동네 사람처럼 한참을 서서 구경하기도 했습니다. 비가 많이 올 때는 마트에서 음식을 잔뜩 사 와서 창밖을 보며 온종일 먹기만 한 적도 있습니다.

제주에 가장 오랫동안 머물렀던 것은 4년 전, 늦은 대학 졸업 후 게스트하우스 스태프로 지냈을 때입니다. 바닷가 근처 넓은 평지에 위치한 조용한 게스트하우스였습니다. 차를 타고 조금만 한라산 쪽으로 올라가면 산책하기 좋은 오름이 곳곳에 튀어나와 있었고 도로변에는 사설 목장의 말들이 풀을 뜯고 있었습니다. 조금 이른 아침에 나가 숲을 걸으면 어렵지 않게 소와 사슴도 볼 수 있었죠.

낯설었기 때문에 오히려 그곳 생활이 정말 좋았던 것 같다는 생각을 해 본 적이 있습니다. 현실적인 문제들을 모두 떠나 그저 제주에 잠시 살고 있는 육지 사람이라는 사실이 편안함을 느끼게 해 주었습니다.

어느 날 작은 오름을 오른 적이 있는데 높이에 비해 분화구가 아주 깊숙했습니다. 삼나무에 가려 평평한 면도 잘 보이지 않았죠. 저기 숨으면 딱 좋겠다 싶었는데, 아마 제주가 제게는 그런 공간이 아니었나 싶습니다.

돌아와 일상을 살다가 문득 그때가 그리워 다시 제주를 찾았을 때, 어느 중산간 마을에 커다란 공사장이 들어선 걸 보고 이 이야기를 처음 생각하게 되었습니다. 개발에 대한 불만이나 대단한 메시지를 가지고 시작한 것도 아니었습니다. 단지 좋아하는 것이 지켜졌으면 하는 마음에서 제가 좋아했던 제주도의 것들이 담긴 이야기를 한번 해 보고 싶었습니다.

저의 첫 장편소설이었고 예상보다 오랜 시간이 걸렸습니다. 그래서 고마운 존재들이 더 많습니다.

이 이야기가 완성되기까지 긴 마라톤을 함께해 준 테오. 묵묵히 기다려 주시고 아낌없이 조언해 주신 덕에 완주할 수 있었던 것 같습니다. 이런 게 소재가 될까 싶은 터무니없는 생각도 테오라서 거리낌 없이 꺼낼 수 있었고 같이 고민해 주신 덕에 그 생각들을 이야기로 다시 풀어낼 수 있었습니다.

언제나 만나면 응원의 힘을 주시는 기획 프로듀서 레미, 고맙습니다. (레미의 응원은 정말 효험이 있었습니다.)

갑자기 제주에 상륙한 저를 먹여 주고 재워 주고 놀아 주었던 고마운 분들과 제주 개 아둥이, 나와 같거나 다른 모습으로 빵을 굽고 커피를 내리고 그림을 그리던 친구들, 제주의 사랑하는 모든 것들.

또 한 시간이나 서서 질문을 받아 주셨던 제주민속자연사박물관 큐레이터 선생님, 제주도민으로 살아가는 것에 대해 솔직히 말씀해 주셨던 택시 기사 아저씨, 사우나에서 만난 해녀 할머니들, 어려운 약의 세계를 친절히 풀어 주셨던 변 약사님 감사드립니다.

종종 도망치는 제게 언제나 돌아올 품을 내주는 변점희와

김석중 부부, 종종 경제적 지원을 해 주었던 김예인, 그리고 자유와 사랑을 아낌없이 주는 권오현, 모두 고맙고 사랑합니다.

마지막으로 사생활을 아낌없이 공개해 준 제주 말들에게, 혹시 그들이 이런 생각을 하지 않는다면 인간의 오만한 상상력을 너그러이 이해해 주기를 미리 양해 구해 봅니다.

이번 작업을 통해 묵묵히 자신의 글을 써 나가고 있는 많은 작가들의 위대함을 느꼈고 한 권의 책을 만들기 위해 얼마나 많은 사람들의 노고가 들어가는지도 알 수 있었습니다.

뭐든 복잡하게 생각하는 버릇이 있었는데 이 책을 쓰면서 단순하게 생각하는 법을 배웠습니다.
쓰는 일은 어렵지만 재미있네요.
앞으로 열심히 쓰겠습니다.

마지막 페이지를 닫기 전, 이 문장까지 다다라 준 독자분들께도 감사하다는 인사를 전합니다.
부디 메리 크리스하우스 하셨기를!

2021년 12월

김효인

프로듀서의 말

이 작품을 읽는 내내 제주도에 가고 싶지 않으셨나요? 책을 덮고 나서 바로 제주도로 가는 비행기나 배편을 알아보고 계시지는 않으신지요?

저는 그랬습니다. 효인 작가님과 이 작품을 만들어 가는 동안 언제나 제주도로 떠나는 상상을 하곤 했습니다.

겨울에는 위미에서 동백꽃을 보고 한라산의 눈을 즐기며, 초봄에는 산방산 앞에서 유채꽃에 빠져 지내다, 여름에는 함덕과 협재에서 에메랄드 물빛에 발을 적셔 보고, 가을에는 제주 동부 오름들에서 억새를 즐기는 꿈을 꾸곤 했습니다.

다만 그건 단순히 관광을 즐기고 싶다는 의도만은 아니었습니다. 작가님께서《메리 크리스하우스》를 처음 기획하셨을 때의 말씀을 기억하고 있습니다. 제주도의 아름다운 자연 풍경 너머 사람들의 이야기를 그리고 싶다고, 여행의 낭만만이 아닌 삶의 여정이 담긴 이야기를 쓰고 싶다고 하셨던 것을 잊지 않고 싶었습니다. 그리하여 긴 시간 동안 작가님과 함께 이 이야기의 시작부터 끝까지 그 의미를 거듭 생각하고 반영하고자 했던 순간들이 제주도의 오롯한 풍경과 연결되기를 바랐던 것이지요.

코로나19 바이러스와의 공존을 모색하고 있는 이 시기지만 이제야 저는 진짜로 제주도로 떠나려고 합니다. 이 책을 들고 이준과 제인이, 부 이장과 경하난 할망이, 삼해리의 사람들과 목장의 말들이 기다리고 있을 것 같은 그런 곳을 찾아가 보려고 합니다.

마지막으로 언제나 변함없이 작품의 완성을 위해 노력했던 효인 작가님의 첫 장편소설을 함께할 수 있어서 영광이었다는 말을 작가님께 전하고 싶습니다.

더불어 이 책을 함께해 주신 독자분들께서 내년 크리스마스에, 또 후년 크리스마스에, 먼 훗날 언젠가의 크리스마스에 《메리 크리스하우스》가 문득 떠올라 편하게 이 작품을 읽고 즐기실 수 있기를 바라봅니다.

감사합니다.

안전가옥 스토리 PD

윤성훈 드림

메리
크리스하우스

1판 1쇄 발행 2021년 12월 25일

지은이 김효인

기획 안전가옥
콘텐츠 총괄 이지향
프로듀서 박혜신, 윤성훈,
              반소현, 이은진,
              임미나, 정지원
편집 남다름
일러스트 최진영
디자인 박연미
사업개발 김보경, 이기훈
경영지원 홍연화

펴낸이 김홍익
펴낸곳 안전가옥
출판등록 제2018-000005호
주소 04779 서울특별시 성동구 뚝섬로1나길 5,
        헤이그라운드 성수 시작점 203호
대표전화 (02) 461-0601
전자우편 marketing@safehouse.kr
홈페이지 safehouse.kr

ISBN 979-11-91193-33-6 (03810)